Re:ゼロから始める異世界生活

Re: Life in a different world from zero

短編集9

「――すまない。どうやら少し、
強く叩きすぎてしまったようだ」
突然のことに声を失う男たちの向こう、
破られた扉を跨いで姿を見せたのは、
薄紫色の髪をかき上げる優麗な美丈夫――、

「に、兄様！　どうしてここが!?」

「ガーフ、たくましく育って……」

「――ばはッ――」
ダメ押しなしでも崩壊する都市庁舎、
立ち込めるその噴煙を突き破り、
ガーフィールが飛び出してくる。
右手に一人、左手に一人、背中に一人と
口に一人をくわえた状態で。

「それでシュバルツ様、『呪則』の方は」
「うん、『呪則』を何とかしなくちゃ誰も島から出られない。
だから、味方にしよう」
「味方に……？　いったい誰をだ……」

『グスタフさんだよ』

Re: Life in a different world from zero

The only ability I got in a different world "Returns by Death"
I die again and again to save her.

CONTENTS

Re：ゼロから始める 異世界生活 短編集9

長月達平

MF文庫J

口絵・本文イラスト●福きつね

『Lugunican Hustle』

1

ガタン、と大きな音を立ててテーブルが傾いて、マズいと思ったときには遅かった。

滑り落ちるグラスが床の上で砕け、甲高い音を響かせる。酒が足下を浸していくが、割れたグラスを拾うことも、濡れた爪先を引くことも躊躇われた。

何故なら——、

「——なんだ、てめえら！　何がしたくて人の縄張り荒らしてんだ、ああ⁉」

「上等だ。タダでここから出られると思ってんじゃねえぞ！」

「っだ、コラぁ！　んだ、オラぁ！　っすぞ、ウラぁ！」

野卑で野蛮な声を上げる荒くれ者たちが、自分たちを猛々しく取り囲んでいたからだ。

強烈な怒気と圧迫感に晒され、全身から血の気が引いていく感覚を味わう。苦しくなる呼吸に喘ぎながら、起死回生の手段を求めて視線は周囲を彷徨った。

しかし、視界には打開策どころか、鼠一匹通れる隙間も見つからない。どんどん、どんどんと息苦しさと、心臓の鼓動の速さは増していって——、

「——落ち着き。心配せんと、ここはウチに任せといたらええから」

と、緊張でぼやけかけた視界が、その穏やかな声と肩を叩(たた)かれる感触で不意に晴れる。

見れば、硬直する自分の傍(かたわ)らから小柄な女性が一歩前に進み出していた。その、自分よりも頭半個分は背の低い女性は、しかし恫喝(どうかつ)する男たちにまるで怯(ひる)んでいない。

それどころか、彼女は唇を綻ばせると、自分の胸の前で手と手を合わせて、

「ほら、そう騒がんと、大人しくお話聞かせてくれん？　ウチからのお願いや」

そうはんなりと女性に問われ、恫喝の通じなかった男たちが顔を見合わせる。そのまま彼らが怒りに身を任せないか、女性の後ろで生きた心地がしない。

何故(なぜ)、こんな状況になってしまったのか、考えても意味のない後悔が頭を過(よぎ)る。

ここは荒くれ者たちの居場所であり、非力な自分たちがいていい場所ではないのにと、そうヨシュア・ユークリウスは己の運命を呪いに呪った。

――始まりは、そのヨシュアが運命を呪い始める数日前に遡る。

2

豊かで鮮やかな色合いと、洗練された巧みな筆遣い。

それら非凡な技術と感性の融合は、時に見るものの人生を変える強烈な体験を生む。

――人はそれを『芸術』と呼び、その己の世界の表現者を『芸術家』と評する。

芸術とは一握りの芸術家によって生み出される奇跡であり、凡庸なるものたちは、芸術家たちが見ている世界を、その形になった奇跡を通してしか見ることができない。

素晴らしいものには価値がつき、価値あるものは大勢の人間から尊ばれる。

それが人類と芸術との、長く深い繋がりの原点であり――そして同時に、価値あるものであるが故に付きまとう、奇跡と欲得の切り離せない関係性の始まりでもあった。


「――あかんねえ、オールセンさん。これ、贋作やったわ。ご愁傷様」

曲げていた腰をぐっと伸ばし、振り向いた女性がはんなりと微笑みながら告げる。

緩く波打つ薄紫の長い髪と、大きく丸い浅葱色の瞳、雪景色のような白を基調とした衣を身に纏った、愛らしさを確かな知性で装飾した美しい女性だ。

この日の陽気は暖かく、首に巻いた白い狐の襟巻きは厚着にも見えるが、どこか超然とした空気感のある彼女には、それが負担となっている様子は皆無だった。

アナスタシア・ホーシン。――それが、この美しく理知的な白い女性の名前であり、ルグニカ王国で最も重大な役目を与えられた五人、その内の一人でもあった。

そのアナスタシアの背後には、彼女がしげしげと眺めていた一枚の絵画がある。

頬杖をつき、眠たげにする美しい女性が繊細な筆致で描き出されたそれは、『ミデリーネのうたた寝』と呼ばれる百年以上も前の名画だ。

ただし、絵画の中の美しい女性も、それを飾るための額縁も真の価値に見合わない。

「覚悟はしていましたが……贋作を掴まされるとは、蒐集家の名折れですな」

がっくりと、そう肩を落としたのはニコ・オールセン男爵だ。

その顔には力のない苦笑が浮かんでいるが、それも客前だからこその虚勢だろう。もしもこの場に一人なら、今頃は膝から崩れ落ちていても不思議はない。

なにせ、お気に入りの名画——それも、蒐集家としてのオールセン男爵の、最愛の一枚とさえ噂されていたものが、贋作だと評されたのだから。

「心中お察しします、オールセン殿。高名な蒐集家であるあなたにとって、今の事実は最愛の恋人を突然失うも同然でしょう」

「……お気遣い、ありがたく。はは、何とも情けない」

落ち込むオールセンが、かけられた慰めの言葉に弱々しく答える。

そのオールセンの様子を痛ましく見つめるのは、アナスタシアの傍らで彼女の鑑定作業を見守っていた騎士、ユリウス・ユークリウスだ。

ルグニカ王国の近衛騎士団に所属し、現在は王国の次代の王を決める王選の候補者であるアナスタシアの一の騎士を務め、この場にも同行している。

王城で王選の開始が宣言されてから半年——その間、各王選候補者たちが様々な活躍を見せる中、アナスタシアも自分の王器を示すための活動を続けており、今回、王都でも有名な美術品の蒐集家であるオールセンに呼ばれたのも、その活動の一環だった。

とはいえ——、

「こちらも、オールセン殿によいご報告ができればよかったのですが……」

「む、なんやの？　まさか、ウチの鑑定に不満があるん？　そら、オールセンさんが喜ぶ嘘やってつけたけど、そんなんウチの矜持が許さへんもん」

「いえ、そのようなつもりは。ただ、巡り合わせの悪さを悔しく思うだけです。できるなら、オールセン殿の憂いを払拭して差し上げたかった」

「やっぱり悪者にされてる気分。まぁ、目利きしてたらそんなん慣れっこやけどね」

そう言いつつ、どこか拗ねた顔つきのアナスタシアが来客用のソファへ向かう。その様子に苦笑するユリウスも続き、ソファに座った彼女の後ろに静かに控えた。

それからアナスタシアは、まだ肩に力の入らないオールセンを見据え、

「それにしても、オールセンさんやったらお抱えの鑑定士なんていくらでもおるやろ？　それやのにわざわざウチにお願いしてくれたんは、値踏みって思うてええの？」

「アナスタシア様、いささか率直が過ぎる物言いかと……」

「いや、構わないよ、ユリウス殿。確かに少し面食らったが、そう捉えてもらっていい」

主君を窘めようとしたユリウスを制し、オールセンがアナスタシアをじっと見る。その二人の視線の交錯を、ユリウスは微かな緊張感を以て見守った。

このニコ・オールセン男爵は爵位こそ高くはないが、美術品をこよなく愛する蒐集家の界隈では知られた人物だ。芸術品に造詣の深い名門貴族は少なくなく、その世界で名の通ったオールセンは、王国における目立たない重要人物と言えるだろう。

一人でも多くの有力者の支持を集めたい王選候補者としては、味方にしておきたい。

それだけに今回、彼の方からアナスタシアに声がかかったのは追い風と思ったが、手始めにと取りかかった名画の鑑定結果が贋作とは、出鼻を挫かれてしまった。

「そう？　ウチはむしろこっからが本題やと思うてるよ？」

「ここからが本題、ですか？」

「そそ。そもそも、絵の鑑定をお願いなんてされた時点で変やん？　ずっと大事にしてた絵やのに鑑定て、その時点で嫌な予感がしてる証拠やもん。せやろ？」

唇に指を立てたアナスタシアの確認に、オールセンの苦笑の皺が深まる。

なるほど。つまりアナスタシアは、オールセンは最初から贋作の覚悟があって鑑定の依頼をしたと言っているわけだ。問題は、長年大事にしてきた絵に、今さらどうしてそんな疑念を抱いたかだが――、

「オールセン殿、あの絵はどちらで手に入れたものなのですか？」

「売り手を疑うのは当然だが、絵の仲買人とは古くからの付き合いだ。彼も贋作とは知らずに扱ったのだろうと、そこは疑っていない」

「絵の真贋もわからんかったのに、人の善悪の真贋はわかるん？」

「手厳しいな。だが、あなたがそういう価値観の方だからこそ、本音の話ができる」

かなり毒の強いアナスタシアの指摘も呑み込み、オールセンは自分の懐に手を入れ、一枚の手紙をテーブルの上に置いた。

「先日、当家にこの手紙が届きました。差出人の名前はなく、手紙にはたった一文。——私の持つ『ミデリーネのうたた寝』は贋作であると」

「——。拝見します」

机の手紙を引き取り、ユリウスがその内容に目を走らせる。

そこには確かに、オールセンが語った通りの簡潔な告発の文章だけが記されていた。

「これだけ、ですか？　失礼ですが、こうした嫌がらせは少なくないのでは？」

「ええ、その通りです。私が『ミデリーネのうたた寝』を所有していることは知られていますから、何者かの嫌がらせだろうと忘れることもできた。ですが……」

「蒐集家としてのオールセンさんの矜持が、それをさせてくれんかった？」

「……はい」

そう俯いたオールセンは、改めて視線を飾られた『ミデリーネのうたた寝』に向ける。

「アナスタシア様も、美術品を集めておいでと聞きました。その目利きの腕はカララギ有数とも。そのため、アナスタシア様に真贋の鑑定の依頼をお願いさせていただいた」

「期待は嬉しいけど、ウチが忖度して嘘の鑑定結果を言う可能性もあるえ？」

「もちろん、あとで当家の馴染みの鑑定士にも鑑定を依頼します。そこでアナスタシア様の忖度がわかれば……」

「間抜けなウチが炙り出されて、オールセンさんとのお付き合いはそこまで。なんや、オールセンさんも転んでもただでは起きんのやね。人が悪くて好きやわぁ」

またしても率直なアナスタシアに、ユリウスはもう注意する気も起きない。これがオールセンにとって望ましい態度だと、彼女がそう理解したが故の態度だと。

怪しい告発文に端を発し、いずれ接触してくるだろうアナスタシアに自分から機会を設け、鑑定の結果を家の将来の指針にも役立てる。

オールセンのしたたかな性質は、確かにアナスタシアの在り方に通じるものがある。

その証拠に、オールセンは品のいい笑みの裏に思惑を隠して、

「アナスタシア様の商会でも、美術品を扱う機会は多いはず。このような精巧な贋作の存在は、あなたにとっても憂慮すべき事態ではありませんか？」

「そないに挑発してくれんでも、オールセンさんの欲しいもんはわかりました。時間、ちょっともらってええ？」

「ええ、それはもちろんです。欲しいものを得るには時間がかかるものだ」

明言は少なくとも、お互いの合意に達したアナスタシアとオールセン。

この場合、若くして堂々たるアナスタシアを褒めるべきか、男爵の立場で王選候補者相手に真っ向から引かないオールセンを褒めるべきか、判断に困るところだ。

「あ、そうそう」

と、話し合いが終わろうかというところで、ソファから立ち上がったアナスタシアがふと、自分の狐の襟巻きを撫でながらオールセンに振り向いた。

そして、アナスタシアはひどく魅惑的に微笑むと、

「もし、ウチが本物の『ミデリーネのうたた寝』を見つけたら、買い取ってくれます？」

なんて、愛らしく意地の悪い問いかけを放ったのだった。

3

「浅学ですが、絵画の真贋とはどのように見極めるものなのですか？」

「そうやねえ。大抵の場合は、作家の残した署名やったり、絵に使われてる塗料なんかで見極めるんが多いかなぁ。当たり前やけど、贋作は元の絵よりもあとの時代に描かれてるもんやから、うっかり新しい顔料なんか使ってしまいがちなんよ」

「なるほど、そのような見極め方が」

知らない世界の知識を披露され、ユリウスはアナスタシアの見識に感嘆する。

オールセン男爵の屋敷を辞し、竜車での帰路についている最中の会話——先の、名画の鑑定について、アナスタシアの説明を受けたかったユリウスだ。

生憎、ユリウスに絵画の真贋を見抜く目はなかったが、アナスタシアの説明を聞くと、そうした差異で真贋を見極める手法には頷ける。

もちろん、ユークリウス家にも美術品や絵画の類は飾られているのだが——、

「その手のものを見る目は、弟のヨシュアに任せきりで」

「ヨシュアは絵も壺も何でも楽しそうに見とるもんねえ。不純なウチと違って、美術品も

そないに思われるんが本望やろね」

「不純、ですか？　ですが、アナスタシア様も」

「ぜーんぜん、ウチは美術品なんて興味あらへん。ウチが持ってる美術品は、欲しがる人への贈り物用。見る目を養ったんは商人やから、それだけ」

ひらひらと手を振り、アナスタシアは芸術品の所有者としての自分を不純と評する。

確かに、ユリウスの考える蒐集家と呼ばれる人種とは違った考え方だ。だが、殊更に卑下したでもない実利的な考え方は、彼女らしいと納得できる。

「アナスタシア様は、他者の欲求を肯定される価値観をお持ちですね」

「ちょっと違うかな？　ウチが肯定するんは他人よりも、自分の欲求。欲しいものに素直になった方が生きやすいし、幸せになりやすい。そう思うとるだけやから」

アナスタシアは他人の欲望を肯定する。

それは、王選の開始を告げた広間でも表明した、アナスタシア・ホーシンとしての王道であり、彼女なりの哲学というものだった。

「オールセン男爵の申し出は、王選における支持者を決めるための試金石。アナスタシア様はそうお考えですか？」

「ウチとオールセンさんの芸術に対する価値観は違う。せやけど、どうせなら自分によくしてくれる相手を応援したなるんが人情やし、そう期待したいところやね。それに――」

「それに？」

「あれだけの贋作、そうそうお目にかかれるもんやない。誰がどんなつもりで描いてるもんなんか、絶対に突き止めんと」

胸の前で両手の指を合わせるアナスタシア、彼女の浅葱色の瞳に浮かんだ好奇の光と、わずかに弾んだ声色にユリウスは眉を寄せた。

この様子だと、王選における重要な局面であるという期待以上に——、

「よもや、贋作を商いに用いるような考えはありませんね？」

「まさかまさか。あ、ほらほら、そろそろ屋敷につくんやない？　大事な預かり物もあるんやし、下ろす準備せんとやん。ほらほら」

目を細めたユリウスの追及に、アナスタシアが窓の外を眺めて話を逸らす。

そのアナスタシアの指差す先、ゆっくりと見慣れた屋敷が近付いてくるのがわかって、ユリウスは小さくため息をつき、荷下ろしの用意を始めた。

そして——、

「——こ、これが贋作⁉　この『ミデリーネのうたた寝』がですか⁉」

竜車から下ろされた絵画を見て、ヨシュア・ユークリウスが仰天した声を上げる。

ユリウスと目鼻立ちの印象がよく似た弟は、兄と比べていくらか気性の穏やかさを感じさせる柔らかな目つきにかけたモノクル、それを盛大にズレさせて動転している。

パクパクと開いた口が塞がらず、声も出ない様子だ。

「うんうん、ウチが睨んだ通りの反応やん。ええよええよ、大満足や！」

「大満足って……あ！　じゃあ、贋作というのは嘘なんですか？」

「ううん、それはホント。贋作、偽物、大げさに飾っといたら大恥やよ、これ」

「〰〰っ⁉」

そんなヨシュアの反応にアナスタシアはご満悦だが、衝撃を再び付け加えられた弟は哀れにも目を白黒させ、またも声が出なくなっていた。

「落ち着くんだ、ヨシュア。この絵が贋作であると鑑定したのはアナスタシア様で、そのことは所有者のオールセン男爵も納得している」

「お、オールセン男爵がこの絵を手放したんですから、それは信じられますが……」

ユリウスの説明に、玄関ホールに置かれた絵画を眺めるヨシュアが少しずつ落ち着きを取り戻す。驚愕の表情も、徐々に芸術を審美するそれに変わりつつあった。

──幼い頃から体の弱かったヨシュアは、外に出られない代わりに書物に、詩に、絵に強い関心を持った。芸術を嗜む点において、ユリウスは弟に遠く及ばない。

ズレたモノクルを直し、ヨシュアは改めて『ミデリーネのうたた寝』を見やり、

「……これが、オールセン男爵ほどの方の目を誤魔化せる贋作」

「その言い方やと、オールセンさんのことずいぶんと尊敬しとるみたいやね。そんなんやとユリウスが妬いてまうんやないの？」

「や、やめてください！　兄様への敬愛と、オールセン男爵への尊敬の念は別物です。た

だ、芸術を嗜む人間にとってオールセン男爵の所蔵庫は憧れですし、この『ミデリーネのうたた寝』も以前、一度だけ招かれた際に見せていただいて……」

「でも、贋作なのにちっとも気付かんかったんやね」

「うぐ……っ」

胸を押さえたヨシュアが、アナスタシアの心無い一言に呻く。

アナスタシアのからかい癖だが、耐性のないヨシュアでは滅多打ちだ。その様子に助け舟を出すべく、ユリウスはヨシュアの肩に手を置いて、

「お言葉ですが、高名な蒐集家のオールセン男爵ですら欺かれた絵です。贋作の絵師も相当な腕だったのでしょう」

「ふうん？　それはウチも異論ないけど、それで？」

「私に芸術を解する目はありません。ですが、ヨシュアが描いてくれた絵を部屋に飾っている身としては、弟は兄の贔屓目抜きにいい絵を描きます。贋作を見抜けるかどうかは、ヨシュアの絵の良さと無関係でしょう」

「に、兄様……」

ユリウスの称賛を聞いて、ヨシュアが照れ臭げに頬を赤くする。

ユリウスとしては売り言葉に買い言葉のつもりはなく、正直な賛辞だ。あとで実際にアナスタシアに見てもらい、大げさではないと証明するつもりもある。

もしかすると、弟は芸術の分野で大成するかもしれないなんて期待もあるのだ。

「――まぁ、絵描きと目利きが違う話なんはそうやし、反論はせんとこか。それよりも、本題のオールセンさんのお願い事の方に集中しよ」

ユリウスの抗弁を聞き入れ、アナスタシアが話題をヨシュアから本題へ移す。アナスタシアとオールセン、両者の注目はこの絵を描き上げた贋作家に集まっている。

それを探し出すのが、オールセンの協力を引き出すための条件と言える。

「現状、手掛かりとなりえるのはこの絵と、オールセン男爵に届けられた手紙ですね。とはいえ、筆跡の癖も隠されていて、差出人を辿るのは難しそうですが……」

「手紙の文字だけ見てたらそうかもしらんね。でも、そこ以外からなら？」

「手紙の文字以外、ですか？　文面や書式、手紙の封筒、あとは……」

「違う違う。この贋作家、オールセンさんを騙せる腕前なんよ？　それやったら――」

「――他にも、贋作を告発した手紙が届いている？」

思わず、といった様子で口を挟んだヨシュアに、アナスタシアが「そ」と微笑む。その指摘と称賛に目を丸くしたヨシュアの傍ら、ユリウスも合点がいった。

「同じ作者が他にも贋作を手掛けているなら、同じように他の蒐集家にも手紙の告発があった可能性が高い。なるほど、道理だ」

「いやぁ、ウチのとこには手紙がきてへんくてホッとしたわぁ。苦労して集めたあれやこれやが贋作なんてなったら、ウチの信用と自尊心がボロボロやもん」

「それは幸いでした。それに、アナスタシア様はさすがですね。贋作家探しなど、当初は雲を掴むような気持ちでしたが、近付けるように思えてきました」

「そうおだてんと。ウチは辻褄が合うようにしとるだけなんやから」

控えめに謙遜するアナスタシアに、ユリウスは感嘆の念が薄れない。

短い文面だけの告発文から、それだけの可能性を読み取れるなら御の字だ。

「ですが、手紙でそれだけわかるなら、何のためにオールセン男爵から絵をお借りしてきたのです？　真贋の見極め以上の情報をここから読み取る術が？」

「ん～、そこまで万能やないかなぁ。実はこの絵そのものにはそんなに意味はないんよ。ただ、このよくできた贋作を利用して……ヨシュア」

「え、あ、はい！　僕ですか？　なんでしょう」

思いがけず、自分の名前を呼ばれたヨシュアが肩を跳ねさせる。ユリウスも、ここでヨシュアにお呼びがかかった理由がわからず、訝しんだ。

そんな兄弟の前で、アナスタシアは指を一つ立てると、

「ちょっとだけ、ユリウスやなくてヨシュアに手伝ってほしいことがあるんやけど」

「兄様ではなくて、ですか？　僕でお役に立てるなら構いませんが……」

「わ、助かるわぁ。さすが、ユークリウスの男は頼りになる」

調子のいいことを言い、アナスタシアが胸の前で手を合わせる。それから、彼女は合わせた手を贋作の絵に向け、はんなりと微笑むと、

「手っ取り早く、贋作の告発文をもらった人たちを探したいやん？　ヨシュアの芸術好き

友達みーんなに、この絵を見せてくれたら嬉しいなぁて」

4

「へえ！　ユリウスの言ってた通り、なかなか大したもんやないの」

部屋に飾られた何点もの絵画を眺めて、アナスタシアは目を輝かせていた。

彼女の視線の先、壁に掛けられているのは様々な景色を描いた風景画だ。王都を描いたものがあれば、隣国の名所を描いたものも、空想上の景色を描いたものもある。

拙さの目立つ作品もあるが、完成度のばらつきには目をつむってもらいたい。なにせ、ここはユークリウス邸の中にある、ヨシュア・ユークリウスの画廊なのだから。

もっとも、芸術的価値を認められる絵などなく、画廊なんて大げさすぎる表現だ。少なくとも、画家本人はそう自評している。

「あれでユリウスは身内贔屓する性格やから、どんな風にお茶濁したらええかなって思うてたんやけど、ちゃんと上手で言葉飾らんで済むわぁ」

「身内贔屓だなんて、兄様の見る目を疑わせてしまっていたなら、それは僕が評価に見合わないせいです。兄様は常に未来を見据えてらっしゃいますから……」

「あ、身内贔屓なんは兄弟揃ってやったね。言い直す言い直す」

ちらりと舌を出し、反省の意を見せるアナスタシア。彼女の歯に衣を着せない物言いには、自らを画家未満と評するヨシュアはかえって安心させられる。

もちろん、大事な兄に対する誤解はちゃんと訂正させてもらったが。

「風景画ばかり描いていますが、実際に見た場所ではなく、本で読んだか、父や兄様に話を聞かせてもらった場所が多いです。どれも想像の産物ですね」

「想像でこれだけ描けたら十分やない？　ウチは手先がぶきっちょやから、こないに上手なんは尊敬するわ。羨ましい」

訂正、歯に衣を着せないアナスタシアは、褒め言葉も率直なので居心地の悪くなる場面も多々あった。

そもそも、ただでさえヨシュアはアナスタシアがあまり得意ではないのだ。

――現在、アナスタシアがヨシュアの画廊で絵を眺めているのは、彼女の頼みで招待状を出したヨシュアの知己、芸術愛好家たちが集まるのを待つための時間潰しだ。

普段から忙しく、慌ただしくしているアナスタシアだが、贋作家探しの依頼は優先順位が高いらしく、愛好家たちを招いたこの日は、朝から退屈そうにしていた。

そこで視界に入ったのが運の尽き、気付けば画廊の案内をさせられていたのだった。

「――でっかい絵やねえ」

ふと、画廊の壁一面にかかった絵に目を留め、アナスタシアが呟いた。

つられて顔を上げ、ヨシュアもアナスタシアの興味を引いた一枚を目にする。それは他の絵よりも一回りも大きな絵画――ユークリウス邸を描いたものだった。

ヨシュアにとって、生まれてからずっと暮らしてきた屋敷であり、世界の中心だ。

この一枚を描き上げるのには、それこそ人生の大部分を費やす必要があった。それは、自分の世界を受け入れ、真っ向から対峙(たいじ)するのにかけた時間と等しい――。

「これだけ描けるんなら、絵描きとしての将来を考えたこととかないん？」

「――――」

不意打ち気味のアナスタシアの一言に、ヨシュアは内心でようやく納得する。

本当に、アナスタシアには芸術を目利きする能力があるのだ。それはこの絵がヨシュアの作品の中で優れているからではなく、かけた時間が膨大だからこその理解。

額縁の大小ではなく、この絵が特別な一枚だとアナスタシアは見抜いたのだ。

でも、だとしたら彼女も気付いたはずだ。

「僕にそこまでの才能はありませんよ。兄様もアナスタシア様も、買い被(かぶ)りすぎです」

「そう？　ウチはお世辞は苦手やから、あんまり人を買い被ったりせえへんのやけど……でも、そうやね。――できることとやりたいこと、一緒とは限らんもんやしね」

「――――」

その一言は、先ほどヨシュアを沈黙させたものより数段鋭かった。

鋭すぎて、言葉の刃(やいば)で一太刀(ひとたち)浴びせられたと錯覚するほどに。

「混乱させてしもたかな？　ただ、自分で思うとるより、ヨシュアの絵はええもんやって褒めたかっただけやのに。もう少し上達したら、売り物になるんちゃうかな」

「……それは、光栄です。ですが、お金のために描いているわけではないので」

「お金にするつもりのないものがお金になるなんて、最高に贅沢やと思うけどなぁ」

アナスタシアの価値観、それはヨシュアの価値観と全く違うものだが、一切のブレがなくて確かに清々しい。彼女の在り方を好むものも、少なからずいるだろう。

でもやはり、ヨシュア個人はアナスタシアの考え方には馴染めなかった。

「――お嬢！　お嬢～！　お客さん、どえらいぎょーさんきよったよー！　すごー！」

と、そこへ部屋の外から騒がしい声がかかる。アナスタシアの私兵であり、屋敷に出入りしているミミの朗らかな呼び声だ。

邪気のない少女の飛び跳ねる音に、ヨシュアとアナスタシアは顔を見合わせた。

「そしたら、お客さんも到着したみたいやし、お出迎えしよか」

「そうですね。……あの、本日招いた皆さんは、善良な蒐集家の方々なので」

「お手柔らかに、やろ？　心配せんでも、ヨシュアのお友達に悪させんよう、ユリウスからも釘刺されてもうてるもん。それに、美術品の愛好家なんて、その人らもうちのお得意さんになるかもしれんやん。――下手なんて打たんから、安心しぃ」

白い狐の襟巻きを撫で付け、はんなりと微笑むアナスタシアの返答。

その頼もしさが自分の望んだものと重なっているのか、兄に従う形で彼女の支援者に名を連ねているヨシュアには、まだしっかり測り切れるものではなかった。

5

「――やはり、他の蒐集家の下にも同じ告発状が届けられていたのですね」

招待客が退散したユークリウス邸で、狙い通りの成果が挙がったと聞かされ、ユリウスが人数分の紅茶を用意しながら目を瞬かせた。

その兄の手際に恐縮しながら、ヨシュアは「はい」と眉尻を下げて答える。

「招いた方たちに『ミデリーネのうたた寝』の贋作を披露したところ、自分たちにも同じように告発文が届いていたのだと……」

「やっぱり、オールセンさんが騙されとったいうんが決定的みたいやね。あんまり見事な贋作の実物も見て、みーんなようやく危機感が湧いたってわけ」

「ようやくということは、蒐集家たちは密告への対処は……」

ユリウスの疑念の眼差し、それにヨシュアとアナスタシアが首を横に振る。

残念なことに、告発状を受け取った蒐集家たちは誰しも、オールセン男爵と同様に嫌がらせの一種だと考えていたらしい。

そのため、何らかの対応策を打っていたものは皆無だった。

「ま、仕方ないわ。これまでいくつも鑑定士の目ぇを掻い潜ってきた自慢の名画……それが贋作やなんて、手紙一枚で疑ったりできひんよぉ」

「被害は殊の外大きかった、ですか。少なくとも、これでオールセン男爵が個人的に狙われたという線は消えましたが……いったい、密告者は何が目的なのでしょう」

「問題はそれやねえ。密告者は精巧な贋作の真贋を見抜ける目の持ち主……嫌がらせ目的やなかったし、恐喝めいた真似もしてきてへん。ん～、なんやろ」

「もしや、世に溢れ、出回る贋作を駆逐して芸術の価値を守るために……」

「あは、面白い！　ユリウス、その冗談めっちゃ面白いわぁ」

アナスタシアに手を叩いて笑われ、ユリウスが釈然としない顔をした。

それは紛れもないユリウスの本心だったのだろうが、アナスタシアが笑った通り、夢想家の思い描く夢物語の類である。

この世に出回る数々の名画、その二割は贋作であると言われている。欲するものがいる限り、それに乗じて悪賢く儲けようと企む輩は尽きない。——歴史が証明している。

ただ、確かにこの密告者の行動には、贋作自体への敵意があるように思われた。

「あの、例えばなのですが……密告者は、贋作を作った本人で、贋作を見抜けない蒐集家たちを馬鹿にしている……という線はどうでしょうか」

「ははぁ、それも面白い。それやったら、密告者と贋作者がおんなじ人で、片方突き止めたら両方いっぺんに捕まえられてめっちゃお得やん」

「あまり、損得で語るのが適切な話題とは思いませんが……」

ヨシュアの思いつきを聞いたアナスタシアに、ユリウスがそう苦笑する。

しかし、ヨシュアに思いつく犯人像はこのあたりで打ち止めだ。そもそも、ユリウスが窘めたように、損得の物差しで測れる問題なのかもわからない。

「――損得絡み、それは絶対や」

「え……」

「見返りが物質的なものか、精神的なものかはわからんけど、損得と無縁の行動は絶対にありえへん。儲かるだけが損得やないもん。せやから、これをすることで物か心かが得してる人間が絶対におる。それが手紙の犯人や」

確信に満ちた声音で言って、アナスタシアがユリウスの淹れた紅茶に口を付ける。

その芳醇な香りを楽しむ彼女の横顔に、ヨシュアは先ほど耳にした強固な哲学を口にした女性と同一人物かと、自分の認識を疑う羽目になった。

そんなヨシュアの混乱を余所に、アナスタシアは「ま、ええわ」と片目をつむり、

「犯人像に固執しすぎると、先入観に足下すくわれかねんから注意せんとや。どのみち、すぐに動きがある頃やろしね」

「すぐに動く……それは、密告者や贋作者が？」

「んーん、違う違う。さっき会うた、ヨシュアのお友達」

あっけらかんと言われ、ヨシュアはユリウスと驚いた顔を見合わせる。その兄弟の反応に微笑み、アナスタシアは「さん、にい、いーち」と数えながら窓の方を手で示す。

まさか、とおののきながらも、ヨシュアは半信半疑でそちらに目をやり――、

「ぜーろ……と、さすがにそこまで都合よくはいかんかった――」

失敗したと、そうアナスタシアが舌を出した照れ笑いを浮かべかけたところだ。

「あれは――」

ユークリウス邸の門前に、一台の竜車がやってくるのが見えた。ヨシュアの見知った竜車は、数時間前に来訪した友人の蒐集家が所有する一台だ。

しかも、その一台の後ろにも続々と、引き返してきた竜車が見えているではないか。

「あと五秒もったいぶってたら、最高に格好よかったところやったね」

片目をつむり、アナスタシアが改めて舌を出してそう笑った。

それを聞いて、ユリウスは敬服を示すように一礼し、ヨシュアも脱帽した心境を隠せないままに頭を下げる。ヨシュアの心中、あるのは感服や敬服より、アナスタシアの底知れない先見性への驚きと、畏れだった。

――ヨシュアは、アナスタシアのことが得意ではない。

ユークリウス家が王選候補者として彼女を強く推すのは、次期当主であるユリウスの意向が大きく、ヨシュアはあくまで兄の立てた家の方針に従っているだけだ。

アナスタシアに、ルグニカ王国の次代の王としての器があるかはわからない。

しかし、ユリウスが彼女が玉座に就くべきだと、そう判断した理由の一端が、ここまでの短い時間の中でも端々で感じられたように思う。

それは――、

「――」

恐る恐る、窺うように持ち上げた視線に、アナスタシアが微笑みを深める。

まるで、自分の今の挙動さえも予見されていたように思われて、ヨシュアは次なる言葉がかけられるまで、自分から動くことが畏れ多いように感じてしまうのだった。

6

——アズラ・イースタンの住居に行き着いたのは、ニコ・オールセン男爵の依頼を引き受けてから、わずか三日後のことだった。


「返事がありませんね」

何の変哲もない平民街の一角、王都の活気ある喧騒を遠くに聞きながら、目的の建物の前でユリウスがヨシュアたちに振り返った。

隙間なく住居が連なり、手狭な敷地に大勢が詰め込まれた集合住宅。目的の小さな家の住人は不在なのか、戸を叩いても声をかけても反応はなかった。

もっとも、訪ねた相手は芸術家だ。昼夜の逆転した生活をしていても不思議はないと、すぐに諦めて退散する選択肢はなかった。

「……でも、驚きました。こんなに早く、密告者の目星がつくなんて」

「ヨシュアのお友達がみんなで一生懸命協力してくれたおかげやねえ。他人事なら知らん顔でも、我が事となったら大騒ぎ……あとで、掻かなくていい恥掻かされた～て、オールセンさんには文句言われるかもしれんけど」

頬に手を当てるアナスタシアが、冗談めかした風にため息をつく。

実際、ここまで順調に話が進んだのは、アナスタシアがヨシュアの知人の蒐集家たちに広く贋作の存在を知らせ、彼らの危機感を煽った結果だ。アナスタシアが贋作者を先に探していると知り、蒐集家たちは我先にと彼女に情報を持ち込んだ。

解決を急ぎたい蒐集家たちの気持ちが、アナスタシアへと情報を舞い込ませたのだ。

「おかげで、投書した人物の風体や投書の時間帯など複数の証言が得られた。そこから確度の高い情報を絞り込んで挙がった候補者の一人が……」

「――アズラ・イースタン。普段は商会で荷物を運搬する獣車の御者などをしているそうですが、それ以外の時間では広場で似顔絵描きをしているとか」

自分でも絵を描く人物となると、一般人よりも真贋を見抜く目には期待ができる。とはいえ、彼はあくまで候補者の一人に過ぎないので、固執は厳禁だ。

「一度彼は後回しにして、次の容疑者を調べますか？」

「ユリウス、なんかノリノリやない？」

「それは……申し訳ありません。騎士団として警邏する機会はあっても、こうした地道な捜査で容疑者を追うという機会が巡ってくることはないものですから」

アナスタシアの指摘に、ユリウスが己の前髪をいじりながら答える。

この日、ユリウスの服装は所属を示す近衛騎士の制服ではない。容疑者に威圧感を与えないためと、アナスタシアの要望で動きやすさ重視の平服が選ばれていた。

ただ、服を着替えてもユリウス本人の容姿が放つ凛々しさと優美さは隠せず、洗練された平服の着こなしが、どこまで目的を果たせているかヨシュアには疑問だ。

「どんな服装でも、兄様が平民街にいるだけで誰もが振り向いてしまいますから……」

「ヨシュアの兄贔屓はともかく、実際困りもんやねえ。ウチたちで並んでると、美男美女の三人組すぎて変装の甲斐がないわぁ」

「それについては謝罪の言葉に困りますね。まずはアナスタシア様が率先して、ご自身の美しさと聡明さを隠していただければ幸いですが」

「ま、言ってくれるやないの。……冗談抜きに、長居はええ手やないなぁ」

首をひねり、アナスタシアは少しの間だけ「ん～」と唸った。しかし、彼女はすぐにその思案を打ち切ると、「よし」と胸の前で手を合わせ、

「んん～？　なんや、家の中から赤ん坊の泣き声が聞こえへん？」

「え？　あ、赤ん坊ですか？　いえ、僕には何も……」

「――なるほど。赤子が泣いているとなれば危急の事態、すぐに対応しなくては」

突然のアナスタシアの空耳にヨシュアは目を丸くしたが、ユリウスの方は一切の躊躇いなく、正面のアズラの家の扉に手をかけた。

そのユリウスの服の袖口から、赤く淡い輝きを放つ準精霊――イアが飛び出す。そのま

ま、イアは扉の鍵穴へと吸い込まれ、一秒で鍵の開く音がした。

「に、兄様⁉　これは犯罪では……⁉」

「いや、赤子を助けるためのやむを得ない措置だ。ですね、アナスタシア様」

「わ、悪い影響……！　アナスタシア様の悪い影響です！」

「ほらほら、何言うてるん。家の前で騒いでたらご近所さんの迷惑になるやないの」

鍵の開いた家にユリウスが滑り込むと、躊躇うヨシュアの背をアナスタシアがぐいぐいと押す。その勢いに負け、アズラの家にヨシュアも押し込まれた。

「すみませんごめんなさい、悪気はなかったんです。ただ、兄様が間違ったことをするはずがないので、唆したアナスタシア様に全責任が……」

「自分の行いの責を主(あるじ)一人に負わせるのは私の望むところではないよ。それより――」

必死に謝罪の言葉を紡ぐヨシュアを窘(たしな)めるユリウス。その言葉が不意の緊張感を帯びると、ユリウスが「アナスタシア様」と静かな声音で主を呼んだ。

その呼びかけに、アナスタシアも足を止めて頷(うなず)く。

「ん、ウチも見たらわかる。……ずいぶんな荒らされようやないの」

アナスタシアの一言に、「え」と吐息を漏らしたヨシュアも愕然(がくぜん)と周りを見る。

上がり込んだアズラの家の中、それはユリウスの鍵開けと無関係に荒れ放題で、倒れた家具や割れた食器、争った形跡が大量に残されていた。

その中でも最も目を惹(ひ)くのは、床に飛び散った赤黒い血痕――、

「だ、誰の血ですか⁉　これ、ここで誰かが……」

「人物の特定まではできないが、この出血量であれば命に別状はない。ただ、家の中が荒らされたまま放置されているところを見ると……」

「家主が連れ去られた可能性の方が高そうかなぁ」

床の血痕をしげしげと眺めたあと、アナスタシアが部屋の奥の窓に近寄る。見れば、血痕は窓の方に続いており、窓枠には複数の靴跡が残されていた。

「入口やなくて、ここから乗り込んでアズラさんを襲った。で、抵抗したアズラさんをポカッとやって、また窓から外に連れ出した……ってとこやないかな」

「アズラさんを連れ出したって、誰がそんなことを」

「ウチらの辿ってきた情報によれば、アズラさんは告発状を出した密告者。その密告者が邪魔やなぁて思うんは、商売上がったりの贋作者って線が一番濃いんと違う？」

アナスタシアの推論は筋が通っていると、ヨシュアも焦る気持ちで納得に導かれる。

とかく、混乱状態に置かれた人間は安心材料を余所に求めるものだ。この場合、アナスタシアの柔らかな語り口が、まさしくヨシュアにとってのそれに該当した。

おかげで、ヨシュアのささくれ立った心中も緩やかに落ち着いていくが――、

「これは衛兵を呼ぶべき事態です。アナスタシア様、少々お傍を離れて構いませんか？」

「うん、その方がええやろね」

「はい。――ヨシュア、アナスタシア様を頼む。衛兵を連れ、すぐに戻る」

「は、はいっ！　兄様、お気を付けて」

衛兵を呼びにいく兄に、お気を付けてとは何を言っているのか。

こうした場での立ち回りの悪さを自覚して、ヨシュアは恥ずかしい気持ちになる。

そんなヨシュアにアナスタシアを任せ、ユリウスは衛兵を呼びに詰め所へ走った。この状況だ。事件性がある以上、アズラの捜索は衛兵の担当になるだろうか。

「では、アナスタシア様、家の外で兄様を……」

「せやねえ。――ユリウスが衛兵連れて戻る前に、やることやらなあかんね」

声をかけたアナスタシアの返事に、ヨシュアは「え？」とまたも動揺する。そのヨシュアの反応に、アナスタシアは指を一本立てると、

「衛兵が集まったらウチらも好き勝手はでけんやん？　せやから、ユリウスがおるうちはでけんこと、先に済ましとかんと」

「兄様がいたらできないって……そんなことがこの世にあるんですか？」

「驚きの規模がおっきすぎやけど、ちゃんとあるんよ。例えば……」

そう苦笑して、アナスタシアが向かったのはアズラの家の隣家だ。彼女の目的がわからなくて目を白黒させるヨシュアを連れ、彼女は「もしもーし」と隣家の扉を叩(たた)くと、

「隣のアズラさん、誰かに襲われたみたいなんやけど、心当たりあります？」

「ちょ!?」

堂々としたアナスタシアの態度に、ヨシュアは青ざめた顔で彼女と隣家を見比べる。

「そ、そんな聞き方いいんですか!? そもそも、何か知ってたら衛兵に連絡が……」

「し～」

焦るヨシュア、その唇に指を当てて、アナスタシアが沈黙を求めてくる。

その細い指の感触を唇で確かめたヨシュアは硬直したが、こちらの動揺を余所にアナスタシアは隣家の反応を待ち、何も返ってこないのを見ると「次やね」と歩き出す。

そのまま、彼女はアズラの家の反対の隣家へ向かい、同じように扉を叩いた。

「に、兄様に頼まれた役目、役目ですから……」

アナスタシアの真意はさっぱりわからないが、ユリウスに彼女を託されたという事実がヨシュアの足を動かした。返事のない家々に、アズラの家が荒らされていた事実を次々とばら撒きながら、アナスタシアは悠長な足取りで奇行を続ける。

五軒六軒と、手掛かりどころか返事もない状況にヨシュアは挫けかけたが――、

「――よお、お二人さん。聞きたいことがあるらしいじゃねえか」

そんな粗野な声がかけられたのは、二人が八軒目の空振りを終えたところだった。

慌てて振り向くと、声をかけてきたのは体に刺青の入った暴力的な印象の男だ。しかも一人ではなく、似た印象の仲間をぞろぞろと引き連れている。

途端、ヨシュアの背中を冷たい汗と、嫌な想像が駆け上がった。

「あ、の……いえ、僕たちは、怪しいものでは……」

「そうそう、ちょうど困ってたところなんよ。お兄さんたち、お話聞かせてくれるん？」

「あ、アナスタ……もがもが！」

勇気を奮い立たせ、とっさにアナスタシアを背後に庇ったヨシュア。男たち相手にどうにか繰り出した言葉を、あろうことかアナスタシアに妨害される。

しかも彼女は、後ろからヨシュアの口を塞いで、抗議する声さえも遮った。

ただし——、

「——ウチの名前は呼ばんとき」

耳元で囁かれ、息を詰まらせたヨシュアは何も言えなくなる。そのヨシュアから手を離すと、アナスタシアはふらりと前に出て、男たちと向き合った。

いつの間にか、そうするアナスタシアは見慣れた帽子と襟巻きを外し、どこか普段の装いとの印象を変えていた。——名前を隠したのと同じ、素性隠しだ。

察しの悪いヨシュアにもようやくわかる。このガラの悪い男たちが、アナスタシアが直前までの奇行で呼び出そうとしていた相手なのだと。

先読みに優れた彼女がこの事態を予想していたならと、ヨシュアは唾を呑み込み、

「——。では、ひとまずなんとお呼びすれば？」

「この場はアナで誤魔化しとこか。——じゃあ、黒社会見学の時間やね」

周囲を男たちに取り囲まれ、背筋の凍る思いのヨシュアと対照的に、アナスタシアは余裕の様子でこちらにウインクなどしてみせた。

そんな彼女の態度に驚嘆しつつ、ヨシュアはアズラの自宅を見——アナスタシアが、自

分の帽子と襟巻きを置いて、自分の素性を隠しているのを理解しながら、

「……本当にこの方を信じて、大丈夫なんですよね、兄様」

と、ここにはいないユリウスに問いかけ、大人しく男たちに連行されるのだった。

7

——そして、物語はヨシュアが運命を呪ったその瞬間へ戻ってくる。

「——アズラ・イースタンさんやけど、あんたさんらが殺してしもうたん？」

前置きのないその問いかけに、ヨシュアは「ひゅっ」と喉を鳴らした。

薄暗い店内にヨシュアとアナスタシアを連れてきた男たちは、待ち構えていた仲間と合流して十人以上に膨れ上がっている。荒々しい空気のこもり具合は店外と比較にならず、荒事と無縁のヨシュアは視線の圧迫だけで骨が折れそうだ。

そんな荒くれ者に囲まれながら、ヨシュア以上に華奢(きゃしゃ)なアナスタシアは堂々としている。だが、堂々としていれば無害な相手かと言われるとそんなはずもない。

直前の、単刀直入すぎる問いかけに一拍後れ、最初にこちらと接触してきた刺青(いれずみ)の男がテーブルに手をついた。——途端、傾いたテーブルの上をグラスが滑り、落下。

マズい、と思ったときには全(すべ)てが遅く、事態は悪化の一途を辿(たど)り——、

「――なんだ、てめえら！　何がしたくて人の縄張り荒らしてんだ、ああ⁉」

「上等だ。タダでここから出られると思ってんじゃねえぞ！」

「っだ、コラぁ！　んだ、オラぁ！　っすぞ、ウラぁ！」

降り注ぐ男たちの罵声、勢いがつきすぎて何を言ったのか聞き取れない悪罵を浴びせられて、ヨシュアは目の前がぐるぐる回るのを感じる。

暴れる心臓が爆発しそうになるヨシュア、しかし傍らのアナスタシアは微笑み、

「ほら、そう騒がんと、大人しくお話聞かせてくれん？　ウチからのお願いや」

「あ、あ、アナさん⁉　考えが、考えがあるんですよね⁉」

荒くれ者たちはおそらく、ヨシュアたちの探し人が消えた件と無関係ではない。

そんな相手に真っ向からアズラのことを尋ねたアナスタシアだ。彼女がただ度胸のある女性というだけでなく、何らかの勝算を持った知恵者であると信じたい。

ヨシュアでは、相手が一人でも勝ち目がない。なのに、十人以上もいるのだ。

「兄様がいてくれれば……」

「でも、ユリウスがおったら、そもそも話しかけてきてくれんかったかもやし」

「……やっぱり、わざとだったんですね」

「そらそうや。大きく勝つには大きく賭けんと。ヨシュアもよう覚えといてな？」

これが自分のやり方と、片目をつむる愛嬌を見せるアナスタシアにヨシュアは息を呑む。

彼女の余裕の正体が謎だ。本当に、何か手があるとしか思えない。

あるならあるで、早くその手の内を明かして彼らを落ち着かせてほしいのだが。

「ご自分の立場を――」

今、ルグニカ王国でアナスタシア・ホーシンがどれほど重大な立場にあるのか。そんな彼女の傍に、ユリウス・ユークリウスどころか、『鉄の牙』のリカードやミミ、ヘータローやティビーといった腕利きたちが何故一緒にいないのか。

『――ヨシュア、アナスタシア様を頼む』

そう思った瞬間、ヨシュアの脳裏に兄から託された言葉が過る。

衛兵を呼んで戻ったユリウスは、その場に二人がいないことに気付いてどれほど驚くだろうか。心配するだろう。だが、ヨシュアは託されたのだ。

他ならぬ、『最優の騎士』ユリウス・ユークリウスに、大切な主人の無事を。

「――――」

ヨシュアは震える息を呑み込み、店内の様子をつぶさに観察した。

カウンターに遊技台、ここは彼らがたまり場にしている酒場なのだろう。周りの助けは期待できない以上、この場を収めるには自助努力が必須だ。

そんな中で、ヨシュアの視界の端――壁に飾られた、観賞用の曲刀が引っかかった。

「――アナさん！　こちらへ！」

躊躇ったのは一瞬で、ヨシュアはアナスタシアの腕を掴み、強引に囲みを突破する。

気圧されていたヨシュアの行動に虚を突かれ、男たちは無理やり間を抜けようとするヨシュアに押しのけられ、後ろに下がった。アナスタシアと二人、そこを抜け出す。

そのまま、ヨシュアは壁にかかった曲刀を取り、アナスタシアを背後に庇った。

「……おいおい、そりゃ冗談じゃ済ませられなくなるぜ？」

抜き身で飾られた曲刀は手入れも何もなく、切れ味は期待できたものではない。構えたところで脅しの効果は低いと、刺青の男の下卑た笑みが言っている。

笑うのはその男だけでなく、周りの仲間たちもそうだ。彼らの目には、ヨシュアの行為が癇癪を起こした子どもの虚勢ぐらいにしか見えていないのだろう。

もしかしたら、力量的には彼らの認識で間違いないのかもしれない。だが、ヨシュアの心境は違う。脅しや冗談、お遊びのつもりも毛頭なかった。

——そんなつもりで、もう握りたくもなかった剣を握ることなんてありえない。

「手加減を期待しないでください。僕は、もう十年近く剣を振っていません」

「聞いたか？　手加減できねえとよ、おっかねえ！　ブルッて小便漏らしちまいそうだ。天才剣士様に皆殺しにされちまう〜！」

「……剣士じゃない。騎士です」

「あん？」と、男の野卑な笑いがその反論で掻き消えた。

無論、ヨシュアも自分の発言が相手の神経を逆撫でするだけだとわかっていた。わかっていた上で、言わずにはおれない。何故なら——、

「僕は騎士の家の息子です。たとえ、その資格がこの貧弱な腕になかったとしても、志ま

で折ろうとは思いません。何より！」

顔を上げ、震える腕で剣をしっかり握り、ヨシュアは相手を睨みつけた。

「どうしてここで引き下がれますか……僕は！　この国で最も騎士らしい人の弟だ！」

滅多に荒げない声を荒らげ、ヨシュアは踏み込み、剣を振るっていた。

それはへっぴり腰だった。十年、剣を振ってこなかったという前言は伊達ではない。ひょろひょろと力ない剣撃は、いっそ十年前のヨシュアの方がマシな一振りができたろう。

だとしても、それは悪意に対して毅然と立ち向かう役目を果たした。

善良なものを守るため、悪意に対峙する。――それはまさしく、騎士の剣だった。

「づっ――」

苦鳴をこぼし、とっさに体を庇った男の掌から血が散る。

飾り物の曲刀の切れ味は最悪で、使い手の腕の悪さも重なって被害は切り傷一つ。しかし、ヨシュアの意気を示すには十分な一撃だった。

もちろん、弱者を嬲る優越感に浸っていた男たちを激昂させるにも、十分だった。

「この、クソガキ――！」

手を斬られた男が唾を飛ばし、怒りの形相でヨシュアに掴みかかろうとする。腕と切れ味の悪い剣士と比べたら、その掌の方がよっぽど脅威だったかもしれない。

だが、それが届くよりも早く――、

「――まったく、男の子ぉは格好つけやねえ」

背後に庇ったアナスタシアの声と、襟首を引かれる感触に「うわ」と呻く。

そのまま尻餅をつくヨシュアの頭上、男の手が空振りし、滴った血が股の間に落ちた。

とっさに息を詰める体、その背中が柔らかい掌に受け止められて。

「あ、アナスタシア様……っ」

「アナさんやって。ま、でも頑張ってくれたから許したげよか」

思わず名前を呼んでしまったヨシュアに、アナスタシアが穏やかな声で答える。

だが、窮地はちっとも変わっていない。もう一歩、男が次に踏み込めば、逃げ道のない二人はあっという間にひどい目に遭わされるだろう。

事実、額に青筋を浮かべ、刺青の男が赫怒に彩られた形相で二人に迫る。

「何をのほほんとしてやがる！　てめえらは――」

「そんなん当然やん。――騎士様が二人も守ってくれてるのに、怖がる理由がないよぉ」

「ふた、り？」

へたり込むヨシュアの頭に顎を乗せ、アナスタシアが刺青の男に舌を出す。その言葉の意味をヨシュアや男たちが咀嚼するよりも、酒場の異変の方が早い。

――瞬間、けたたましい音を立てて、閉ざされた酒場の扉が弾け飛んだ。

「――――」

「――すまない。どうやら少し、強く叩きすぎてしまったようだ」

突然のことに声を失う男たちの向こう、破られた扉を跨いで姿を見せたのは、薄紫色の

髪をかき上げる優麗な美丈夫――、

「に、兄様！　どうしてここが⁉」

今、世界で一番見たい兄の顔の登場に、ヨシュアは奇跡が起きたのかと瞠目する。ユリウスはその声でヨシュアたちの様子を確かめ、安堵に唇を緩めた。

そして、一瞬でその表情を引き締めると、「いやなに」と首を横に振り、

「衛兵を連れ帰ってみれば、二人の姿が見当たらない。何かあったのかと付近を捜索していたところ……これが落ちていたのを見つけた」

そう言ったユリウスが手にしていたのは、アナスタシア愛用の狐の襟巻きだった。

男たちに連行される際に彼女が脱ぎ捨てたそれは、素性隠しのためだけでなく、自分たちの窮状をユリウスに知らせるための手掛かりでもあったのだ。

「アナスタシア様は、ここまで全部……むぎゅ」

「さっきからうっかりしすぎ。ウチはアナ。見逃すんは一回こっきりやって」

「なるほど、そういう趣向なのですね。でしたら、私はユーリと」

「それ、お気に入りやねえ……」

改めて偽名を口にしたアナスタシアに、ユリウスも自らの偽名を選んだ。と、何故かそれを聞いたアナスタシアが苦笑したが、ヨシュアには理由がわからない。

いずれにせよ、その詳細を聞き出すことも叶わなかった。

「て、てめえら！　さっきっから、人様の城で楽しくしてんじゃねえ！」

声を荒げ、我に返った刺青の男がヨシュアたちとユリウスを交互に睨みつける。彼は足下にへたり込むヨシュアを指差し、ユリウスを牽制すると、

「下手に動くな！　こいつの細い首がどうなっても――」

「――すまないが、君の罵声は私はともかく、後ろの二人には聞かせたくない」

　ユリウスを黙らせようとした男、その目的は果たされなかった。

　言葉の途中、男の目にはユリウスが消えたように見えただろう。実際には、姿勢を低くしたユリウスが一足で距離を詰め、時間を与えず男の顎を掌で打っただけだ。

　それが目で追えなかった時点で、彼らとユリウスとの力の差は歴然だった。

「それが、僕の兄様ですから」

「で、ウチの騎士やから」

　ヨシュアとアナスタシア、二人がそれぞれ異なる言葉で同じ相手を勝ち誇ると、打たれた男が半回転して酒場の床に豪快に叩き付けられた。

　一瞬の出来事に目を剥く男たち、彼らが動けない間にユリウスは素早くヨシュアたちを背後に庇うと、その切れ長な瞳を酒場の中に巡らせる。

「――隠れても無駄だ。見える位置に十二人、カウンターの裏に二人。侮辱には、雪辱を以て返礼とさせてもらう。ただし」

　そう言って、ユリウスは携帯していた騎士剣を剣帯から外し、背後のヨシュアへ渡した。とっさに剣を受け取り、その重みに驚くヨシュアにユリウスは微笑んだ。

そして――、

「よく戦った、ヨシュア」

「――ぁ」

「今日の私は流れの傭兵（ようへい）ユーリだ。酒場の乱闘に剣は使わない。この拳（こぶし）でお相手しよう」

称賛はヨシュアに、挑発は男たちにそれぞれ向けて、ユリウスが軋（きし）む床を前進する。

その背中に、ヨシュアは込み上げるもので視界を潤ませ、俯（うつむ）きそうになった。

「ユーリ、怪我（けが）したらあかんよ」

頭の下がりかけた背に手を当てられ、ヨシュアの動きが止められる。目を逸（そ）らすなと掌（てのひら）の温（ぬく）もりに言われ、滲（にじ）みかけた視界で振り返らない兄の背中が答える。

「承知しました」

互いに信頼しかない主従の会話、直後にユリウスの手足が鞭（むち）のようにしなった。

胸を打たれた先頭の男が吹き飛び、後続を巻き添えに勢いを挫（くじ）く。数に勝（まさ）るのに、その数を活（い）かせない男たちの末路は、それで決まった。

都合、十四人――最初に倒れた男も含めて十五人が全滅するまで、ものの数十秒。

そうして、倒れた男たちを見下ろしながら、ユリウスは無傷で吐息し、

「――これは、とても優雅な結果とは言えないな」

と、余人には到底辿（たど）り着（つ）けない立場から、その勝利を反省したのだった。

8

「あ、あの家を荒らしたのは俺たちじゃねえ。俺たちも、アズラの行方は探してたんだ」

十五人がかりで返り討ちにあったのがよほど応えたのか、乱闘後の男たちはアナスタシアの質問にも素直に答えるようになっていた。

ただし、彼らの答えはヨシュアたちの望んだものとは程遠い。

「つまり、あんたさんらがウチたちを囲んだのは、アズラの居所を知りたかったから？」

「……そうだ。野郎を押さえれば大金を払うって頼まれて、それで」

「アズラ・イースタンの身柄を欲しているのは、君たちの雇い主の方というわけか」

ユリウスの確認の言葉に、床に正座した刺青の男が何度も頷く。

穏やかな物腰のユリウスの取り調べだが、どんな好待遇も叩きのめされた事実を上書きしてくれないらしい。男たちは顔を青くして、無抵抗の従順さを発揮していた。

「さすがは兄様……悪漢が何百人いたとしても、物の数ではありません」

「いくら私でも、相手が数百人いたなら手段を考えたいところだ。無論、その数百人がアナスタシア様やヨシュアの脅威なら、矢面に立つのも吝かではないが」

「兄様……！」

「はいはい、麗しくて楽しい兄弟漫才はそこまでや」

パンパンと手を叩いて、アナスタシアがユークリウス兄弟の会話を中断させる。それか

らアナスタシアは、取り戻した帽子と襟巻きを手に抱えたままユリウスを見やり、

「改めて助かったわ、ユーリ。ウチの手掛かり、見落とさんでくれたんやね」

「ああも大胆に道の真ん中に置かれていては、見落とす方が難しいでしょう。高価な品物ですから、私が戻るまでに誰かに持ち去られていなくてよかった」

「道の真ん中……ホント、そういうところが大雑把なんよねえ、この子……」

「――？」

渋い顔で襟巻きを撫で付けるアナスタシア、その言葉にユリウスが首を傾げる。

その疑問の眼差しに、彼女は「こっちの話」と小さく舌を出してから――、

「それにしても、ウチたち以外にもアズラさん探ししとる相手がいるとなると……やっぱり贋作者本人の線が濃厚やけど、お兄さんらは雇い主の事情は詳しないん？」

「事情を聞くなんてのはご法度だ。ただ……急がねえとヤバい、とは言ってた」

「ヤバい、ですか」

一目瞭然のユリウスの実力も見抜けなかった男だ。彼の見る目と心証をどこまで信じていいものか疑問だが、少なくとも彼自身に嘘をつく意図はないように思えた。

いずれにせよ、彼が主犯でないというのなら――、

「それで、どこのどなたさんがお兄さんらに頼み事したん？」

「そんなこと話したら……！」

「そう？　ちなみに、ユーリが一声かけたら外回りしてる衛兵さんらが大勢で駆け付けて

くれる手筈なんやけど……ここ、ひっくり返される方が困るんと違う？」

「う、ぐ……！　わ、わかった！　話す！　話せばいいんだろ！」

小首を傾げたアナスタシアの脅しに、刺青の男が観念して叫んだ。アナスタシアの掌の上で翻弄される男は、そのままヤケクソ気味に雇い主の名前を明かす。

その名前は――、

「――アミレイ・メギス、ですか」

酒場を離れ、大通りに面した店に腰を落ち着かせたところで、男たちから聞き出した名前をヨシュアが反芻する。

そのヨシュアの口にした響きに、アナスタシアがはんなりと頬に手を当てて、

「この筋やと、わりと有名な故買屋やね。盗品でも何でも扱うやなんて話で、悪い噂もちょくちょく聞いた相手やけど」

「その故買屋がアズラ・イースタンを探させていた。酒場の男たちは彼の身柄を確保していませんでしたから、我々と故買屋以外にも……」

「家を荒らした誰かが、アズラさんの行方を追っていた……？」

順当に情報を整理すると、そうとしか考えられない流れに収束する。つまり、アズラは少なくとも三方向から居場所を探されていたということだ。

密告の容疑者であるアズラ、彼の行方を追う理由があるのは、被害者の依頼を受けたア

ナスタシアと、贋作を密告されて困る贋作者本人のはずで。

「ということは、このアミレイという人物が贋作者ということですか?」

「んふふ~、それはちょっと素直すぎる見立てやね。確かに、密告されて困るんは贋作者やけど、アミレイの仕事を考えると別の側面が見えてこぉへん?」

「他の? それは……あ! そ、そうか! アミレイ・メギスは故買屋なんだから、贋作を売っていた立場の人間!」

アナスタシアの指摘に、ヨシュアは目を見開いて思い切りテーブルを叩いた。その勢いのあまりモノクルがズレ、ヨシュアは「ぁ」と一気に耳まで赤くなる。

気付いたのが嬉しくて、つい大きな反応をしてしまった。

「す、すみません、つい差し出がましいことを……」

「別に謝ることあらへんよぉ。ウチも、ヨシュアとおんなじ意見やもん」

ひらひらと手を振り、アナスタシアがヨシュアの無礼を鷹揚に許す。その様子に唇を緩めて、ユリウスが「それでは」と話を続け、

「アズラ・イースタンの告発は、贋作を商ったアミレイ・メギスにとって都合が悪い。その差額は膨大だろうし、真贋がわかって商っていたなら悪質な詐欺行為だ」

「美術品の蒐集家も、オールセンさんらみたいな非戦主義とも限らんしね。荒事が得意な人らにも売りつけてたら、報復必至の悪徳商売や」

王国法に照らし合わせても、悪漢の流儀に照らし合わせても八方塞がり。

詐欺を働いたアミレイ・メギスも、その自分の立場がわかっているからこそ、慌てふためいてアズラの身柄を確保し、口を塞ごうとしたのだろう。

「しかし、第三者の介入により、その目論見は破綻した。……これは推測だが、アミレイ・メギスは贋作者と繋がっているのでは？」

「贋作商売をするんなら、安定して商品を供給できる贋作者と手ぇ組むんが一番と。ウチも同感やけど、アミレイさん探しは贋作者探しとおんなじぐらい大変やと思うえ？」

「自分の身が危ないとわかっているんですから、逃げ回っているでしょうしね……」

関係者の背景は見えてきたが、相変わらず核心には近付けない状況だ。

ただ、本来の目的が贋作者探しであることは重々承知の上で、密告者であるアズラの居場所もヨシュアは特定したかった。

「目的はわかりませんが……アズラさんの密告がなかったら、『ミデリーネのうたた寝』が贋作とはわからず、蒐集家の誇りは汚されたままだったのですから」

「お、ヨシュアったらやる気やねえ」

「え、あ、いえ、すみません。勝手に熱くなってしまって……」

「ええよええよ。自分の好きなもんにケチ付けられたら、誰でもそうなるわぁ」

頬杖をついて笑い、そう言ってくれるアナスタシアにヨシュアは恐縮する。

信じられないくらい無謀な行動に出たり、品行方正なユリウスへの悪影響が憂慮される彼女だが、こうして度量を示されると反応に困ってしまう。

これも彼女の人心掌握術の一環だろうに、悪い気がしないのが性質が悪かった。

「それでどうする、アナ？　手掛かりの線は一見途絶えてしまったが……君のことだ。まだ何か手は打っているんだろう？」

「あら、その呼び方続けてくれるん？　なんや、新鮮な気持ちやねえ。──そしたら、ウチの優美な傭兵さんの期待に応えんといかんね？」

「ま、まだ悪巧みをされているんですか!?」

「ヨシュア、人聞きが悪いだろう」

軽妙なやり取りをする二人、その発言内容に思わず本音が漏れたヨシュアを、ユリウスが苦笑しながら窘める。

またしても失言だと、そうヨシュアが恥に耳を赤くしたときだった。

「──あ、お嬢、ここだったんだ！　よかった。見つかってくれて」

そう、店外から声がかかって振り向けば、窓際の席に座った三人を覗き込んでいるくりくり眼と目が合った。橙色の毛並みをした、背丈の低い子猫人──ヘータローだ。

ミミの弟であり、アナスタシアの私兵の一人である彼は窓越しに三人に微笑む。

「心配したんだよ。聞いてた家にいったら、衛兵でごった返してたから」

「ああ、アズラさんのとこやね。ごめんごめん、連絡する暇がなかってん。それで、よくウチたちを見つけてくれたもんやね」

「ユリウスとヨシュアの匂いは独特だから」

「えっ、兄様だけでなく、僕もですか⁉」

「……それはどういう驚きなんだ、ヨシュア」

自分の小さな鼻を指で触ったヘータローに、ヨシュアは思わず驚いてしまう。

ヨシュアとしては、ユリウスから清涼な水や空気の香りがするのは当然だと思っていたので、同じように自分が話題に挙げられてひどく意外だったのだ。

「二人は兄弟だから、匂いがよく似てるんだよ。どっちも、硬くて柔らかい匂い……ちょっとだけ、ヨシュアの方が油っぽい匂いがするかも」

「あ、油っぽい……？」

「それは画材の匂いだろう。私も、たまにヨシュアから香ると感じることがある」

何気に衝撃発言をするユリウスの横で、ヨシュアは自分の袖を嗅いでみる。が、二人が言うような匂いは自分では感じられなかった。

そのまま、すんすんと自分の匂いを嗅ぎ分けようとしているヨシュアを余所に、アナスタシアが開けた窓越しにヘータローの喉元を指でくすぐりながら、

「それで、ウチたちを探してくれてたってことは、頼んだことはわかったん？」

「ゴロゴロ……うん、お嬢が言ってた通り、古い絵を買い集めてた人が見つかったよ。あんまり有名じゃない絵なのに、たっくさん」

気持ちよさそうに喉を鳴らし、目を細めるヘータローの答え。それを聞いたアナスタシアが「そかそか」と我が意を得たりと微笑んだ。

「その買い手の人の情報は？」

「仕事場もわかったって。すぐにお嬢たちを案内できるよ」

「ま、ウチの子たちの仕事のできること！　あとで特別手当を弾まなあかんね」

言いながら、アナスタシアはもう片方の手でヘータローの頭を撫で、喉と頭の二ケ所攻めで子猫人の少年へのねぎらい攻勢を強めていた。

その微笑ましい光景の横で、ユークリウス兄弟は首を傾げる。

「アナ、説明してもらえるかい？　何故、古い絵を集めていたものを探していた？」

「ん、道すがら説明するわ。名残惜しいけど、そろそろ元のウチたちに戻ろか」

ヘータローを解放したアナスタシア、彼女は空席に置いていた狐の襟巻きを取ると、それを自分の首に巻いて、大きな帽子を被り直した。

普段通りの装い、今日の陽気の暖かさと逆行したような服装だが、不思議と彼女の白い肌は暑さを感じさせず、その可憐さを平然と周囲に受け入れさせるのだ。

「大変お似合いです、アナスタシア様。見慣れたそのお姿も、大層お美しい」

「ま、言うてくれること。ほら、起きた起きた、ヘータロー！　案内したってや」

微笑み、アナスタシアが手を叩いてヘータローに呼びかける。先ほどの撫でくりで陶酔状態だったヘータローが目を覚まし、「う、うん！」と慌てて飛び起きた。

「ええと、アナスタシア様、それでどちらへ向かうんです？」

「なんやの、決まってるやない」

会計を済ませ、店を出る準備を整えたヨシュアの問いにアナスタシアが笑う。その笑みは、彼女がよく見せる実に悪戯っぽい可憐なそれで――、

「――ウチらの探し人、贋作者さんのところやよ」

と、そうのたまった。

9

――ホギー・マルシュポ。

それがアナスタシアが贋作者と断定した、無名の画家の名前だった。

「寡聞にして、知らない名前ですが……」

「贋作者としてはその方が都合ええのと違う？　画家として名前が売れてたら、当然それだけ画風も知られる……贋作者としては致命的やしね」

「ですが、あれだけ見事な絵が描けるのに……」

贋作であった『ミデリーネのうたた寝』を思い出し、ヨシュアは苦悩する。

今回の捜査の発端となった贋作は、何年も大勢の人間に本物の絵と信じさせてきた傑作だった。それだけの腕があるなら、自分でだって名画を生み出せるだろう。

それこそ、趣味で絵筆を持っているヨシュアには、とても至れない才能だ。

「人の行いには必ず理由がある。そのホギーという人物が贋作者となったことにも、相応

の理由が存在しているはずだ」

「……贋作を描くのに、納得のいく理由なんてあるんでしょうか」

「わからない。私は、芸術を嗜むものとしては人並みだ。その観点は私より、ヨシュアの方がよほど正しく持てているだろう。――アナスタシア様」

「うん？」

「何故、ホギー・マルシュポが贋作家だとお考えになったのですか？」

道すがら話すと言ったアナスタシアに、ユリウスがそう説明を求める。

その言葉にアナスタシアは「そうやったね」と、歩きながら一本の指を立てた。

「おさらいやけど、教えた真作と贋作の見分け方……覚えとる？」

「画風や技術はもちろん、画材が重要だと。当時は使われていなかった画材が使用されている場合があり、そこから見抜かれることが……」

「そうそう。その画材、絵の具やら絵筆やらもあるけど――紙も画材やんな？」

確信めいたアナスタシアの物言いに、ヨシュアは「あ」と目を見開いた。

「そうか！　当時の絵を贋作するためには、当時の紙が必要になる。それで、当時の売れない絵師の絵を買い集めて……」

「それを下敷きに絵を描く……と。まぁ、そんな手口があるわけやね」

「ちっとも知りませんでした……」

アナスタシアの説明に脱帽し、ヨシュアは知らなかった世界の存在に気が遠くなる。

技術も大きく進歩し、過去には獣の皮が使われていた時代から、全く異なる技術と素材が現代では使われている。画材にも、その影響はあるのだと。

「真贋を見極める秀でた目の持ち主がいる以上、それを欺くための技術もまた様々な形の発展を遂げる。……芸術という分野にも、剣技に通じるものがありますね」

「何事も真面目な捉え方するもんやねえ。そういう側面もあるってだけの話やから、大げさに考えすぎんと……ん、目的地みたいやね」

案内に先導していたヘータローが足を止め、ピンと伸ばした尻尾で正面を示す。

そこにあったのは古びた建物――問題の、ホギー・マルシュポが使っている画廊だ。ここを拠点に、ホギーは何作もの名画の贋作を作り出したと考えられる。

ここまでの情報通り、贋作者と故買屋が繋がっているとしたら――、

「中に、アミレイ・メギスの手のものがいる可能性が高い。どうされますか？」

「逃げられてしまうのが一番怖いですね……兄様のお力があれば、中に何人いたとしてもあっという間に制圧できると思いますが……」

「なんだか、それってお嬢みたいな考えだね」

「――!? ま、まさか、僕までアナスタシア様の悪い影響に毒されて!?」

悪気のないヘータローの言葉に我に返り、ヨシュアは愕然と自分の両手を見下ろす。

ここまで一緒に行動したことで、アナスタシアのやり口に徐々に抵抗がなくなった。それが知らないうちに、ヨシュアを染め上げつつあるのかもしれない。

「アナスタシア様、弟が申し訳ありません」

「うーん、なんでそないに葛藤するかなぁ。別に悪いことやないと思うんやけど……そしたら、ヨシュアを毒すんも本意やないし、優しい方法にしよか」

そう言って、「え」となるヨシュアの反応を待たず、アナスタシアは画廊の入口に平然と歩み寄ると、その扉をトントンと手の甲で叩いた。

そして息を吸うと、家人が中から出てくるより先に――、

「ここ、『ミデリーネのうたた寝』を贋作したホギーさんの画廊やと思うんやけど、ホギーさん、中にいてはる～!?」

滅多に声を張らないアナスタシア、その大声が画廊と、通りへと響き渡った。

そのあまりに物騒な内容にヘータローは苦笑し、ヨシュアもユリウスも目を丸くする。

だが、一番面食らったのは当のホギー・マルシュポだろう。

その証拠に、ものすごい勢いでバタバタとした足音が入口へ駆け付けてくる。

そんなアナスタシアのやり口を眺めながら、ヨシュアは思った。

「このやり口をしておいて、僕を毒したくないとはどの口が……?」

「……人聞きが悪いだろう、ヨシュア」

さすがのユリウスの擁護も、この手口の前ではちょっと説得力がなかった。

「――お察しの通り、私が贋作の作者で間違いありません」

画廊にヨシュアたちを引き入れたホギー・マルシュポは、そう己の罪を認めた。

鼻の下に髭（ひげ）を蓄えた、錆色（さびいろ）髪の癖毛が特徴的な中年男性だ。気弱そうな顔つきと憔悴（しょうすい）した声に、ヨシュアは彼が名画の贋作を作成し、大掛かりな詐欺行為に加担した人物なんてとても思えないと感じる。

しかし、そんなヨシュアの印象は作業場に入ってすぐに打ち消された。

そこにはまさしく作業中の、複製された名画の数々が並べられていたからだ。

「これは、ちょっと大胆過ぎひんかなぁ。これだけの名画が次々と出回ったら、いくら何でも誰かが贋作や～て気付いてまうんやないの？」

「ああ、いえ、これは売りに出したりしませんよ。ただ、今の私の技量でこれらの絵を描くことができるか、確かめてみただけで」

「……だとしたら、確かめられたのでしょうか？」

アナスタシアに答えたホギーに、ヨシュアは贋作された名画を眺めてぽつりと呟（つぶや）く。

複製されたいずれの名画も、そうと知らなければ贋作だなんて疑えもしない素晴らしい出来だ。まだ未完成の絵も多いが、その完成形も本物と遜色ない仕上がりになるだろう。

「これだけの絵が描ける腕があるなら、誰かの模倣でなくても……」

「私には、本物は描き出せない。私にできたのは模倣……それも、出来の悪い模倣です」

「――ぁ」

目を伏せたホギーの言葉に、何故（なぜ）かヨシュアの方が深い落胆を味わった。

それは絵筆を握り、芸術の世界に足を踏み入れたものにしかわからない失望だ。自分より高みを歩くものが、上を向くことをやめてしまったことへの失意と無念だった。

「――。アナスタシア様、どう思われますか？」

「ん～、せやねえ。てっきり、ホギーさんとアミレイさんが手ぇ組んどって、どっちかが黒幕って線やと思うてたんやけど……」

当初、警戒した画廊の中の敵――贋作の作者と故買屋、その両方が揃って武器を構えている絵面は、ヨシュアたちが迎えられたあとでは実現しそうにない。

きょろきょろと中を見回すヘータローも、他に画廊に隠れているものはいないと、そう伸ばした尻尾の合図でアナスタシアに報告していた。

とはいえ、神妙な態度のホギーが今回の件と無関係のはずもなく――、

「わからんことは聞くのが一番……ホギーさん、アズラ・イースタンって知っとる？」

「――っ」

「あらら？　思った以上の反応やった」

ダメ元でアズラの名前を出した途端、ホギーの顔が明らかに強張った。

予想外の反応だと、聞いたアナスタシアも目を丸くする中、四人に取り囲まれたホギーの方は合点がいった、とばかりに嘆息し、

「そうでしたか。……あなた方は、息子から私の贋作の話を聞いたのですね」

「うん？」

「ですから、息子……アズラから、私の仕事のことを聞いたのでしょう？　あれは私の、贋作家としての仕事を嫌っていましたから」

「……少し待っていただきたい。少々、こちらの思惑と外れた答えだったので」

思いがけないホギーの告白に、目をぱちくりさせるアナスタシアをユリウスが援護。

贋作者と密告者、てっきりホギーとアズラの関係は加害者と被害者だと思っていたが、ここにきて新たなる関係性が発覚した。

そうなってくると、またしても関係者の相関図が変わってくる。

「確認させていただきたいが……ホギー殿、アズラ・イースタンはあなたの実の息子であると、そのような認識で間違いありませんか？」

「え、ええ、そうです」

「でも、家名が違っているのは……」

「あれの母親と出会ったのは若い頃で……私も彼女も経済的に余裕がなく、結婚することが叶わなかったのです。売れない画家では、とても家族を養えない」

「ああ、それでホギーさんに接触してきたんがアミレイ・メギス……悪徳故買屋が、自分の仕事を手伝わせるて、贋作を描かせ始めたんやね」

「――。はい。贋作を描いたことで得た報酬を、妻と子に送っていました」

苦渋の決断だったのだろう。苦々しい顔で、ホギーは画廊の贋作を見回した。

経済的な理由で妻を娶れなかったホギーは、皮肉なことに今度は贋作者となったことで黒社会に関わり、危うい立場を理由にやはり妻子と暮らすことができなかった。
せめて、妻子に苦しい生活はさせないようにと金だけは送り続けていたが——、

「その妻も二年前に亡くなり、息子は事実を知った。自分が、贋作を作る父親の汚れた仕事で育てられたと。そのことに、ひどく怒りを覚えていた」

「では、彼があなたの贋作を暴き、我々がここに辿り着く切っ掛けを作ったのは……」

「息子なりの復讐……そう、私は考えています」

がっくりと肩を落としたホギー、彼の無念にヨシュアは何も言えなくなる。

芸術を愛する一人としては、彼の行いには怒りさえ覚える。だが、それが妻子を養うためであり、しかもそれが理由で今度は息子に恨まれていると聞かされれば。

「どれだけ絵画の勉強をしたのか、息子は贋作の出所を辿って、ついに私にまで辿り着いてしまった。そして、贋作者など今すぐやめろと訴えてきました」

「————」

「……息子の、私の仕事を憎む気持ちは当然です。ですが、私はもう二十年も贋作を作り続けてきた。この世に、多くの贋作を溢れさせて、今さら……」

罪は償えないと、そう続けなかった言葉の先をホギーの瞳は物語っていた。

それを受け、ヨシュアは気付く。ホギーがやってきた自分たちを神妙に受け入れ、全ての疑いを素直に認めた理由に。

「あなたは、罰を受けたかったんですね。だから、大人しく僕たちを出迎えた」

家族を養うために、愛する芸術の世界に背を向けた。その不当に得た報酬で育つことになった息子には恨まれ、最悪の独り立ちを見届けて、ホギーは覚悟したのだ。

自分が二十年間、贋作を生み出し続けてきたことの罰を受けることを。

しかし、ホギーの罪の意識と罰を受ける覚悟を知った上で、こうも思った。

「――アズラさんの怒りは、本当に贋作で育てられたことだったんでしょうか」

それは本当に思いつきの、考えなしに口をついて出てしまった言葉だった。

だが、その発言を聞いて、虚を突かれたようにユリウスたちはヨシュアを見る。

「今のはどういう意味だ？　まさか、ホギー殿が嘘をついていると？」

「い、いえ！　嘘だなんて思っていません！　ただ、言葉足らずなことは起こり得ます。家族であったとしても、何もかもがわかり合えるわけじゃ、ない」

「――――」

ユリウスの問いに目を逸らし、ヨシュアは自分の薄い胸に触れる。その返答に息を詰めるユリウス、その傍らのアナスタシアとヨシュアは目が合った。

彼女の浅葱色の瞳は、好奇心と期待を浮かべながらヨシュアを見つめていて。

「それで？　ヨシュアはどう思ったん？　聞かせたってや」

「……怒りが、全くなかったとは言いません。自分が父親の贋作者という仕事に育てられたと知って、アズラさんは恥ずかしくなったかもしれません。でも、精巧な贋作の真贋が見極められるまで絵画にのめり込んだアズラさんには、他の可能性だってある」

言いながら、ヨシュアは描きかけの贋作——否、絵画の前に立った。

そして、その色彩豊かに描き出された世界観、見事な技術の調和に目を細める。

「あの『ミデリーネのうた寝』は素晴らしかった。ここにあるどの作品もそうです。真贋だけが芸術の価値を決めるんじゃない。真の価値は、別のところにある」

「そこまでの価値は、私の絵には……」

「それは、あなたの絵画を素晴らしいと思った蒐集家たちへの侮辱です」

あえて強い言葉を使い、ヨシュアはホギーへと振り返った。

こんな風に他者に訴えかけることなんて普段はしない。だが、今は必要だと思った。

自分の持つ才能に無自覚なものに、持たざるものとして言わなければならない。

「アズラさんは、贋作をやめろとホギーさんに言ったそうですね。僕にはそれが、ただ怒りに任せただけの発言とは思えないんです」

「思えないって……でも、他にどんな意味があると言うんです」

「——あなたに、あなたの絵を描いてほしかった」

「え？」

「あなたの絵を見た、行きずりの僕でさえそう思うんです。それが、長年あなたの絵筆に生かしてもらっていたアズラさんなら、なおさらなんじゃないでしょうか」

罪を受け入れる覚悟のあったホギーが、しかしその言葉には衝撃を受けていた。

その考えもしなかったという彼の反応に、ヨシュアの胸中を苦いものが走る。——たぶんそれは、苛立ちに近いものだったのだと思う。

これだけ素晴らしい絵を描ける人が、自分の才能に勝手に見切りをつけて。

「あなたには、素晴らしい才能があるんだ。どうしてそれがわかってくれないんです。名だたる芸術家たちに負けない絵が描けるのに、どうして！」

「ヨシュア、落ち着くんだ」

ホギーに詰め寄るヨシュアの肩を、ユリウスが後ろからそっと押さえる。その兄の手の感触に、ヨシュアは感情的になった自分を恥じ、「すみません」と謝った。

しかし、謝ったのは我を忘れてしまったことについてだ。

言ったことが間違ったとは全く思わない。きっと、アズラもそうだったはずだ。

「今の話、ウチもヨシュアに賛成やね」

ふっと笑い、ヨシュアの激昂を見届けたアナスタシアがそう言った。

「息子が父親の仕事を認められんくてした復讐……って話やと、なーんかしっくりこんなぁって思ってたんよ。でも、ヨシュアの考えた通りならしっくりくるわ」

「ですが、それはあまりに危険な賭けだ。父親の贋作者としての仕事を否定するために、贋作を告発して回るなんて」

「せやから、父親の名前は出さんかった。絵が贋作ってわかって仕事が回らんくなれば、おのずとホギーさんは廃業や。アミレイさんへの飛び火は自業自得かなぁ」

アナスタシアのその意見も、アズラの真意の裏付けとして機能するものだ。

本気でホギーのことも贋作（がんさく）のことも憎んでいたなら、贋作者として父親の名前も一緒に告発していれば、事態はこんな回りくどい話にならずに済んだ。

そうでないということは、アズラにはホギーへの害意はないということだろう。

「贋作の、告発……まさか、そんなことまでして、息子が私を……」

わなわなと震える自分の手を見下ろして、ホギーが途方もない現実に直面する。

ずっと後ろめたさがあり、向き合うことができなかった親と子だ。その罪の意識がホギーの目を曇らせ、アズラの真意を彼に気付かせなかった。

それが晴れた今なら、親子はきっと正面から向き合って話せるはずだが――、

「でも、肝心のアズラさんは連れ去られたまま、行方がわからないんですよね……」

「え⁉　息子が連れ去られた⁉」

ぼそっとこぼしたヨシュアの呟（つぶや）きを聞きつけ、ホギーの声がひっくり返った。

彼からすれば、自分が捕まるかどうかの瀬戸際だったというのに、急に息子の安否不明という情報が舞い込んだのだ。それは目も回るというものだろう。

「す、すみません、説明不足で。ええと、そもそも僕たちは著名な美術品の蒐集家（しゅうしゅうか）であるニコ・オールセン男爵に頼まれて、名画の贋作者探しを始めて……」

どこから説明すべきかと悩みながら、ひとまず捜査の切っ掛けとなった出来事へと立ち返るヨシュア。そのわたわたとした説明の途中で――、

「――やられた」

不意にヨシュアの説明を遮り、そう呟いたアナスタシアが自分の頭を抱えた。そのまま「あ〜、う〜」と唸り始める彼女に、ユリウスが目を瞬かせる。

「どうされたんです、アナスタシア様」

「ウチとしたことが、完全に手玉に取られてしもてた……もうこれ、できる女みたいな態度してたんがめちゃめちゃ恥ずかしなるやないの」

「——。もしや、アズラ・イースタンの居場所がわかったのですか？」

言いながら、ほんのり頰を赤くするアナスタシアにユリウスが問いを投げかける。

どうしてユリウスがそう思ったのかがわからず、ヨシュアは「え」と間抜けな声を漏らすばかりだったが、アナスタシアは赤い顔のままで頷いた。

「ん、わかった。——黒幕、問い詰めにいこか」


謎の確信を得たらしいアナスタシアに導かれ、一同は『黒幕』の居所へ向かう。

道中、自分の息子が置かれた危機的状況の説明をされ、ホギーの顔色はどんどん蒼白になっていった。無理もない。家族を養うために続けた仕事が原因で、その家族が危険に晒されるなんて本末転倒だ。

「そない心配せんでも大丈夫。アズラさんなら、ちゃんと無事でここにおるから」

そのホギーの不安と後悔に、アナスタシアははんなりとした態度で言って、それから辿り着いた目的の場所を顎でしゃくり、ヨシュアたちを驚かせた。

当然だろう。その場所はヨシュアも、ユリウスも見覚えのある場所だったのだ。

何故(なぜ)なら、目の前の屋敷、その所有者は――、

「これもぜーんぶ、あんたの思惑通りになったんやろ、オールセンさん」

「いやはや、たったの三日で辿(たど)り着(つ)かれますか。――さすがのご慧眼(けいがん)でしたな」

と、今回の調査の切っ掛けをもたらしたニコ・オールセン男爵が、アナスタシアの来訪を待ちわびていたかのように笑っていたのだった。

10

――此度(こたび)の黒幕、ニコ・オールセン男爵の計画はこうだ。

贋作(がんさく)者の父を持ったアズラ・イースタンは、何とか父に贋作作りをやめさせようと考えた。しかし、本人は耳を貸さないと考えた彼は強硬手段に出る。

『ミデリーネのうたた寝』の贋作を所有する蒐集家(しゅうしゅうか)、ニコ・オールセンへの告発だ。

蒐集家界隈(かいわい)で著名な彼が贋作を問題視すれば、贋作者としてのホギー・マルシュポの道は断たれる。しかし、そのアズラの告発を、オールセンはさらに利用した。

アズラの希望を叶(かな)え、ホギーの贋作者の道を断ちつつ、より己の望む結果へと。

すなわち――、

「――名画の贋作を駆逐する。そのために、私の蒐集家としての知名度だけでなく、王選候補者であるアナスタシア様の注目度も利用させていただいた」

「利用した相手に利用したやなんて、オールセンさん、ホントいい性格してるわぁ」

「実際、効果は覿面だったでしょう？　私も騙された贋作、その調査にあなたが動いていると聞けば、他の蒐集家たちも皆、疑惑の一品の真贋を改めて確かめる」

「ってことは、他の蒐集家さんらに告発状を送らせたんは、オールセンさんの案やね」

「ご名答です」

胸に手を当てて会釈し、オールセンは悪びれもせずに堂々と嘯いた。

その姿勢はまさしく、図々しさの極みとも言えたが、したたかさの表れでもある。彼は蒐集家界隈を牽引する一人として、贋作に断固たる態度を示したのだと。

「それに加え、真相に辿り着くためのアナスタシア様の知性と発想力、人脈と人の使い方と、様々な面を見るのにも都合よく今回の一件を利用しましたね」

「男爵としても蒐集家としても仕事はしたいうことやね。ウチも一杯食わされたわぁ」

「アズラくんの話を聞いた時点で、彼の父親であるホギー殿が贋作者とはわかっていましたが……どうせなら、他の出回った贋作も全て処分してしまいたい、でしょう？」

自分の画策が次々暴かれ、種明かしをするオールセンは実に上機嫌だった。

とはいえ、彼の方策のおかげで贋作の問題が表面化し、蒐集家たちの手にあった偽名画が炙り出され、絵画の世界の清浄化が行われたのは事実だ。

ホギーが廃業するだけでは、また別の贋作者が悪徳故買屋と組んで、同じような悪事が働かれるだけ。すでに出回った贋作も、見つけ出すのは手間だった。

「で、でも、それならアズラさんの家が荒らされていたのは……」

「贋作の告発状が出れば、当然、都合が悪い関係者が口封じに動くだろう。なので、先手を打って彼が襲われた風に演出しておいたんだ。現場の血は鳥のものだ。驚いたろう」

「オールセンさん……」

稚気の見え隠れするオールセンの笑みに、ヨシュアはもはや言葉も出ない。

アナスタシアの言った通り、何から何まで完全に手玉に取られていたわけだ。ただ、オールセンの暗躍は悪いことばかりではない。

彼が身柄を確保していたおかげで、密告したアズラは危険から遠ざけられたのだ。

「そしたら、今頃はホギーさんとアズラさんは親子の対面中でええんかな？」

「ああ、頑丈な部屋に二人ともお通しした。芸術家というものは、自分の思いを作品に込めるものだと思っているが……人と人だ。話し合いに勝る相互理解はないよ」

「で、その話し合いが信条のニコ・オールセンさん的には、ウチは合格？」

「もう少し、ホギー殿をやきもきさせてもらいたかったところではあるがね」

人の悪い笑みを浮かべたオールセン、彼の評価にアナスタシアは「そう？」と笑う。

それは実に彼女らしい、人を食ったような商売人然とした笑みだった。

「なんもかんもオールセンさんの掌の上なんて、面白くないなぁって思うてたんやけど、ようやくそれを上回れそうで嬉しいわぁ」

「ほう、私を上回るとは？」

「焦らんと、すぐわかるわ。ほら——さん、にぃ、いち」

と、そう言いながら、アナスタシアが指折り秒数を数える。そして、その指が最後の一本を折って、彼女が「ぜ～ろ」と口にした途端だった。

「——おまっとうさんや、お嬢！　探しとった女、捕まえたったで！」

大きな音を立てて、オールセンの屋敷の応接間に巨大な人影がやってくる。のしのしと足音に遠慮のない彼は、大きな体格の犬人族——リカードだった。

そのリカードの登場を予期していたらしいアナスタシアは、「ご苦労さん」と笑い、

「それで奴さんはどないしたん？」

「ぴぃぴぃぴぃやかましゅうて仕方ないから、犬車に縛って転がしてあるわ！　お嬢の言っとったゴロツキ酒場を見張っとったらドンピシャやったぞ！」

がはははは、と大口を開けたリカードがそう報告する。その内容で、ヨシュアとユリウスにも何の話なのかがわかった。

「件の、アミレイ・メギスを捕らえたのですか」

「酒場のお兄さんらにアズラさん探させてたやろ？　そしたら、進捗は聞きにくるやろなあて思うてたらピタリや。——オールセンさん、ウチのお土産」

そう言って片目をつむったアナスタシアに、オールセンが感嘆の息を吐く。

ーネのうたた寝』が渡ったのも、その人物が関与してのことのはずだ。

つまるところ、贋作の関係者全員が手中に収まったということに他ならない。

『鉄の牙』を動かしたアナスタシアが、可憐な悪い顔でオールセンに笑いかけた。

「どうせ本気で贋作を潰すなら、贋作者と贋作、それに贋作を商うもんも一緒くたに片付けてしまわんと、オールセンさんの望みは中途半端になってまうやん？」

「────」

「ウチは商人、強みは相手の望みを叶える力……どう？　ちょっとは王選候補者としての面目も立ったやろ？」

「……なるほど、これはやられましたな」

そう言うと、オールセンは椅子から立ち上がり、ゆっくりその場に跪いた。片膝をついた彼はアナスタシアを見つめ、胸に手を当てて最敬礼を行う。

それはニコ・オールセン男爵から、アナスタシア・ホーシンへの神聖な誓いだ。

「感服と敬意を。あなたを試したこと、深くお詫びいたします、アナスタシア様。蒐集家並びに王国の男爵として、あなたへ敬意を表します」

「ん、ええよ。──今後とも、末永ぁくお付き合いする間柄やしね？」

恭順を示したオールセン、彼の言葉にアナスタシアもまた大らかな器を見せる。

こう言ってはなんだが、相性の良い二人だ。アナスタシアもオールセンも、今回のことで互いの裏を掻き合い、最後には一番いい決着へ辿り着いた。

名画の贋作は処分され、アナスタシアは王選に向けて自分の支持者を増やした。

加えて――、

「それに、ウチがやられっ放しやったら、ウチにでっかく期待してくれてるユリウスやヨシュアに申し訳が立たんもん」

狐の襟巻きを撫でながら、アナスタシアがユークリウス兄弟にそう振り向く。

その彼女の一言に、ユリウスは「光栄です」と深々と一礼したが、ヨシュアはもっと恐ろしい可能性に気付いて、すぐに頭を下げることができなかった。

もしかしたら、アナスタシアの今回の動機は全て、最後のそれに集約されていて、贋作で繋がった親子も、贋作の被害者も加害者も、全部がそのおまけに過ぎなかった。

ニコ・オールセン男爵の支持以上に彼女が欲したのは、ユリウスが自分の選択を信じられる根拠の補強と、ヨシュアにも自らの力量を信じさせることだったのではないか。

そんな可能性にヨシュアが戦慄する傍ら――、

「――これにて、一件落着や」

「――――」

と、そう勝ち誇るように笑ったアナスタシア。彼女の姿がひどく可憐に見えたことが、振り回されっ放しだったヨシュアとしてはとても複雑な気分だった。

11

「結局、何もかもアナスタシア様の思惑通りとなったわけだ。やはり、あの方の見ているものは私たちとは違う。そうは思わないか、ヨシュア」

「兄様の仰ることはいつも正しいですよ。……正しいですが、さすがに今回のことは僕も色々と驚かされたとしか」

事件が決着した夜、ユークリウス兄弟は屋敷で水入らずで語らっていた。

たったの三日だが、濃厚な三日間だった。事件に美術品が関わっていたことから、今回は最初から最後までヨシュアの貢献が大きかったと言えよう。

兄としては誇らしい思いだが、肝心のヨシュアはぐったり疲れ切った様子だった。

だが、その消耗の甲斐はあったはずだ。実際、オールセン男爵が下した、ホギーとアズラの親子への恩情ある沙汰には、ヨシュアの粘り強い訴えが大きく影響している。

幸い、ホギーは無罪放免とはいかないものの、オールセン男爵がその後の更生を支援する名目で、絵を描き続ける道は残された。これからは息子のアズラが望んだ通り、誰かの模倣ではなく、自分の絵を描くという道をゆくことになるだろう。

なお、悪質な故買屋であるアミレイ・メギスの処遇も、オールセン男爵に一任された。

結果、贋作問題と王選支持者の獲得と、いずれの問題も万事解決——、

「と、そう言うには浮かない顔をしているな。何か気掛かりでも？」

「……いえ、丸く収まったことは僕もホッとしています。ただ、贋作をやめたホギーさんが、これから本当に自分の絵が描けるのかと、それが不安で」

「ホギー殿の、自分の絵か……」

憂い顔のヨシュアに、ユリウスが自身の前髪に触れて目を細める。

今回、図らずもアナスタシアと同行する時間の長かったヨシュアは、思わぬ形でルグニカの外の価値観、それもアナスタシアという強固なそれに触れることになった。

揺さぶられる気持ちはわかる。——ユリウスも、同じモノを彼女に味わったからだ。

「————」

生まれついての体のこともあるが、ヨシュアにはもっと広い世界を見せてやりたい。それは、ユリウスの飾ることのない本音だった。

幼少の頃のヨシュアは体が弱く、滅多に家の外にも出られなかった。しかし、成長するにつれ、劇的ではないものの体質は改善し、病気に怯えることもなくなった。

それでも、かつて憧れた騎士道を歩むことは難しいのが実情だ。

だとしても、ヨシュアにはそれで腐るには惜しすぎる可能性が、無数にある。

そして、そうした価値観の在り方を広げてくれるのがアナスタシアだと、ユリウスは彼女の欲求を肯定する王道に期待を抱いていた。

「兄様？」

「……ああ、いや、すまない。私も少し考え事をしていた。ホギー殿のことは、確かにまだまだ未知数だ。長年、自分のために筆を取らなかった彼が、果たして自分の世界を絵筆で描き出すことができるのか。ただ――」

そこでユリウスは言葉を切り、静かにヨシュアを見つめる。その視線を受け、ヨシュアはわずかに居住まいを正し、不安げに黄色い瞳を揺らした。

その自己主張の弱い、しかし自分以上の可能性に溢れた弟にユリウスは頷く。

「十年以上も剣を握っていなくとも、誰かのために剣を振れる存在があったことを、私は今日この目で見ている。それが、私に希望と期待を抱かせるよ」

「あ……」

「悪くなる、あるいは悪くなっていく不安は確かにある。だが、同時に期待したい。明日は今日よりよくなると、そんなありふれた平凡な願いを」

アズラが父親に望んだ、誰にも誇れる偉大な画家として大成してほしいという願い。それをホギーが叶えられないより、叶えられる明日を望みたい。

「全く別の道を選んだわけでないのなら、あとは心掛け次第で変わるのだと」

贋作家としてでも、絵筆を握り続けてきたのなら、きっと。

それに、究極的には時間さえ関係ない。たとえ明日死ぬとしても、変わっていけない理由などどこにもないのだ。

――ユリウスはすでに、自分の道をこれ以外にないと定めてしまった。

それを早まったと悔やむようなこともない。騎士道は、ユリウスが自ら望み、そうありたいと願った生き方そのものだ。

だから――、

「ヨシュア、お前にもそうしたものが見つかってほしい。なに、時間はゆっくりかけて構わない。ユークリウス家のことも、アナスタシア様のことも、私が預かろう」

「兄様……」

「ヨシュアの心からの願いが聞けたなら、私はどんなものでも応援しよう。それが、ヨシュア・ユークリウスの兄、ユリウス・ユークリウスの誓約だ」

ヨシュアは友人も多い。彼のために力を貸したいと、そう願うものも大勢いるだろう。ただ、その中でユリウスは一番勇敢に戦うことができる。

それが騎士であり、そして騎士である以前に兄であるユリウスの自負だった。

「……笑わないで聞いてほしいのですが」

そんなユリウスの誓いを聞いて、不意にヨシュアがそう切り出した。顔を上げたユリウスに、ヨシュアはおずおずと躊躇(ためら)いがちに口を開く。

「今回のことがあって、今、ものすごく絵が描きたい気分なんです。できるなら、ちゃんとこの目で見た景色を」

「……ああ、それはいい。どんな絶景を見るのも、ヨシュアの自由なのだから」

珍しいヨシュアの望みを聞いて、ユリウスは自分の心が弾んだのを自覚した。

欲しいと、やりたいと欲するところを口にする。それは実に快いことだ。

「何が見たい？　王都にも、王都の外にも美しいものは多くある。……そうだ、以前、ヨシュアは水門都市が見たいと話していたな」

「プリステラですね。風光明媚で知られた場所で、ぜひ一度見てみたいと」

「ならば、アナスタシア様に提案してみよう。あの方なら、きっと私たちの思いもよらない方法を見つけ出して、かの地へ連れていってくださるだろうから」

不思議と、まだ話してすらいないのに、張り切ってヨシュアの願いを叶えようと画策するアナスタシアや、リカードたちの姿がユリウスの脳裏に浮かんだ。

知らず、口の端を緩めるユリウス。そんなユリウスに、ヨシュアは目を伏せ、「それから」と前置きして、

「――いつか、兄様の絵を描かせてください」

「私の？　しかし、ヨシュアは人物画は……」

「は、はい。描いたことはありませんが、描いてみたいんです」

恥ずかしげに顔を伏せ、上目にこちらを見る弟。ヨシュアは欲張ったかとびくびく怯えていたようだが、そんな弟の矢継ぎ早のおねだりがユリウスは嬉しかった。

だから、ユリウスは自然と、ヨシュアが望む騎士の在り様のままに一礼し、

「――いいや、光栄なことだよ」

と、弟のおねだりを兄は喜んで歓迎したのだった。

《了》

『Golden Siblings』

1

――それはある日の、姉と弟の唐突なやり取りから始まった。

「――ガーフ、お出かけをいたしましょう」

「あァん？」

「ですから、お出かけをいたしましょう。わたくしと、ガーフの二人で」

「……あァん？」

重ねて強調された姉からの誘いに、弟のガーフィールは目を丸くするしかなかった。

――ガーフィール・ティンゼルとフレデリカ・バウマン、二人の姉弟は長い年月を離れ離れで過ごし、このほどようやくの再会を果たした間柄であった。

その再会は、姉が殺し屋の手にかかる寸前に颯爽と弟が駆け付けるという劇的なものであり、その後の二人は離れていた時間を埋めるように仲良くべったり――とはならなかった。むしろ、命懸けの場面でできた見事な連携は日常ではまるで活きず、しっかり十年分の気まずさを発揮する体たらくが続いている。

『聖域』とロズワール邸を巡る問題がひと段落し、閉ざされた地の住人たちが外の世界へと踏み出してひと月。その一人であるガーフィールも、ようやく朝の目覚めが見知ったボロ小屋ではなく、大きな屋敷の一室であることに慣れてきたところだ。

ただ、そんな新天地には緊張感もあって、姉弟の関係改善はうまく進んでいなかった。

「姉弟なんだし、俺たちみたいにいちゃついててもいいんだぞ。なぁ、ベア子」

「い、いちゃつくなんて人聞き悪いこと言うんじゃないかしら。ただ、ベティーはスバルのパートナーだから、できるだけくっついてあげてるだけなのよ」

「ははは、可愛い奴め。でも、お風呂は見張られないで一人で入りたいかな！」

とは、姉弟の再会と同時期に契約関係になったスバルとベアトリスの会話の一部だ。

自分たちの関係が順調だからって、大きなお世話と言いたくなる二人の態度だが、これが案外、新生したエミリア陣営の中では共通の課題扱いだったらしい。

そのため、諸事情で燃えてしまった屋敷に代わり、新たな屋敷に移り住んだ一同は、ガーフィールとフレデリカの姉弟仲の回復のため、様々なお節介を試みては、悪ふざけの範疇を出ないまま失敗に終わってきた。

そんな改善の兆しが見えない姉弟のぎくしゃくに、不意打ち気味に炸裂したのが――、

「――ガーフ、お出かけをいたしましょう」

なんて、冒頭の姉からの突然のお誘いであったのだった。

「変に警戒しなくても、フレデリカのことだから、単に再会した弟との距離の詰め方を測りかねてるだけでしょう。いってきなさい。ラムも、姉ぶりたい気持ちはわかるわ」

フレデリカから誘いを受けたことを相談すると、ラムはいつも通りの調子で、取り込んだ洗濯物を畳みながら素っ気なく言った。

素っ気なくはあったが、場所が場所——わざわざ、ラムが洗濯物を籠ごと持ち込んだのは、彼女と瓜二つの少女が寝台に寝そべっている一室だ。

ガーフィールにとってもラムにとっても、関係が深かったと『聞かされて』いる少女の部屋で、ラムに姉ぶりたい気持ちがわかるなんて言われたら、ガーフィールには気の利いたことも、分からず屋な癇癪もどちらも言い返せなかった。

「不満げね。ラムの言うことが信じられないの？」

「んなッこたァねェよ。俺様がラムより信じるもんなんか、他に……あー、婆ちゃんと、それッから大将と、あと、とにかくあんましねェよ」

「——。馬鹿ね。でも、ガーフのそういうところはいいと思うわ」

「がお……」

どうして急に褒められたのかわからず、ガーフィールはドギマギしてしまう。

これまで一度もこちらを見なかったくせに、こういうときだけ視線を向けてくるラム。

その横顔があんまり綺麗で、またガーフィールは想い人に心を奪われてしまう。

ともあれ——、

「しっかりやりなさい、ガーフ。フレデリカはずっとガーフを気にしてた。あんなでもラムの先達よ。下手を打ったらラムも気分がよくないわ」

と、そう付け加えるのがいかにもラムらしかったのだけれど。

「二人とも、仲良く……あ！　意識しすぎるとぎくしゃくしちゃうわよね。じゃあ、あんまり深く考えないで、すごーく楽しんできてね！」

「フレデリカ姉様、とってもお綺麗ですっ！　ガーフさん相手にもったいないぐらいっ」

「ああ、出かけるならちょうどいいので、羽根ペンのインクを買い足してもらえますか？もう少しで、在庫が切れてしまいそうで」

断る強い理由もなかったが、断れない理由を付け足されたことで、フレデリカとのお出かけは、彼女が半休をもらった日になし崩しに実現した。

大げさに、門前まで見送りにきてくれた面々――まだ馴染み切らない陣営の旗頭であるエミリアと、出会って日が浅いのに辛辣なメイドのペトラ。この出来事を重大事とも捉えていない態度が癇に障るオットーらが、そんな声をかけてくれた。

そうした見送りの最後に――、

「姉と弟、水入らずでデートを楽しんでこいよ！　俺とベア子みたいに！」

「でで、デートなんて、お前たち、真に受けるんじゃないかしら。スバルの話は半分どころか、四半分に聞くのがちょうどいいのよ」

「ははは、小憎らしい奴め。でも、夜中のトイレまではついてこなくてもいいぞ！」

と、順調な自分たちの関係を見せつけるようなスバルとベアトリスの見送りを受け、ガーフィールとフレデリカは一路、ロズワール邸から出発した。

それが、ガーフィールが姉と一緒に出かけることになった経緯である。

2

「――ガーフは、コスツールにはどのぐらいいきましたの？」

「あァん？」

気安い世間話のつもりが、ガラの悪い返事をされてフレデリカはしまったと思った。

今日のお出かけのために、色々と心の準備をしていたつもりだったのだが、簡単な話題を広げる予定が出だしで躓いて、フレデリカの計画が崩壊する。

途端、フレデリカの頭の中に、祖母からの言葉が蘇る。

「フーや、ガー坊はワシらと離れて暮らすのは初めてのことじゃ。きっと初めて尽くしで苦労するじゃろうから、フーがしっかり手助けしてやるんじゃぞ」

とは、『聖域』の住人たちや自身の複製体たちをまとめるため、別の場所で暮らすことになったリューズがフレデリカに託した頼み事だった。

もちろん、フレデリカがガーフィールを気にかけるのは頼まれたからではなく、彼が大切な弟だからに他ならない。が、姉らしく振る舞いたい一方で、どうすればそれができるのか確信が持てないのもフレデリカの立場だった。

いずれにせよ、祖母からの頼み事に失敗したと、そういう絶望に血が冷たくなる。

と、そんな不安にフレデリカが牙を震わせたところで、

「……いったッことねェよ。今日が初めてだ」

「え……？」

「だァから、初めてだって言ったんだよォ。姉貴が自分で聞いたんだろォが」

「そ、そうでしたわね！　そうですの、初めてでしたか……え⁉　もう、こちらのお屋敷に越してきてから二十日以上になりますのに⁉　初めて⁉」

「うるッせェな！　そォ言ってんだろォが、何べんも言うんじゃねェよ！」

よほどフレデリカの様子が深刻だったのか、話に付き合ってくれたガーフィール。その思いやりに胸を温かくした直後、予想外の答えでその空気が壊れてしまった。

しかし、本当にそのぐらい驚かされたのだ。

「買い出しなどで、ラムに付き添う機会もあったでしょうに……」

「ハッ！　ラムなら面倒な買い出しッなんてほとんどペトラってちびっ子に任せッてやがったぜ。それに俺様ァ、あれだ。屋敷に匂い付けんので忙しッかったんだよォ」

「あの子ときたら、またそうやって楽ばかり覚えて……ガーフもガーフですわ。屋敷の匂い付けなんて、はしたない真似（まね）を」

明らかになるラムの不正行為に呆れ、その後のガーフィールの行為にも呆れる。

確かに、どこもかしこも慣れ親しんだ匂いのついた生まれ故郷を離れ、不安になる気持ちもわかる。だが、縄張りの匂い付けなんて外の世界では奇行なのだ。

「そのあたりの常識も、ちゃんと教える必要が……あ、ああ、あああ……!?」

「な、なんだなんだなんだァ!? どォした、姉貴、急に顔面青ざめッてんぞ!?」

「い、いえ、そう言えば十年前に『聖域』を離れたとき、わたくしも最初、お屋敷で同じことをしていたのを思い出して……」

自分の行いを顧みて、フレデリカは十年遅れてやってきた衝撃に打ちのめされる。

当時のフレデリカも、故郷を離れた寂しさを埋めるため、色んな場所や物、人物にまで匂いを付けて回り、深夜に縄張りの見回りと、周囲の動物との上下関係の順位付けまで行っていたりと、今や奇行としか言えない行為には枚挙に暇がなかった。

「それを、当時から家令だったクリンドに躾け直されて……なんてことですの。まさか、わたくしとガーフがここまで姉弟だったなんて……」

「何を驚いてんのかわかんねェけど、俺様と姉貴が姉弟なのァ当たり前だろォが……」

わなわなと震えるフレデリカ、その背中を撫でながらガーフィールが嘆息した。そのガーフィールの一言にフレデリカがハッとすると、彼は「姉貴?」と首を傾げる。

当人は何気なく、何の気負いもなく言ってくれた一言だったのだろう。

「……そう、そうですわよね。当然の、当たり前のことでしたわね」

「あァん？」

そっと胸を撫で下ろして、フレデリカはガーフィールに微笑んだ。

ガーフィールの言う通り、自分たちが姉弟なのは当たり前だ。たとえ十年以上も離れ離れでいても、姉と弟であることに畏まって挑む必要はない。自然体でいいのだ。

そもそも、心の準備が必要な姉と弟とは、いったいどんな姉弟なのか。

「お婆様、わたくしは何とかお役目を果たすことができそうですわ……」

「んだァ？　『ホオズロはまだ青い』みてェな顔色してたくせに、わッけがわからねェ。姉貴もババアみてェにボケてきてんじゃ……ぐえッ！」

「せっかく褒めたのに、一言余計ですのよ。いえ、お婆様への暴言を加味すれば、一言どころではなく余計な発言ですわ。反省なさいまし」

「な、殴るこたねェだろォが……ッ」

脳天に拳骨を一発喰らい、恨めし気な涙目になるガーフィール。そんな弟にフレデリカは口元を隠して笑い、それから数歩、急ぎ足にガーフィールの前に出ると、

「そう言えば、せっかくのおめかしにまだ何にも言ってもらっていませんわね」

「あァん？」

「ガラの悪い声を出すんじゃありませんわ。今日の装いはペトラに選んでもらいましたのよ。メイド服で隣を歩くよりも新鮮でしょう？」

肩に薄衣を羽織ったフレデリカは、普段のメイド服ではなく、お出かけ用の装いだ。

服飾にとても詳しく、同時に厳しい目を持つペトラが選んでくれたもので、フレデリカも久しぶりに制服以外の服に袖を通して、新鮮な気分を味わっている。

──否、ようやく味わう余裕が出てきた、というべきだった。

「……服なんざ、別にッ何でもいいだろォが」

「もし、これがラム相手でも同じことを言いますの？」

「がお……」

「聞いた話ですが、スバル様のお話では『デート』とは、男性も女性も相手を思いやって楽しい時間を過ごすために精一杯尽くすそうですわ」

聞き覚えのない単語だったが、スバルやエミリア、ベアトリスの中では一般的な単語らしく、ペトラも先日はスバルと『デート』をしてきたと嬉しそうだった。

そのペトラの姿が、フレデリカにこうしてガーフィールを誘う勇気をくれたのだ。

だから──、

「……まァ、悪くねェんじゃァねェか？」

「ガーフにしては、頑張りましたわね」

「あァん!?」

精一杯、慣れない言葉を探したらしきガーフィールが、その評価に声を荒げる。

そんなガーフィールとのやり取りも、きっとペトラたちが嬉しそうに話してくれた『デート』の醍醐味なのだろうと、フレデリカは満喫していた。

3

工業都市コスツールは、ルグニカ王国の五大都市の一つに数えられる大都市であり、エミリア陣営が移り住んだ新たな屋敷の最寄りにある街でもあった。

以前の屋敷は、近くに小さな村が一つしかなかったので、買い出しなどで色々と不便を強いられていた。そのため、屋敷の規模感こそ新旧で大きく違わないが、その利便性でははるかに現在の屋敷の方が有用である。

「しかも、こちらのお屋敷の方がメイザースの本邸なので、わざわざ不便な別邸で過ごしていたことになるんですのよね」

「……なんでそんなッわけわかんねェことしてッたんだ？」

「おそらく、旦那様には深遠なお考えがあったことと思いますけれど……一応、王都にも『聖域』にも、以前のお屋敷の方が近くはありますわね」

「野郎ァ空飛びッやがるから、大して関係ねェじゃねェか……」

呆(あき)れた風に歯を噛(か)み鳴らしたガーフィールに、フレデリカは言い返せない。

前々から、ロズワールの考えはわからないとフレデリカは思ってきたが、直前の出来事でその意識はより強まった。陣営全体を窮地に追いやるあの陰謀で、ロズワールが何を手に入れようとしたのか、フレデリカには想像もつかなかったから。

ただ――、

「……旦那様は、『魔法使い』ですから」

そうこぼし、フレデリカはロズワールへの負の感情を意識の裏に引っ込める。そこにあるのは偽らざる本音。――フレデリカにとって、ロズワールは魔法使いだった。

それは字面通り、ただの職業や技能としての魔法使いではなく、何でもできる特別な存在という意味での『魔法使い』だった。

その知識と技能であらゆる問題を解決する。まだ幼かったフレデリカが『聖域』を離れた最大の理由は、ロズワールのその在り方に希望を見出したから。

それは、ロズワールがあれだけのことをしでかした今も、変わっていない。

「チッ、わざわざロズワールの野郎のことなんざ話しッたくねェよ。しかめっ面で姉貴と出歩くぐれェなら、俺様は……お、おおお、おおおお!?」

「ななな、なんですの、ガーフ!? 急に大きな声を出して！」

「い、いや、あれだ、あれ！ なんだ、姉貴、あのでけェ建物！ 壁！ 街！」

そう言いながら、興奮したガーフィールが指差すのは正面に見える街の遠景だ。

それまで不機嫌そうだった顔つきが一転、ちょうど街道の視界を遮っていた森林が途切れた途端に見えた都市――コスツールの姿に、ガーフィールが仰天する。

それも当然か。ガーフィールの知る世界の大半は、『聖域』という小さな集落だけ。知識としては知っていても、実際の大都市は想像をはるかに超える。

「や、やべェ！ 屋敷に匂いッ付けてる場合じゃァなかった！ 姉貴！ 早くッ！ 早くいこォぜ！　でけェもんとでけェもんとでけェもんが俺様を待ってやがる！」

「あ！　待ちなさいな、ガーフ！　ちょっと！　わたくしはスカートですのよ！　あなたのようにそんなに急いでは……もうっ！　ガーフ！」

子どものように目を輝かせ、ガーフィールがフレデリカをそう急かす。

直前の話題からの意識の移り変わり、その速さに苦笑しながらも、フレデリカははしゃぐ弟に一抹の不安を隠せないでいた。

初めての大都市に興味津々なガーフィールだが、問題はコスツールの方にある。——ズバリ、工業都市コスツールは五大都市の中でも地味な都市なのだ。

「他の五大都市……水門都市や地竜の都、鉱山都市と比べても見所が……」

いわゆる、観光名所とでもいうべき特色がコスツールにはない。

せっかく、ガーフィールが『デート』に前向きになってくれたのに、これではまたしても彼の期待を裏切るのではと、フレデリカは心中の不安に大いに苦しむ。

「どうか、お婆様……わたくしとガーフをお守りくださいまし……！」

——と、離れた空の下の祖母に心からの祈りを捧げてからしばらく。

「す、すげェ！　近付いて見ると、余計にでけェ！　『ガソックは聞いてたよりでかい』ってやつそのままじゃァねェか！」

凝然と翠の目を見開いて、ガーフィールが建造中の建物を眺めて歓声を上げる。

不安と共に幕を開けたコスツール観光は、しかしフレデリカの不安と裏腹に、ガーフィールにはとんでもなく響いたらしい。フレデリカ的にはおいしい甘味や美しい景色といったものの乏しいのがコスツールの不安要素だったのだが、単純に角ばった大きいものがたまらなく好きなガーフィールには、都市のその無機質さがかえってよかったようだ。

「ありがとうございます、お婆様……お婆様のおかげで、わたくしとガーフとの『デート』が台無しにならずに済みましたわ……」

当のリューズが聞いたら、心当たりのない感謝に首を傾げそうなものだったが、このときのフレデリカはそれを意に介さない。

と、そのフレデリカの袖を、きょろきょろ周りを見渡すガーフィールが引いて、

「あ、姉貴！　あれなんだ？　あの、超でっけェ箱みてェなもんは！」

「もう、落ち着きなさいまし、ガーフ。あの箱は『魔造具』……あれだけでなく、この街の至るところで使われている、工業都市独自に発展した代物ですのよ」

「魔造具だァ？」

聞き覚えのない単語に目を丸くするガーフに、フレデリカは気をよくする。

『魔造具』とは、この工業都市コスツールの隆盛を支え、五大都市の一つにまで押し上げた最大の要因だ。魔石を動力源とし、人の手では到底不可能な作業を実現する魔造具は、ロズワール邸でも厨房の火起こしや風呂の湯沸かし、王都では噴水など様々な場面で活用されており、コスツールの一大産業となっている。

「手仕事より速くて正確な働きをする魔造具、その工場への導入と、他都市へ輸出するための生産……それがコスツールの価値を引き上げ、五大都市の一角と呼ばれるまでになったのです。他の四つの都市と違い、近年になって五大都市入りした稀有な例ですのよ」

「へェ、そいつァすげェな！」

「そうでしょうそうでしょうそうでしょう」

「……なんで、姉貴がそんなッ自慢げにしてんだかわかんねェんだが」

都市の成り立ちを説明し、ご満悦なフレデリカをガーフィールが不気味がる。そのガーフィールの疑問に、フレデリカは「実は」と両手を広げた。

「今、ガーフもすごいと認めた魔造具の功績ですが……その魔造具が、旦那様のメイザース家が発祥と言ったら、どうです？」

「――――」

「あ、あら、渋い顔……旦那様ご本人ではなく、その御父上の功績ですのよ？」

「ロズワールの、野郎と、関わる話を、すんな」

噛み含めるように言われ、フレデリカは肩を落とした。失敗である。

とはいえ、ガーフィールがどんなにロズワールを嫌おうと、都市発展の鍵が先代のロズワール・K・メイザースにあったことは事実。工業都市コスツールにとって、メイザース家は大恩人であり、その本邸がコスツールの傍にあるのもその関係だ。

ともあれ――、

「ガーフ、工場の方に話を通しておきましたから、見学させてもらってはどうです？」

「――！　いいのかよォ！　いや、けど魔造具は野郎の……いや、でも関係ねェ！」

大小様々な魔造具の生産工場を前に、ガーフィールが躊躇いを踏み倒した。そのまま、勢いよく工場に駆け込んでいこうとして、寸前でガーフィールが思いとどまる。

急に足を止めた弟にフレデリカが首を傾げると、

「……姉貴ァいいのかよ。俺様だけで楽しんじまうんじゃァねェか？」

「――。大丈夫ですわよ。コスツールにくる機会は何度でもありますし、『デート』はお互いが思いやるもの……今、ガーフはわたくしを思いやってくださいましたから」

「ちッ、わかんねェけど……じゃあ、いってくらァ！」

後ろ髪を引かれるのも一瞬、ガーフィールが勢いよく工場へ駆け込んでいった。

きっと、あの情熱のままに職員を質問攻めにして、初コスツールを満喫するだろう。

その元気溌剌な弟の背を見送り、フレデリカは工場の外にある柵に歩み寄ると、そこに体重を預けながら、履いているブーツから右足を抜いた。

『デート』のために新しく下ろした靴だったが、わずかに足が靴擦れを起こしている。

「思ったより、ひどくありませんでしたわね。これなら……」

「――オイオイ、たまげたな。こんな美人が惜しみなく素足を晒してるなんて」

恐れていたほど傷はひどくないと、そう安堵したフレデリカの表情が強張った。足を確かめるのにわずかにまくれたスカートの裾を直し、声のした方を見る。

すると、そこにいたのはたくましい長身に、くすんだ金髪を後ろに流した野性味の強い男だった。彼は口の周りの整った髭を指で撫でて、鋭い歯を見せて笑う。

「たまには人任せじゃなく、自分で足を延ばしてみるもんだ。なぁ？」

「不躾な殿方ですわね。同意を求められても、わたくしからは何とも言えませんわ」

「こりゃまたずいぶんと雅な喋り方をする。ああ、わかるわかる。まずは見える聞こえるところを飾るのが、自分を装う初歩の手だ」

のしのしと、歩み寄ってくる男の馴れ馴れしい態度。それをフレデリカが真っ向から無視できなかったのは、男のわかったような物言いの一部が的を射ていたから。口調や身嗜み、それを整えるのは初歩だと、森を出て最初に習ったことで――。

「あなたは、いったいどこのどなたですの？」

「オレか？　オレはヘイデン・ガロってもんだ」

「――」

「わかってるわかってる！　聞きたいのはオレの名前なんかじゃない。だろ？　だが、聞かなくてもお前の血は気付いてるはずだぜ、ご同輩」

ニヤニヤと笑い、そう付け加えた男――ヘイデン・ガロの言葉にフレデリカは黙る。

ここまでわかるように言われれば、フレデリカにも男の素性が何なのかわかった。

「では、あなたもわたくしと同じ、半獣族ですのね」

「存外珍しいだろ。故郷の外で自分と同じ境遇の存在と出くわすのは。よっぽどのことがなければ、オレたちはお互いのことすら気付けない生き物だ」

「……生き物、という言い方で一緒にされるのは御免被りたいですわ」

渋い表情を戻せないまま、フレデリカはヘイデンの言いようにそうとだけ反論する。

半獣族とは、亜人族の中でもより人間的な特徴の強い獣人のことだ。その身体能力や獣化する特性はあれど、通常時の外見からは人間族とほとんど区別がつかない。

フレデリカとガーフィールも、その牙の特徴を除けば外見で区別は不可能だろう。そしてそれは、目の前のヘイデンも同じことだった。

「あなたは、わたくしたちよりも特徴が薄いですわね」

「ああ、ちょっと牙が鋭いぐらいさ。あとは全身から溢れる雌を惹き付ける色気だな」

「生まれて約二十年、自分が女でないとは知りませんでしたわ」

「言ってくれやがる！　だが、いいな、お前、気に入ったぜ」

品性に乏しいヘイデンの態度に顔を背けると、何故か彼は上機嫌になった。そのまま彼は無遠慮にフレデリカの前に立ち、こちらの肩を無理やり引き寄せる。

まだ片足の靴が脱げたままのフレデリカは、思わず彼の胸の中に抱き寄せられた。

「――っ、無礼な！　放してくださいまし！」

「へえ、立たせると背が高いな。胸と腰つきもいい。ますます好みの女だ」

「この……っ！」

じろじろと品定めする視線に怒りが頂点に達し、フレデリカの平手がヘイデンの頬を容赦なく打った。

弾かれたように顔を背けるヘイデン、彼はゆっくりと首を引き戻し、

「気の強いところもいい。お前、オレの正妃に迎えてやりたいな」

「何を……」

「オレが作る国の正妃は、強くて美しい雌でなくちゃ務まらないからな」

そう言って、ヘイデンの瞳の色が真っ赤に染まる。その変化に、フレデリカは全身の産毛が逆立つ感覚を味わい、思わず本能的に獣化しかけた。

それはヘイデンの語った雌を惹き付ける色気などではなく、あらゆる生き物の本能に訴えかける、脅威に対する危機感に他ならず——、

「——姉貴ッから離れろやァ、クソ野郎ッ!!」

直後、身を硬くしたフレデリカに代わり、憎らしい男へと豪腕が放たれた。

それは若さ故の過ちというべき、手加減のまるでなされていない一撃。並の人間なら挽肉になるような一発を、外の世界を知らないガーフィールは躊躇なくぶち込む。

フレデリカを守るためとはいえ、相手が死んでは大ごとになる。『デート』も台無しになり、外の世界に馴染めぬガーフィールの出不精は加速するだろう。

しかし、そうはならなかった。

「おお、威勢のいいガキだ。オレでなきゃ危ないところだったろうぜ」

そう言って、ヘイデンが自分の腕を振りながら歯を剥いて笑う。その彼は元の位置から

大きく後ろに下がらされ、たくましい腕からフレデリカも逃した状態だ。その彼の腕を逃れ、フレデリカは割って入ったガーフィールに抱き寄せられていた。

　とっさのことに息を詰めるフレデリカ、その姉にガーフィールは鼻面に皺を寄せ、

「姉貴、なんだあのにやけ面野郎ァ、男の趣味が悪ィぞ」

「が、ガーフに言われたくありませんわよ！……いえ、ラムとあの方を比べるのはさすがにでしたわね。謝りますわ。そして、礼を言いますわ」

「釈然としねェが、まァ、今ァそれより……」

　ギロリと、ヘイデンを睨んだ眼差しをさらに鋭くするガーフィール。その戦意にヘイデンは両手を胸の前で打って、乾いた音を弾かせながら、

「お前も半獣か。だが、見たところ平凡な血だな。本当にその女の弟か？」

「俺様捕まえて平凡たァ言ってくれるッぜ。俺様と姉貴の血縁疑ってる理由は、まさか背丈が理由じゃァねェだろォな。だったら悪ィのは姉貴の方ッだぜ」

「はははは、違う違う。言っただろ。――平凡な血だってな」

　そう言ったヘイデンの瞳がぎらつき、不意にガーフィールの手首が血を噴いた。

　勢いのいい出血に、フレデリカは「ガーフ！」と声を高くする。が、当のガーフィールは平然とした顔で傷を押さえ、治癒魔法を発動して、

「慌てんな、姉貴。大したこたねェよ。野郎を殴ったときに引っかけられたッだけだ」

　冷静に、ガーフィールが癒えた傷口を舌で舐める。ただし、その全身からは熱のような

闘気が溢れ、姉に不埒を働き、自分に攻撃を加えたヘイデンへの怒りは十分。

その様子を見て取ったのか、ヘイデンは「オイオイ」と首を横に振り、

「参ったな。ただ挨拶しただけで、やり合うつもりはなかったんだが」

「これだけッやってつれねェこと言うんじゃァねェよ。その鼻面が潰れるッまで、俺様と遊んでけや。『日暮れはディルデインの始まり』ってなァ」

「どうせなら、お前の姉さんに誘われたいところだ。だから――」

もったいぶった風に言い、ヘイデンがその両手の指をパチンと鳴らした。

一瞬、何も起こらないことにフレデリカとガーフィールは眉を顰めたが、その姉弟の揃った反応にヘイデンが「くくっ」と笑った直後だ。

――不意に、背後の工場の方で轟音と、従業員の悲鳴が聞こえたのは。

「――ッ、なんだ!?」

「さて、なんだろうな？　オレとにらめっこしてちゃわからんだろうさ」

工場の異変にガーフィールが反応するのを、ヘイデンがそう嘲笑った。そのヘイデンの言動に怒りを覚え、フレデリカが「あなたは……！」と声を高くする。

だが、当のヘイデンは大きく後ろへ跳び――、

「じゃあな。また会おうぜ、オレの正妃よ」

身の毛もよだつような身勝手を言い残して、その姿がフレデリカの視界から消える。彼が纏った自信家の匂いも遠ざかり、退散したのは嘘ではないらしい。

それを鼻で感じ取れてすぐに、フレデリカは「ガーフ！」と弟を呼んだ。

「おォ、わかってらァ！」

言うが早いか、吠えるガーフィールの体がひとっ飛びに工場へ飛び込む。フレデリカも急いで弟の背を追い、魔造具工場の騒ぎの原因を確かめようとした。

そして、目にする。——魔造具の一つが、煌びやかな光を纏って暴走しているのを。

「これは……」

目を疑うフレデリカの眼前、緑と黄色の光に包まれるのは金属の圧縮用の魔造具だ。二枚の鉄板を上下に合わせ、間に挟んだ金属を成型する魔造具で、コスツールでは比較的よく見かける代物だが、こんなに派手に光るものは見たことがない。

ましてやそれが自律的に動いて、人間や他の魔造具を壊しにかかる光景など。

「——！　いけませんわ！」

一瞬、足を止めかけたフレデリカが地を蹴り、暴れる魔造具が倒した資材の下敷きになる寸前の作業員を救い出す。かろうじて被害の拡大は防いだ。

あとは、誰もそこに巻き込まれないうちに——、

「大人ッしく、ピカピカすんのやめッとけやァ——ッ!!」

吠えるガーフィールの二本の腕が、上下に駆動する鉄板の間にねじ込まれ、魔造具の構造を強引に破壊し、分断する。鉄が引き千切られる断末魔が響き渡り、衝撃に内蔵された魔石がひび割れてマナが噴出すると、そこに光が殺到した。

それはまるで、火に引き寄せられる羽虫のような動きで、一ヶ所に集約される。

「消えッちまえ！」

瞬間、光を集めた魔石に拳が叩き込まれ、高い音と共にそれが砕け散る。

濃密なマナの結晶である魔石が砕けると、破片はマナの塵となって大気に散った。魔造具を暴走させた光も、それに紛れて消えていく。

あとには、魔造具が光を纏っていた痕跡も、何一つ残らず。

「ガーフ、よくやってくれましたわ。おかげで、怪我人は出ずに済んで……」

「みてェだな。……ッけどよォ」

「――？」

未然に被害を食い止めたガーフィールの肩を叩いたフレデリカは、その弟のどこか気落ちした声に眉を寄せた。

どうしてそんな渋い声をしているのかと、そう思うフレデリカに彼は言う。

「……でっかくてかっけェ魔造具だったってのに、容赦なくぶっ壊しちまった」

と、大きくて角ばったモノ好きが、壊れた魔造具を悲しみと共に見下ろしていた。

4

「――事情は窺った。従業員の証言とも一致する。彼らの安否には代えられなかった。工場の設備の損耗に、君たちの負うべき責はない」

「そう言っていただいて助かります。……あの、本当に怒ってらっしゃいませんの？」

「不可解だが、何故そのような確認を？」

そう疑問の声を返され、フレデリカは「いえ」と恐縮しながら返答を辞した。

相手の顔色を窺うなんて失礼は承知の上だが、なにせこの男性、フレデリカたちが入室してから経緯を話し終えるまで、一度も表情が変わらないのだ。顔色を読ませないのは政治家の資質だが、コスツールの都市長であるレノ・レックスは徹底しすぎている。

――現在、フレデリカとガーフィールの二人は、魔造具の工場で起こった異変の報告のため、『デート』を中断して工業都市の都市庁舎を訪ねていた。

そこで起こった事件を報告し、魔造具の破壊の経緯も説明し終えたところだ。

非常に奇妙な出来事だった。なんと言っても、あの魔造具の纏った光は――、

「あれはこの都市では、『光虫』と呼ばれている」

「あァ？　名前がついてるってこたァ、知ってんのかよ、オッサン……痛ェッ！」

「無礼なことを言うんじゃありませんの！　申し訳ありません、都市長様。弟は田舎から出てきて日が浅く、言葉遣いに難がありまして……」

「構わない。礼儀より、都市民を救った能力の方を評価している」

「おォ、話せるオッサンじゃァねェか。姉貴も気にッしすぎ……痛ェッ！」

相手の器に甘え、反省のないガーフィールの脇腹を抓ってフレデリカは嘆息。それから

中断した話題、それを再開するために「それで」と前置きして、

「光虫と仰いましたか？　あれは、なんなんですの？」

「言うなれば、この都市特有の現象だ。魔造具を用いる工場付近での目撃例が多く、魔石との感応が確認されている。推測だが、魔造具の動力源として消費される魔石、そのマナの残滓がある種の微精霊と結び付いたのではないかと」

「……確かに、あの光は微精霊に近しい印象があったかもしれませんわ」

レノの推測に、フレデリカは説得力を感じて静かに頷く。

屋敷には精霊術師であるエミリアがいるため、彼女は朝晩、周囲の微精霊と対話するのを日課にしていて、フレデリカもその光景を目にする機会は多い。そのエミリアの周囲を飛び回る微精霊の姿は、都市で光虫と呼ばれる光に近かったかもしれない。

ただ――、

「そのッ光虫があんな悪さ働くなんざ、危なっかしくてしょうがねェじゃねェか」

「――。それが実は、この数ヶ月でコスツールが抱えた新たな問題なのだ」

「新たな問題、ですか」

都市特有の現象であれ、その危険性は先ほどフレデリカたちが目にした通り。だが、レノはそれが以前からのものではなく、ここ数ヶ月で発生した問題と語った。

フレデリカとガーフィールの視線に、レノは小さく顎を引くと、

「先述した通り、光虫の存在は以前から都市で確認されていた。しかし、魔造具の傍で目

撃されるというだけで、無害という認識で一致していた。それがここ数ヶ月、魔造具の不調や異常動作が見られるようになり、光虫の動きにも異変があると報告があったのだ」

「では、光虫が魔造具に異常な動作を起こさせていた？」

「確認中だった。しかし、君たちが見たものがそれを裏付けている」

そう答え、レノは眉の薄い彫りの深い顔を緩く横に振った。

「都市内で対処できればよかったが、原因の究明よりも対処を優先すべき被害が出た。至急、メイザース辺境伯へ助力を要請するつもりだ」

「あァ？　なんだってロズワールの野郎の力がいるってんだ」

「ガーフ、この都市は西方辺境伯である旦那様の領地の一部ですのよ。領地で起こった問題の対応に領主が取りかかるのは当然ですわ」

そうガーフィールに説明しながら、フレデリカはレノの判断力の確かさに感心する。

都市内で事態の収拾を図ろうとし、それが難しいとわかれば即座に領主を頼るのは、都市長として正しい判断だ。それも、頼る相手がロズワールとなれば盤石だろう。

悪巧みさせず、領主らしい仕事をさせていればロズワールの右に出るものはいない。

「ですから、あなたが旦那様を嫌いなのはわかりますが……」

「じゃァねェよ。俺様が野郎を嫌ェなのと、今ッ言ってんのは別個の話だ。姉貴も知ってるはずだろォが。光虫だかなんだかに、悪さをさせた野郎のことをよ」

「光虫に悪さを働かせたって……あ」

顔をしかめたガーフィールに言われ、フレデリカは翠の瞳をぱちくりさせた。

工場での魔造具の暴走、光虫が原因となったそれの報告に頭がいきすぎて、ガーフィールが指摘した出来事──直前の無礼な男、ヘイデン・ガロの話が抜けていた。

当然、その話題は初耳のレノも、「どういうことだ」と反応する。

「君たちは、光虫が魔造具の暴走を招いた原因に心当たりが？」

「え、ええ。ただ、具体的な方法まではわかりませんが……」

「やった野郎ァ知ってる。あの野郎が指鳴らした途端、工場で騒ぎが起こりやがった。いけ好かねェ半獣のデカブツだ。野郎、何かの方法で光虫を操ってッやがるぜ。『ドーコストの笛で踊る大鼠』って具合になァ」

「にわかには信じ難い話だ」

レノからすると、常識の外側にある情報を手渡されたに等しいのだろう。表情は変えずとも、声の調子にそれを乗せた彼に、フレデリカは「都市長様」と呼びかけた。

「先ほど、光虫が微精霊に近しいものと推測されておりましたわね。でしたら、精霊術師が微精霊と言葉を交わし、契約を結んで使役するように……」

「光虫と通じ、その働きを操るものがいてもおかしくはない、か」

フレデリカの推測を柔軟に受け止め、レノが同じ懸念に辿り着いてくれる。

光虫の具体的な生態や正体は不明でも、可能性が浮上すれば前例に倣って考えられる。

あのヘイデンという男が、光虫を使役している恐れは十分あった。

「旦那様に光虫の対策を相談するのと合わせ、あの男……ヘイデン・ガロの行方も追うべきでしょうね。僭越ですが、わたくしと弟なら鼻で追うことも多少はできますわ」

「そうか、辺境伯は『亜人趣味』だったな」

「その呼び名は旦那様の名誉のために、わたくしは否定したいのですけれど……」

常人よりも五感に優れている事実を、誤ったロズワールの評価で納得されるのは、いささかフレデリカ的には不本意だった。

ともあれ、レノもフレデリカたちの能力と、事件にヘイデン・ガロが関与している可能性は十分考慮してくれたようだ。

「迅速に動きましょう。ガーフ、残念ですが今日の『デート』はここまでで……」

「――――」

「ガーフ？」

呼びかけに反応がなく、フレデリカがガーフィールへ振り向いて声をかける。しかし、弟はそれにも応えず、じっとその視線を部屋の窓に向けていた。

そして、無言のガーフィールが微かに鼻を鳴らしたかと思うと――、

「――伏せろォッ！」

直後、ガーフィールの伸びてくる腕がフレデリカと、レノの服を掴んで引き下げる。勢いで地べたに引き倒され、フレデリカは悲鳴を上げそうになった。――否、実際には悲鳴を上げたのかもしれないが、それは誰にも、自分にも聞こえなかった。

次の瞬間、都市庁舎の最上階の壁に、強烈な勢いで猛然と何かが激突していた。

「――――」

天地がひっくり返ったかと思うほどの衝撃に揉まれ、室内の机や棚、フレデリカたちの座っていたソファなどが根こそぎ吹っ飛び、部屋の端に集められる。

それらと紛れ、フレデリカたちも部屋の端に転がされていた。そこで体を起こし、何があったのかと壁を見て、唖然とする。

壁に大穴が開いて、そこから工業都市の景色が一望できるようになっていた。しかも、その一望できる景色の中に、淡い光を纏った巨大な建築用の魔造具がある。

建築資材などを高所に運ぶためのハシゴ付きの獣車のような魔造具、それが大量の資材を載せたまま、凄まじい勢いで都市庁舎へと突っ込んできたのだ。

もちろん、自然現象であるはずがなく――、

「野郎が、仕掛けてッきやがった……！」

ギリギリで攻撃を察知したガーフィールが、怒りに牙を震わせて吠える。その怒りの矛先は姿の見えないヘイデンだろうが、怒りの発散は後回しだ。

ゆっくり下がった高所作業用の魔造具が、今一度、加速をつけて迫ってくる。

もう一度あれを喰らえば、都市庁舎がどんな崩れ方をするかわからない。

「レノ様！　都市庁舎では何名の方が⁉」

「――。職員の家族含め、十二名」

フレデリカの問いの意味を理解し、レノが一瞬でそう答えた。

その返答を受け、フレデリカが「ガーフ！」と鋭く弟を呼んで、叫ぶ。

「床を抜いてくださいまし！　わたくしは外へ！」

「しくッじんなよォ、姉貴――！」

吠えるガーフィールが即座に床を踏み砕き、同時、フレデリカは片膝をつくレノへ飛びつき、大柄な彼を抱き上げると、魔造具が迫るのと反対の窓へ背中からぶつかる。

甲高い音と共に窓をぶち破り、フレデリカがレノと一緒に建物の外へ逃れた。

「――」

その窮地にあっても、悲鳴一つ漏らさないレノの胆力は大したものだ。

都市庁舎は六階建てで、都市長室はその最上階。単独ならともかく、人を抱えていてはフレデリカでも難なく着地とはいかない高さで、普通の人間は転落死を免れない。

外壁を蹴って勢いを殺し、レノを抱えたフレデリカが何とか地面に着地――瞬間、二度目の魔造具の激突が都市庁舎を揺るがし、轟音が建物を一気に傾ける。

「ガーフ！　建物の裏側ですわ!!」

今ばかりははしたなさも忘れ、フレデリカは声を大にしてそう叫ぶ。轟音に負けじと、ガーフィールへ届けなければならない声。結果はすぐにわかった。

都市庁舎の五階から下の窓が一息に割れ、中にいた職員たちが次々放り出されたのだ。

顔を青くし、空中で慌てふためく職員たちは、フレデリカたちの頭を越えてその背後、都市庁舎の裏手にあった貯水池に着水する。

「誰か手を貸してくれ！　水に落ちたものを救出する！」

立て続けの水音を聞いて、フレデリカの腕を離れたレノが即座にそう指示を出した。

途端、轟音(ごうおん)を聞きつけた人々が息せき切って集まり、貯水池に投げ落とされた職員たちの救出作業に当たる。そして、その間も都市庁舎の崩壊は進み――、

「――魔造具を」

止めなくては、とフレデリカが走り出し、三度目のダメ押しのために下がった魔造具へと取りつく。縦に長い客車を持つ獣車に飛び乗ると、本来自走しないはずの魔造具を無理やり動かしている光虫(こうちゅう)が間近に見えた。

それはますます、微精霊とよく似た性質のそれに見えて、フレデリカは牙を軋(きし)らせながら、動力源の魔石が嵌(は)められた箇所を破壊、中の魔石を割り、光虫を霧散させる。

途端、死んだように魔造具の怪しい挙動が止まった。

それを見届け、フレデリカが魔造具の外に身を乗り出し、都市庁舎を見れば――、

「――ばはッ！」

ダメ押しなしでも崩壊する都市庁舎、立ち込めるその噴煙を突き破り、ガーフィールが飛び出してくる。右手に一人、左手に一人、背中に一人と口に一人をくわえた状態で。

川に投げ落とされた職員八人と合わせ、レノが提示した十二人全員だ。

「ガーフ、たくましく育って……」

ホッと胸を撫で下ろすと、フレデリカの心中にじわりとその感慨が広がった。

もちろん、ガーフィールの実力は再会した夜、フレデリカを殺し屋の魔の手から救い出してくれたところでちゃんと見た。しかし、そうではないのだ。

誰かと戦うための力だけでなく、誰かを救うための力も、弟にはある。

「お婆様、本当によくガーフを育ててくださいましたのね」

誇らしさに、弟の成長ぶりと、そう弟を育てたリューズへの感謝の念が胸を占めた。

それをしっかり噛みしめ、ガーフィールたちと合流しようと——、

「——ああ、まったく大したもんだ。まさか劣等一人殺させないとはな」

不意に、耳元でその囁きがあった瞬間、フレデリカの全身が一回り膨れた。

ペトラの選んでくれた服、それを肥大化するフレデリカの腕が足が、胴体が内側から引き裂かんと膨れ、白い肌を金色の獣毛が覆おうとする。

だが、それよりも現れた男、ヘイデン・ガロの一撃の方が早かった。

「正妃を脱がせるなら、寝室で自分の手でやるもんだ」

悪辣な発言と共に繰り出されたヘイデンの拳が、フレデリカの鳩尾をまともに貫く。衝撃が背を抜け、内臓を震わされたフレデリカは苦鳴をこぼし、膝の力が抜けた。

崩れ落ちる体、それを屈辱的にもヘイデンに支えられ、意識が遠ざかる。

そのフレデリカへと——、

「少しばかり予定は狂ったが、正妃を迎えるためなら仕方ない。——さあ、オレとお前の

血の交わりで、劣等共を駆逐し、新しい国を築くとしよう」

陶酔したようなヘイデンの宣言、それはフレデリカの耳に入ってこない。

ただ、遠のく意識の端でフレデリカが思うのは一つ——また、ガーフィールと離れ離れにさせられることへの、強い自責の念だった。

5

「ガーフィール殿、無事か。負傷は？」

「かーッ、ペッ！　俺様を誰ッだと思ってやがる。心配いらねェよ。まァ、全員連れ出すのに間に合わねェって一瞬ヒヤッとしたけどよォ」

口に入った砂利を吐き出して、ガーフィールが駆け寄ってくるレノにそう答える。

最後に抱えて脱出した四人を地面に下ろし、礼を言う彼らが手当てに連れ出され、ガーフィールはようやく一息をついた。

「私からも感謝する。よく、全員を連れ出してくれた」

「ハッ、俺様にかかりゃァこのぐれェ当然だ。姉貴も……うまくやったみてェだしな」

謝意を示すレノに鼻を鳴らし、ガーフィールは暴走の止まった魔造具を見やる。

崩壊した建物の残骸の向こう、そこに光を失った魔造具が停止していた。ガーフィールが人命救助に動く中、フレデリカが原因の光虫（こうちゅう）を断ったのだろう。

――否、本当の原因は光虫などではなく、

「ヘイデン・ガロとかいう、クソ野郎だ……ッ」

「光虫の暴走と関連する人物、か。この崩壊も、偶然ではないいな」

「工場の騒ぎのあと、俺様たちをつけてッやがったんだろォぜ。で、あんたと話してるってわかって、口封じって腹……」

と、そこまで考えたところで、ガーフィールは微かに目を見開いた。

そのガーフィールに、「どうした?」とレノが尋ねるが、取り合わない。弾かれたようにガーフィールは振り返り、翠の目を細めて停止した魔造具を睨む。

魔造具の周辺のどこにも、フレデリカの姿が見当たらなかった。

「あの……ッ、クソ野郎……ッ!」

瞬間的に直感する。フレデリカが、あのヘイデン・ガロに連れ去られたのだと。都市庁舎への攻撃は陽動で、本命はフレデリカの身柄だったのだと。

そして、その敵の策謀にまんまと乗せられ、フレデリカを守れなかったのだと。

「ガーフィール殿、まさかフレデリカ嬢は……」

ガーフィールの視線と表情から、レノもフレデリカを襲った事態を把握した。頷くことに悔しさを覚えながらも、「あァ」とガーフィールは彼の疑問を肯定する。

自分の力不足を痛感し、それに打ちのめされるのは後回しだ。

「悪ィが、姉貴を連れ戻すッのが最優先だ。あとのことァ――」

任せたと、都市庁舎の後始末を預けようとして、しかし事態はなおも急変する。

ガーフィールが言い切るよりも早く、先に、遠方で轟音（ごうおん）が響き渡った。それも一度ではなく、二度三度、それぞれ別の方角から、次々と連鎖的に。

「――――」

愕然（がくぜん）と目を見開いて、ガーフィールは音の届いた方角を見る。立ち込める噴煙、あるいは火の手、いずれであれ災害の気配に全身の毛が逆立った。

それを決定的にしたのは、どの音の発生源にも見える淡い光――光虫（こうちゅう）の取りついた魔造具が纏（まと）った、煌（きら）びやかで危険な光だった。

都市の各所で同時に起こった、光虫による新たなる災害。それが姉を奪われたガーフィールを嘲笑（あざわら）う、ヘイデンの画策であるようにしか思われなくて。

「ふざッけんな……ふざッけてんじゃァねェ、ヘイデン・ガロ――――ッ!!」

込み上げる怒りに視界を真っ赤にしながら、ガーフィールは足に力を込めた。踏みしめた地面がひび割れ、怒りに呼応する『地霊の加護』が活力を汲（く）み上げる。

その活力を全霊で、ヘイデンへと叩（たた）き込（こ）めたらどれだけいいだろうか。そうして連れ去られた姉を、今すぐに取り戻せたらどれだけいいだろうか。

そんな心をひび割れさせる渇望を抱きながら、ガーフィールは踏み込む。

――姉に続く道ではなく、今まさに猛威を振るう光虫へと、牙を軋（きし）らせながら。

6

「――『亜人戦争』の敗北、それが劣等共をのさばらせた最悪の原因だ」

「――――」

「あれがルグニカの内戦なんて言われ方をしてるのも、オレからすれば癪に障る。まるで王国以外は余所事みたいな記し方じゃないか。だが、火種はどこにでも無数にあった。もっともっといくらでも、燃え広がらせる余地はあったんだ」

滔々と言葉を連ねながら、男の手元では鋼と鋼の擦れ合う音がする。

耳障りとも言えるそれは、鋭い爪を小さな鑢で削る音だ。丁寧に爪を整える男――ヘイデン・ガロは、手慣れた様子で左の五指の爪を削り終える。

爪の整った手を持ち上げ、指の隙間からこちらを覗いてくるヘイデン。その芝居がかった態度に、フレデリカは長く息を吐くと、

「あの、よろしいですか？」

「うん？　なんだ」

「長くなるようでしたら、寝てしまってもよいでしょうか。わたくし、昨晩はなかなか寝付けませんでしたの。こうなる前の、今日のことが楽しみで」

「――。くく、はははは！」

一瞬、フレデリカの言葉に空白が生まれ、それがすぐに笑い声に塗り潰される。

大口を開けて笑ったヘイデン、彼の笑い声が反響するのを聞きながら、フレデリカは忌々しげに身をよじり——鎖で繋がれた腕が、空しく音を立てた。

「オイオイ、無駄に体を傷付けるなよ。傷物の正妃じゃ格好がつかん」

「殴って連れてきておいて、勝手なことを……」

「優しく扱ってやったろうが。傷が付かないように配慮した……もっとも、間違いがあっちゃ困ると、強めの一発になったのは否定しないが」

言いながら、歩み寄ってきたヘイデンがフレデリカの顎を掴み、顔を上げさせる。すぐ間近にヘイデンの顔を睨み、フレデリカは嫌悪に表情を歪めた。そのフレデリカの様子に、ヘイデンは髭の整った顔に笑みを浮かべ、

「従順にならなくていい。覇気を失わない雌こそが、オレの国には相応しい」

「国、国、国と……あなたはいったい、何を企んでいますの。まさか、本気で自分の国を樹立するおつもりだとでも？」

「そうだと言ったら、お前はオレの夢を鼻で笑うか？」

「——————」

わずかに声の調子を抑え、そう尋ねてくるヘイデンにフレデリカは押し黙った。

無論、心中では否定の一言だが、それを迂闊に口に出せば、顎に添えられた手に軽はずみな口を握り潰される。そんな確信があったからだ。

そのフレデリカの沈黙に、ヘイデンは「いい子だ」と目を細め、

「美しく、気丈で、弁えてもいる。血以外の理由で、お前はオレを釘付けにするな」

と、フレデリカの顎から手を放し、代わりにその長い金髪を指で梳くと、まるで本気で愛おしむように髪に口付けてみせた。

その行為に嫌悪感が沸き立つが、フレデリカは顔を背けるだけを意思表示とし、代わりにヘイデンの向こう、周囲の様子に意識を向ける。

ヘイデンに殴られ、意識を失ったフレデリカが連れ込まれた場所——それは空気が冷たく、弱めの青白い光だけを光源とした岩肌の空間だった。空気の重さと湿り気、音の反響具合から、ここがしっかりとした洞窟の中のような場所だとわかる。

冷たい岩肌の壁に鎖で繋がれ、立ったまま拘束されているフレデリカだが、意識をなくしていた時間からしても、そうコスツールから離れていないはずで——。

「ヘイデンくん、おぜうさんの様子はどうだね？」

「——っ」

そう周囲を窺っていたフレデリカは、不意の第三者の声に肩を跳ねさせる。

思わず鎖の音を鳴らした反応に、笑みを深めたヘイデンがフレデリカの髪を手放す。それから背後に振り返り、ゆっくりやってくる人影を出迎えた。

「ああ、我らが正妃のお加減は良好だよ、先生。どんなに良質な血の持ち主でも、弱くて醜い女じゃ、誰も崇めようって気持ちにならないからな」

「美醜について尋ねたわけではないよ。我がそれに拘る性質だとでも思うかね」

「オイオイ、そう卑下したもんじゃない。確かにあんたは醜いが、醜いものの存在は美しいものの存在を際立たせる。それに、劣等よりはるかにマシさ」

肩をすくめたヘイデン、彼と言葉を交わす相手がゆっくりと明るみに出てくる。

それは骨と皮のような痩せぎすの体と、病的に青白い肌をした白髪の男だった。水気のない肌と生気のない髪が、まるで動く屍のような不気味さを感じさせるが、その印象をギラギラと禍々しい光を宿した双眸が裏切る。

本能的にも、フレデリカの経験則上でも、あの目をする人間はまともではない。

そして案の定、その男は繋がれたフレデリカの前に立つと、ますます目を輝かせて、

「だがヘイデンくん、君の気持ちもわかるぞ。なんとついに、麗しき『稀血』の新たな持ち主がこうして我が眼前に現れたのだから！」

「――稀血」

興奮気味に声を裏返らせた男の言葉、それをフレデリカは反芻する。

何を言っているのかと、全く心当たりがない故の反芻ではなかった。――その逆だ。

フレデリカには、『稀血』の響きに心当たりも、自分がそうだという自覚もあった。自分が『聖域』の外に奉公を許され、ロズワールに召し抱えられた理由の一端が、自らの内に流れる特別な血にあると知っていたからだ。

「当然、自覚はあるだろう？　自らの血が、他者の血と異なる特別なモノであると。マナの含有量や、吸血種が吸血した際の味や効用も違う。知っているかね？　他者の血を体に

流せば毒となるが、稀血はそれに当たらない、神秘の血なのだ！」

「……それは知りませんでしたわ。知りたくない情報もありましたが」

力説する男には悪いが、自分の血が誰かに飲まれる機会なんて想像したくもない。それをおいしいと、力が漲ると言われても嬉しいかどうか微妙なところだ。

もちろん、自分を自分として産み落としてくれた母には感謝しかないし、その母を苦しめた父にも複雑だが、生まれる切っ掛け自体には感謝している。

半獣という立場も、フレデリカが背負って生きていく大切な宿命だとも。

『フーや、自分の生まれを呪わんでおくれ。ワシらが長く長くしてきた後悔を、まだ若いフーやガー坊がせんことが、ワシらにとって何よりも嬉しいことなんじゃ』

『聖域』が解放され、離れて暮らすことになる際にリューズがくれた言葉が蘇る。そのリューズの言葉に、フレデリカは「必ずや」と答えた。

「ですが、こうした殿方たちに言い寄られることになるとは聞いてませんでしたわ、お婆様……」

自分の生まれもリューズの言葉も負担に思いたくはないが、さすがにこの状況は不幸すぎるのではないかと言いたくもなる。

「いい、いいぞ、待望だ。待望のときだ。君も我の、我の我の我の……」

そんな世を儚むフレデリカを余所に、男の目がさらに常軌を逸し始める。そのまま彼は枯れ枝のように細い指で、自分の羽織る外套の前をはだけ、その内側を露わにした。

一瞬、嫌な想像に「ひ」とフレデリカは悲鳴を上げかけたが、実際に服の内に仕舞われていたものを見て、悲鳴は逆に引っ込んだ。

そこには赤黒い液体の入った小瓶が、無数に吊り下げられていたのだ。

「我が魂の血液標本だ。我は探究者でね。血液が秘めたる力に着目し、その神秘を解き明かすことと、それによる世界の救済を目的としているのだ」

「血の神秘と、世界の救済ですって……？」

「そうだ！　血の神秘を解き明かすことは、命の秘密を紐解くに等しい！　故に、おぜうさんの血は、世界を明日へ進める大いなる手助けに――」

慮外の理論を聞かされ、絶句するフレデリカに男が詰め寄る。その凶気的な思考に支配された男の接近に、フレデリカは本能的な恐怖を感じた。

しかし――、

「先生、そこまでだ。オレの正妃をそれ以上脅かされちゃ困る」

あろうことか、身をよじるフレデリカを救ったのは、男の顔を掴んだヘイデンだった。

ヘイデンに口元を掴まれ、「もがっ」と男が苦鳴をこぼす。だが、じたばたともがいた男を下がらせようとして、ヘイデンの表情が微かに強張った。

「ちっ、手癖の……いや、牙癖の悪い先生だ」

「ひ、ひ、もったいない！　もったいないぞ、ヘイデンくん……っ」

舌打ちしたヘイデンが手を放すと、彼の親指の付け根から血が滴った。

どうやら、顔を掴んだ男の歯が当たり、出血したらしい。が、その先の男の行動が異常だった。男はヘイデンの血が地べたに落ちると、腹ばいになってそれを舐め始めたのだ。またしても、悲鳴を上げたくなる奇行だが、そうする男の口元が見えて合点がいく。

「その牙に、血を舐める習性……吸血種、それも蝙蝠人ですのね」

血に執着する姿からも、フレデリカは男の正体がそれであると見抜く。その上で、さらにヘイデンを見ながら「そして」と続けて、

「あなたも、『稀血』の持ち主とお見受けいたしましたわ」

「本当に賢い女だな。じっくりと、品定めした甲斐があったよ、フレデリカ」

「――っ、わたくしの名前を」

「知ってるに決まってるだろ。まさか、本当に行きずりで見かけた女を正妃に迎えるなんて言い出したと思ってたのか？　そんなのはおとぎ話か作り話の領分だ」

今日のことは偶然ではないと、肩をすくめるヘイデンに馬鹿にされ、フレデリカは屈辱を味わうと同時に、全てが仕組まれていたのだと理解した。

工場でのヘイデンとの遭遇も、その後の騒ぎと、都市庁舎の倒壊も、全てが。

「では、わたくしの『稀血』が目当てでコスツールの騒ぎを？」

「オイオイ、自分の価値が血にしかないような言い方はよせ。オレはお前の体にも興味と用がある。まぁ、あの騒ぎの本命がお前だったのはその通りだよ」

「……どうやって、光虫を操りましたの」

「そこがこの『血液標本家』、リオナルド・バロネス先生の研究成果さ」

手の傷を舌で舐め、ヘイデンが足下に這いつくばった男――リオナルドと、そう呼んだ男の功績を見下ろしながら称える。

「オレにはピンとこないが、世の中には魔石の性能を他の人間より引き出せる体質の人間がいるそうだ。加護と違うらしいその違いは血に宿る……先生はその成分を抽出して、使い古した魔石から生まれた光虫を操れると導き出した」

「我に言わせれば、あれを虫などと呼ぶのはいかにも見識の浅い発言だがね。あれは法則を歪めたものを罰するために現れた、世界の抑止力とでも呼ぶべき存在で……」

「早い話、劣等共が魔造具なんて作ったから生まれた存在さ。思い上がった連中が、自分の生んだ罪の証に反撃される。小気味いい話だろ？」

「ほんの短い話の中で、二点も三点もわたくしの神経を逆撫でするようなことを……」

地べたを舐めるリオナルドにも、嘲笑するヘイデンにもフレデリカは怒りを覚える。

そもそも、劣等劣等と一つ覚えのように繰り返すヘイデンだが、その思想がすでにフレデリカと掛け違っている。フレデリカやガーフィールと同じ半獣を名乗り、どうやら『亜人戦争』やルグニカ王国にも思うところがあるらしい彼だが――、

「わたくしたちと人間族とは、優劣を競い合う関係ではありませんわ。ただ違いがあるだけで、それが差だとは思っていませんもの」

「――――」

「事実、人間族は亜人族と違った発展を遂げた。魔法や道具作りの技術、それこそコスッールの魔造具だって、彼らが努力で勝ち得た代物で……」

「――黙れ」

はっきりと、自分の意見は違うと述べようとしたフレデリカ。

そのフレデリカの鼻先に顔を近付け、ヘイデンが短く、明瞭に恫喝した。途端、彼の全身から溢れ出した鬼気が、フレデリカの本能を戦慄させる。

それは顎を掴まれ、力ずくで黙らされるよりも確かな効果をこの場に生んだ。

「――――」

息を呑み、フレデリカは言葉も呑み込む。そのフレデリカの様子に、真顔になったヘイデンは一拍間をおいて、「オイオイ」とその表情を崩し、

「悪かった。ついつい、お前が聞き分けのないことを言うもんだからイラッとしてな。気の強い女は好きだが、気の悪い女は好きじゃない」

「……結局、あなたはわたくしをどうするつもりですの」

気を取り直した風なヘイデンの様子に、フレデリカは彼との対話を諦めた。

議論に応じるつもりのない相手と話しても、一方的に負を押し付けられるだけだ。この場は相手の望む態度を演じながら、脱出する隙を窺うのみ。

その前に、全身の血をリオナルドに抜かれでもしたらたまらないが――。

「そりゃ杞憂ってもんだ。心配しなくても、お前には傷一つ付けさせないさ。ここを引き

払う準備が済んだら、ひとまずオレの城にいくとしよう」

「城……」

「ああ、きっと気に入るさ。――オイ、先生！　いつまで地べたの血を舐めてる！　あんた待ちなんだぞ。さっさと片付けてくれ」

全く心の躍らない予定を告げて、ヘイデンがリオナルドの襟首を掴んで立たせる。まだ地べたに未練ありげだったリオナルドだが、ヘイデンに尻を蹴られて急かされると、「わかった、わかったとも！」とバタバタと撤収作業とやらに取りかかる。

それが片付けば、フレデリカはヘイデンの城とやらに迎えられるそうだ。

「――――」

鎖の強度は、フレデリカが獣化しても引き千切れるか危ういところ。それは最後の手段としながら、フレデリカは息を整え、そのときを待つ。

「お婆様との約束は、必ずや……」

リューズと交わした約束を思い浮かべ、フレデリカは決意を強くする。

きっと今頃、ガーフィールも、フレデリカを探して奮闘しているに違いないのだから。

7

――そして工業都市では、フレデリカの想像を超えてガーフィールが奮闘していた。

「おおおォォォらァ――ッ!!」

足跡がつくほど強く街路を蹴りつけ、矢のように飛んだガーフィールの体が、光虫(こうちゅう)を纏(まと)った魔造具――否(いな)、むしろ魔造具を振り回す光虫というべきだろうモノへ突っ込む。

工場で暴走したものも、都市庁舎を崩した高所作業用の魔造具も、まだ光虫が魔造具自体を暴れさせたと言えたが、これはもはやその次元にない。

核となる魔造具は金属を研磨するためのものだったが、その機能や構造を無視し、まとわりつく光虫が全体を覆い、一体の巨大な怪光虫と化して暴れ回っていた。

その怪光虫の中心へと、疾空するガーフィールの飛び蹴りが突き刺さる。一瞬、纏った光の抵抗があるが、踵(かかと)のひねりがそれを粉砕、魔造具そのものを蹴り壊した。

光虫発生の核になっている魔石が砕かれ、怪光虫もまたその全体が霧散する。

「こォれで……」

ちょうど十体目の怪光虫を撃破し、ガーフィールは一息つこうとした。

だが、そのガーフィールに安堵(あんど)を許さないとばかりに、立て続けに都市の別の場所で魔造具の暴走が始まり、新たな怪光虫が生まれ、被害が拡大する。

「――ッ」

工業都市コスツールの生産力を支える骨子だけあって、街の至るところにあるのが魔造具だ。その魔造具が次々と光虫によって暴走させられる以上、その火種は街全体にあらかじめばら撒かれているも同然だった。

「チクショウ、潰しッても潰しッても出てきやがって……ッ！」

歯軋りするガーフィール。そのガーフィール以外にも、レノが指揮した都市の衛兵たちが駆け回っているが、とても間に合っていなかった。

つまるところ、ガーフィールという防衛力を欠くことができない状態だ。

「姉貴……ッ」

じりじりと心の焼ける感覚があって、ガーフィールの精神が追い詰められる。

一刻も早く、窮地にある姉を助けに向かいたいが、ガーフィールが穴を開ければ、そこから流れ込むものが大勢の人の運命を押し流すことになるだろう。

それを防ぐために全力を傾ければ、フレデリカの姿がどんどん遠ざかってしまう。

逃れられない二律背反が、ガーフィールの未熟な魂を容赦なく削り取って――、

「上等ッかましてんじゃァねェ――ッ！」

その心の焦燥と裏腹に、ガーフィールの肉体は荒々しく躍動する。

新たに出現した怪光虫が頭を出した瞬間、余計なことを一切させずに的確に魔造具の魔石部分のみを拳で打ち抜く。そのまま、別の場所で魔造具に唸りを上げさせる怪光虫へと跳ね返るように飛んで、回し蹴りで以て次なる敵も沈黙させた。

一刻でも早く、姉の下へ駆け付けたいなら一秒でも早く、一体でも多くの怪光虫を沈黙させるしかない。そのために、次の怪光虫の居場所へ――、

「――ァ？」

そう飛び出そうとした直後、ガーフィールは背後で膨れ上がる気配をうなじに感じた。

しかし、ありえない。今しがた、二体連続で撃破した怪光虫の一体目が現れた地点だ。いるはずがないと振り向いて、ガーフィールの翠の目が見開かれる。

打ち倒したはずの怪光虫、その光が取り巻いた魔造具が二台――複数台の魔造具を取り込むことで、急所を二ヶ所に増やした一体を倒し切れていなかったのだ。

その一体が大きく身をよじり、怪光虫の体の一部が強く光り始める。その一点にマナが集約されるのがわかり、届かぬところへ攻撃が放たれる予兆が見えた。

「待ッ――」

手を伸ばし、踏み切って飛びつこうとするが、間に合わない。

そのままガーフィールの目の前で、怪光虫の一撃がその驕りを嘲笑うように街を焼かんと放たれ――、

「――ご助力失礼いたします。刹那」

そんな声が聞こえた瞬間に、光を放とうとした怪光虫の胴体が唐突に消失した。

それは文字通りの消失、怪光虫の体があった空間そのものが削り取られ、溜め込んだマナも奇怪な胴体も、丸々消えてなくなっていた。当然、核である魔造具ごと抉られた怪光虫は自己を保てず、光の粒子となって存在が霧散する。

「な……」

何があったのか、と極大の混乱がガーフィールを襲った。

その混乱がガーフィールの足を止めてしまい、妨害を免れた悪意が別の場所で花開きかける。しかし、それも開化を目前に食い止められた。

魔造具を触媒に巨大化しかけた光虫が、丸ごと氷漬けにされることで。

「よかった！　間に合ったみたい！」

その、氷柱にされた怪光虫の真上に、飛んでくる人影が軽やかに着地した。それは銀色の長い髪を躍らせ、安堵に胸を撫で下ろしたハーフエルフ——エミリアだ。

陣営の一員であり、旗頭である彼女の登場にガーフィールは目を丸くする。

「え、エミリア、様……なんだって、ここにいやッがんだァ？」

「なんでって、お屋敷にいたら街の方からすごーく大きな音が聞こえるんだもの。たくさん煙も上がってたみたいだし、それで大急ぎで駆け付けたのよ」

「大急ぎで……」

「ええ、そう。みんなもこっちに向かってるはずだけど、一番乗りは私と……」

「——どうやら、私だけのようです。随伴」

静かな声がエミリアの言葉を引き継いで、ガーフィールは慌てて振り返る。すると、背後に立っていた涼しい顔つきの青年と目が合った。

針金のような印象の細身を黒い執事服に包んだ、左目のモノクルをかけた人物——ひと月前、今の屋敷に引っ越す前後で世話になった相手だった。

「確か、ロズワールの親戚のチビのとこで……」

「覚えておいていただき、光栄です。仰る通り、幼いアンネローゼ様にお仕えしております、クリンドです。再紹介」

「なんで余所者のあんたまで、エミリア様とッ一緒に？」

「ちょうど所用でお屋敷を訪ねたところ、このたびの事態に遭遇しました。奇遇。ですのでエミリア様と共にこうして援護に。微力」

丁寧に腰を折り、一礼する青年――クリンドの言葉にガーフィールは掠れた息を吐く。直前の、あの怪光虫が消し飛んだ謎の現象、それを引き起こしたのがクリンドなら、その助力は微力どころの話ではないし、奇遇どころの幸運ではなかった。と、氷柱から飛び降りたエミリアがガーフィールの傍らに着地、街を見回しながら、

「あのへんてこな子たちは、微精霊……？　ううん、ちょっと違うみたい。あの子たちが街に悪さを働いてる子たちよね？」

「あ、あァ、光虫って呼ばれッてるらしい。それが街の魔造具と一緒になって悪さッ働いてやがって……って、そォじゃァねェ！」

エミリアの問いに無意識に答えたところで、ガーフィールが声を高くする。その勢いにエミリアが「きゃっ」と驚いて、その目をぱちくりとさせた。だが、ガーフィールはエミリアを驚かせたことを謝罪する余裕もなく、

「姉貴だ！　街もやべェッけど、姉貴もやべェんだよ！」

「お、落ち着いて、ガーフィール。何があったの？　フレデリカとは『でえと』だったはずでしょ？　一緒じゃないの？」

「違ェんだ。姉貴は、この騒ぎを起こしたッ野郎に連れてかれッちまったんだ！」

「――。フレデリカが？」

右へ左へ、湧き出す怪光虫を片っ端から叩くのに必死で、焦りが募る一方だったガーフィールは、ようやくその窮地を他の仲間にぶちまけられた。

途端、クリンドが鋭い目を細め、エミリアが見開いた目をさらに丸くする。

「ガーフィール様、詳しいお話を。至急」

「……姉貴と街を見て回ってる最中、いけ好かねェ野郎が姉貴に絡んでッやがった。理屈ァわからねェが、そいつが光虫を暴れッさせててんやわんやの間に……」

「フレデリカの身柄を奪い去ったと。陽動」

「あァ、そォだ。まんまと引っかかっちまったせいで姉貴ァ……」

強く拳を握りしめて、ガーフィールは己の失策を悔やむ。

都市庁舎が崩されたからなんてことは言い訳にならない。直前にフレデリカへのヘイデンの執着は見ていたのだから、姉が狙われることは危惧すべきだった。

「ガーフィール」

そう悔やむガーフィールの前に、エミリアが進み出てくる。そして彼女は、ガーフィールが何かを口にする前に――その両手で、こちらの顔を強く挟むと、

「しゃんとして！　相手の顔は見たんでしょう？　だったら、フレデリカを連れてっちゃった人を探せるのはガーフィールしかいないんだから！」

「――――」

「今、ロズワールは屋敷にいないから、私が判断するわ。フレデリカを探す……ううん、取り返すのはガーフィールの役目！　頑張って！」

細い指に力を込めて、エミリアが真っ向からガーフィールにそう言い切る。

一瞬呆気に取られ、しかしガーフィールは「ま、待てよ」と声を震わせ、

「俺様がここを離れッちまったら、街も住んでる奴らも……」

「それは私たちが何とかするから！　何でも一人でやらなくても大丈夫！　私たちみんなで、一緒の仲間なんだから！」

「――ァ」

ガツンとエミリアに言われ、ガーフィールは衝撃で胸を打たれた。

何でも一人でやらなくて大丈夫。――それはほんのひと月前、ガーフィール自身がスバルに敗れた理由であり、スバルがラムやオットーの力を借りて、ガーフィールを打ち倒して味方に引き入れた理由でもあった。

だがそれは、『聖域』でずっと一人で息巻いてきたガーフィールには、全く発想もなかった考えだったから、息ができなくなる。

「エミリア様、私もガーフィール様に同行しても？　提案」

「クリンドさんも？」

そのガーフィールを余所(よそ)に、クリンドがした提案にエミリアが驚く。

「はい。──フレデリカが連れ去られた原因を思えば、急を要する可能性が高いかと。さらに言えば、この事態を引き起こしたものがフレデリカをさらったなら……」

「その悪い人をやっつければ、街の危ないのも全部解決する……！」

「と、愚考する次第です。嘆願」

エミリアの目力が強くなり、頭を下げたクリンドをビシッと指差した。

「ええ！　それでいきましょう！　ガーフィールとクリンドさんがフレデリカを取り戻してくる間、街は私が頑張っておくから！」

「ッても、エミリア様一人じゃァ分が悪(わり)ィんじゃや……」

「そんなことないわ、よ！」

力強く街の防衛を請け負おうとするエミリアが、ガーフィールの懸念に語気を強め、言葉尻を彼方(かなた)に手を向けるのに合わせた。

その掌(てのひら)の先、新たに生まれる怪光虫(こうちゅう)が凍結し、身動きが封じられるのが見えると、エミリアは「ね？」とガーフィールたちに振り返った。

「射程が広い以上、魔法使いの方が有利な環境というだけです。ガーフィール様にはガーフィール様の強みがあるかと。激励」

「強みったって、俺様の腕っ節が姉貴探しに役立つたァ……待てや」

この場を預けるという選択肢が生まれたことで、ガーフィールの視野が広くなる。

具体的には、怪光虫の出現とコスツールの混乱に紛れて気付かずにいたが、冷静になった今、ガーフィールの嗅覚を確かに刺激するモノがあった。

「──。こっちだ」

確信を持って、ガーフィールはフレデリカのいるだろう方角へ向き直った。

その様子にエミリアとクリンドが顔を見合わせ、頷く。

そして──、

「──いってきて！　スバルも言ってたわ。屋敷に帰るまでが『でえと』だって！」

「おォ！　任せたぜ、エミリア様！」

エミリアに見送られ、残るエミリアに言葉をかけて、ガーフィールが飛び出した。

一瞬、勢い任せの加速にクリンドを置き去りにするかと思いかけたが、

「お気遣いなく。随行」

わずかに姿勢を前に傾け、クリンドはこちらと遜色のない速度でついてくる。

ならば構うまいと、ガーフィールは彼への配慮を忘れ、混乱の渦の中にある都市のことも頭から追いやり、フレデリカの居場所へ向かうことに集中する。

「遅ればせながら真打ち登場！　待たせたな、ガーフィール！　俺とベア子が駆け付けたからには、大船に乗ったつもりで安心しろ！」

「存分に、ベティーとスバルのパートナーシップを見せつけてやるのよ。見逃し厳禁、瞬

きも禁止のひと時が開幕かしら」

と、街の入口のところで、そんな二人組の声とすれ違ったが、それも意識の外側だ。

無視された二人が「そりゃねぇだろ!?」「失礼にもほどがあるのよ!?」と叫んでいるのを彼方(かなた)へ置き去りにし、ガーフィールは走った。

自分のやることが独りよがりでないのだと、誰かに肯定されて走ることの喜びを、ひと月ぶりにまた味わいながら、あの夜と同じように姉を救うために、走った。

8

「逃げようとしなけりゃ何もしない。オレはお前を信じたいが、どうする?」

たくましい両腕を広げたヘイデンに聞かれ、フレデリカは精一杯の渋面で沈黙する。

進めていた撤収準備とやらが済んだのか、いよいよフレデリカを連れ出そうという段階になっての問いかけだ。

無抵抗でいれば、紳士的に鎖を外してくれるということらしいが。

「繋(つな)いでおいて、紳士的も何もありませんわ。どうぞお好きに。ただ、お覚悟なさいな」

「へえ、覚悟?」

「鎖を外したら、わたくしの爪に顔を引き裂かれる覚悟ですわ」

「オイオイ、そう言われると外してみてやりたくなるが、これ以上、こんな洞穴でうだうだしてるのも趣味じゃないんでな」

そう言って、ヘイデンが開閉する拳の骨を鳴らして聞かせた。

ここへ連れてきたときのように、フレデリカを殴って気絶させ、運び出すつもりか。

そのヘイデンの威嚇に、「ヘイデンくん」とリオナルドの細い声が響く。

「貴重な『稀血』だ。手荒な真似はしないでくれたまえよ」

「言われるまでもないさ、先生。オレの正妃だ。傷付けるわけがないだろう」

「君自身にその気がなくとも、君の腕力は人並み外れているのだ。現に、ここへ連れてくるときに傷を負わせただろう。芳醇な血の香りがする」

「なに？」

神経質そうなリオナルドの言葉に、ヘイデンの顔から笑みが消えた。

その反応を見て、リオナルドは「ど、どうしたのかね」と頬を硬くし、

「腕力のことなら、称賛したのだ。君の身体能力は優れていると……」

「違う、そうじゃない。血の香りって言ったな？　オレ以外の『稀血』の」

「そ、そうだ。君の血ならばすぐにわかる。それとは別の、芳醇な……」

一瞬気圧され、しかしすぐに恍惚を声に宿したリオナルド。その返事を聞いたヘイデンが振り向いて、その青い瞳でフレデリカを見据えた。

その瞳の揺らぎを見て、フレデリカも理解する。――気付かれたと。

「――――」

無言で、ヘイデンがフレデリカとの距離を詰めてくる。そのまま、ヘイデンが無防備に近付いてきたところで、フレデリカはその足を跳ね上げた。

「喰らいなさいな！」

ここまで、一度も反撃を試みなかった、溜めに溜めての渾身の蹴り。

それがヘイデンの側頭部に突き刺さり、驕り高ぶった男の意識を刈り取る――とはならなかった。掲げた腕に蹴りを止められ、足を掴まれたまま目の前にこられる。

そして――、

「きゃあ!?」

足を掴んだまま、ヘイデンが反対の手でフレデリカの着衣を強引に引き裂いた。

肩がはだけ、下着を露わにされて悲鳴を上げるフレデリカ。その白い肌を上から下まで眺めて、ヘイデンは冷酷な表情のまま、今度はフレデリカの顔を掴んだ。

人並外れた、とリオナルドが評した腕力をかけられ、フレデリカの口が無理やりに開かれる。その、フレデリカの口の中を覗いて、ヘイデンが鼻を鳴らした。

「さすが、オレの正妃だ。抜け目がないじゃないか」

酷薄に笑ったヘイデンの目に、フレデリカの舌の付け根の噛み傷が映った。

コスツールで連れ去られる瞬間、フレデリカが自ら舌に付けた傷で、ここに連れ込まれるまで点々と、自分の血を落としてくる役割を果たしたそれを。

「リオナルド！　ここを出るぞ！　すぐに面倒な奴らが――」

「——その面倒な訪客です。失礼」

弾かれたように振り向き、ヘイデンがリオナルドにそう叫んだ。

だが、それを慇懃無礼な声が遮って、ヘイデンの野性味ある顔が強張った。——そんな反応にもなるだろう。いきなり、いない人間が空間に割って出てくれば。それも、洞窟の壁が得体の知れない力に抉られ、知らない入口を作られたならばなおさら。

そして、その入口から飛び込んでくる人影が——、

「二度目だ！　姉貴ッから離れろやァ、三下ァ——ッ!!」

その強烈な拳撃を、ヘイデンの顔面に叩き込んで、フレデリカにできなかった屈辱の報復を果たしてくれたのだった。

9

クリンドの引き起こした現象は、摩訶不思議としか言いようがなかった。

怪光虫を空間ごと握り潰すとでも言えばいいのか、それをした時点で摩訶不思議だったが、目的地に辿り着いた方法も摩訶不思議だった。

そしてその摩訶不思議を、目的の場所に姉がいるのを確認した瞬間、全て忘れた。

大事なことはフレデリカの奪還。——それが、ガーフィール・ティンゼルの役目だと。

「おおォォらァ——ッ!!」

気に入らない顔面に拳をぶち込み、そのまま背後の壁に叩き付けて、岩壁をぶち抜きながら向こう側へ飛び出す。衝撃と噴煙が洞穴全体を揺るがすが、気にするべきは洞窟の強度よりも、姉と目の前の敵を引き離すことだ。

それを成し遂げるため、ガーフィールは壁をぶち抜いてもなお止まらず、その向こう側を突き抜けて、突き抜けて、突き抜けて――広い空間へ、飛び出す。

「――ッ」

一瞬、空中に投げ出される浮遊感のあと、全身がおびただしい水に浸かった。水底を蹴って水面に上昇すれば、そこにあったのは暗い湖――地底湖のような場所だ。

偽装された入口に辿り着いた時点で人工の洞窟ではないと思っていたが、これほど大きな地底湖が隠れていたとは驚きだった。

「余所見なんて余裕じゃないか、選外の血！」

「ちィッ！」

その水面から顔を出したガーフィールが、水飛沫を上げる爪撃を肩に浴びる。

とっさに体を傾けたが、水中では動きが鈍い。躱し切れなかった指先にごっそりと肩を抉られ、爪の形に肉が削がれた傷から勢いよく血が噴いた。

コスツールでの初撃の交換と同じだ。ガーフィールの肉体は頑健で、獣の爪だろうと簡単に切り裂けるものではないのに。

「てめェの自慢は爪か、クソ髭野郎……ッ」

「そうだ。鋼も切り裂く自慢の爪だよ。罪人や反逆者、劣等の首を刎ねる王の剣だ」

「意味わかんねェこと抜かしてんじゃァ、ねェ!!」

吠えるガーフィールの拳が唸り、爆発が起きたように湖の水面が吹き飛ぶ。

水で勢いは殺されても、鍛えに鍛えたガーフィールの豪腕は迫撃砲だ。生半な障害などものともせず、相対する敵をぶちのめす威力がある。

しかしそれは、相手が『生半な障害』が厄介にならない実力の場合だ。

「水中だと勝手が違うか？　土の上と、ずいぶんと動きに差がある、ぞ！」

水面を突き破ったガーフィールの右腕、それを器用に捌いたヘイデンが笑い、歯を噛んだガーフィールへとその両腕が容赦なく躍った。

鋼も切り裂くと自称するだけあり、その鋭い切れ味はガーフィールの皮を裂き、肉を抉り、骨を割って、流れ出す血が地底湖を赤黒く染め上げる。

ヘイデンにも指摘された水中故の『地霊の加護』の不発、治癒魔法より早く負わされる傷が原因で、おびただしい出血がガーフィールの命を水に溶かしていく。

「か」と泡となる苦鳴が漏れて、血と水に沈むガーフィールをヘイデンが嘲笑った。

「乗り込んできた度胸と家族愛は認めよう！　だがな、所詮は選外の血だ。お前如きじゃどう足掻こうとオレには勝てん。お前の姉は、劣等を駆逐するオレの国の正妃として、しっかりと使ってやるからありがたく沈め！」

「劣等、だァ……？」

「世界中に蔓延り、大地の支配者を気取る害虫共だ。機会はあった。『亜人戦争』がまさにそれだったが、率いる連中が無能だった。その役割をオレが代わってやるのさ！」

威勢のいい言葉の最中にも、振るわれる爪が体の肉を削いでいく。

流れる血と奪われる肉で、ガーフィールの体重は屋敷を出る前よりずっと軽くなったかもしれない。ただでさえ、気乗りしないお出かけ——否、『デート』だったが。

『しっかりやりなさい、ガーフ。フレデリカはずっとガーフを気にしてた。あんなでもラムの先達よ。下手を打ったらラムも気分がよくないわ』

出発前に相談したラムに言われた言葉が、血の巡りの悪い体を活力で満たした。

ヘイデンの主張がなんだろうと、ガーフィールには関係ない。

「てめェがムカつく。俺様がぶち込む。——それッだけだ！」

水に顔を浸けられ、ガーフィールの意気込みはブクブクと音にならなかった。

だが、気概は拳に宿る。繰り出されたガーフィールの拳、血の帯を引きながら放たれたそれを、ヘイデンはゆっくりと余裕を持って受け止めようとした。

これまで通り躱せばよかったのに、緩やかな拳の動きに油断したのだろう。——その受け止めたヘイデンの右腕が、拳の当たった掌から肘までの骨が、一気に砕ける。

「な」と唖然とした息を漏らし、目を見開くヘイデン。その下顎へと、今度は反対の拳の突き上げが入り、くすんだ金髪の大男が打ち上げられ、洞窟の天井へとぶっ飛ぶ。

水中のせいで踏ん張れず、地面を踏みしめられないから全身のバネを使った一撃。もう一度やれと言われてもできないそれを放って、ガーフィールは長く息を吐く。

「『亜人戦争』だなんだ、血が選ばれただの選んでねェだの、そォいう頭の痛ッくなるよォな話ァなァ……俺様じゃなく、エミリア様にでもしろッやァ!!」

人間族と亜人族の関係、ヘイデンがおかしいと思っている世の中の不条理、正そうと追求する理想、その全部がガーフィールの専門外だ。

そうした理念は、エミリアやスバルが突き詰めていくこと。

ガーフィールの役目は、その理念の追求に立ちはだかる障害を木端微塵にすること。

「つまり、てめェだ!」

「──。言ってもわからない能無しが、オレの牙をへし折るだと?」

水を掻いて水面に浮きながら、ガーフィールは頭上、先の一撃で天井に突き刺さっているヘイデンに指を突き付けた。そのガーフィールの啖呵を聞いて、ヘイデンの表情が怒りに染まり、歯を剥き出す。──その、鋭い犬歯の一本がなくなった形相が、凄まじい音を立てながら変形し、姿が変わる。

獣化だ。ヘイデン・ガロの姿が、本能のままに暴れ狂う巨大な獅子へと変じていく。

それを見て、ガーフィールもまた強く牙を噛み鳴らし──、

「──てめェの言い分なんざ知るか。こっちは姉貴との『デート』の続きがあんだよ!」

と、吠えるガーフィールの全身もまた、軋む音を立てて肥大化していった。

10

悔しいと、できるなら鑢の一本でも噛み砕いてしまいたかった。

延々と伸び続ける牙を削るため、鑢は生活の必需品として手放せない。たまにとても気分が沈んだときなど、鑢を強く噛むのは発散の一環だった。

そして今、まさにその鑢が欲しい瞬間そのものだった。

だって——、

「——羽織っているといい。その姿は目に余る。憤慨」

声と共に、服を引き裂かれたフレデリカにふわっと上着がかけられる。

そのさらりとした気遣いと、安堵してしまった事実に自分で腹が立つ。もちろん、安堵の原因は駆け付け、ヘイデンを殴り飛ばしてくれたガーフィールが大きい。

だが、彼の存在と無関係だと言えるほど、フレデリカは子どもではなかった。

「……屈辱ですわ」

「まずは感謝の言葉が出るものと思ったが。不可解」

そう首をひねり、男は左目にかけたモノクルの位置を直して不本意そうに呟く。

メイザース家の分家であり、ロズワールの親戚にあたるアンネローゼ・ミロードに仕える万能家令、クリンドはいつも憎らしいほど涼しげなのだ。

「へ、ヘイデンくん！　ヘイデンくん！　ぐ、く……何故、ここがわかった!?」

「そこは姉弟愛(きょうだい)とお伝えしておきましょうか。厳密にはフレデリカの残した血の手掛かりを、ガーフィール様が嗅覚で拾い上げたと。鋭敏。それにしても――」

「う……？」

「一瞥(いちべつ)したところ、あなたも相当な血の香りを纏(まと)っているご様子。にも拘(かか)わらず、彼女の画策に気付かないとは失態でしょう。大失態」

ゆるゆると首を横に振り、失望を隠せないとばかりにクリンドが振る舞う。

その仕草に、フレデリカは未熟なメイド時代の彼の徹底的な教育を思い出して身震いがする。その精神的な苦痛は、相対するリオナルドの矜持(きょうじ)もいたく傷付けた。

痩せ細った青白い顔の中、落(お)ち窪(くぼ)んだリオナルドの目が血走り、込み上げる怒りが彼の探究者としての異常性に火を付ける。

「手放さん……手放さんぞ！『稀血(まれけつ)』の娘は、その血の一滴まで我のモノだぁぁ!!」

口の端に泡を浮かべ、正気を逸した目つきでリオナルドがその場に前のめりに倒れた。

途端、甲高い音が連鎖し、彼がぶら下げていた血液標本の小瓶が一気に割れる。

じわりと広がる血は、まるでリオナルド自身が凄惨な事件の被害者になったようにも見えたが、それもほんの一瞬のことだった。

流れた血がリオナルドの全身を浸すと、直後、「おお、おおおっ、おおおおッ」と呻(うめ)き声(ごえ)を上げて、血液標本本家の肉体が血の泡に包まれて変質し始めたのだ。

そして――、

「君に執着する人物の魂の汚れ具合には、常々驚かされる。呆然」

「それは誰よりもわたくしが嘆いていることですわよ……！」

クリンドの呆れた声に声を震わせ、フレデリカはまたしても自分の宿命を呪う。

呪いたくもなるだろう。――目の前で、自分の血に執着する男が大量の血液に溶け、その全身を赤黒い液状の怪物へと作り変えてしまったのを見れば。

「――ォォォォ」

痩せぎすの細身だったリオナルド、その体は彼自身の体積よりも、ぶら下げていた小瓶の血液量と比べても、比較にならないほど巨大なモノへと変化した。

しかも、そんな状態になってもリオナルド自身の妄執は失われていないようで、液状の血となった彼は、その体積をうぞうぞとフレデリカの方ににじり寄らせる。

液状リオナルドの巨体が震えるたび、血の泡が洞窟の冷たい空気に浮かび上がる。それは青白く発光する岩壁に当たると、その部分を血中に取り込み、同化。地べたに落ちたかと思うと、その地面も同化しながらリオナルドの本体へ戻る。

徐々に体積を肥大化させるその姿に、フレデリカは心の底から怖気立った。

「ひいっ！　クリンド！　クリンド！　何とかしてくださいまし！」

「高みを目指す姿勢自体は称賛に値する。私にはない考えです、羨望」

「クリンド!!」

「――ですが」

にじり寄る液状リオナルドに対し、謎の称賛を述べていたクリンドの目が鋭くなる。モノクル越しの眼光が血の塊を睨み、クリンドがその両手を正面へ伸ばす。

そして、彼が両手をぎゅっと握りしめた。――直後だ。

「――ォォォ⁉」

頭部の位置がわからない液状リオナルド、その呻き声が変質する。

理由は明白で、その血でできた巨体が空間ごと抉れ、衝撃が全身を穿ったからだ。しかもそれは一発ではなく、クリンドが手の開閉を行うたびに炸裂する。

原因不明、視認不可のクリンドの攻撃が、手が握られるたびにリオナルドを襲う。

「――ォォォン！」

「おや。驚嘆」

周囲を取り込む以上の速度で体積を削られ、防戦一方となりかけた液状リオナルド。そのまま為す術なく、とは探究者の妄念が許さなかったらしい。

液状リオナルドの巨体が震え、次の瞬間、わっと湧き上がる煌びやかな光――光虫がクリンドへ殺到し、彼の伸ばした両腕を封じ込めようとしたのだ。

その両手の開閉が止まれば、クリンドの攻撃もまた放ちようがないと――、

「申し訳ありません。――手は、関係ないのです。錯誤」

光虫に両手を包まれたまま、一礼するクリンドの前でリオナルドの巨体が抉れた。

「――ォォ」

そのまま、虫食いのように穴だらけの状態となり、血の塊となったリオナルドの体が次々次々と空間に食い潰され、消えていく。消えていって、最後には、消えた。

文字通り、血の一滴すらその場に残さず、『血液標本家』の存在は消滅した。

「際限なく肥大化されれば国家存亡の危機でした。対処」

時間にしてみれば数十秒、それで物事を収めながら涼しい顔でいるクリンド。その底知れなさに改めて息を呑むフレデリカに、くるりと彼は振り向くと、

「フレデリカ、無事ですか。確認」

「え、ええ、大丈夫ですわ。この鎖だけ外してもらえれば……くれましたわね」

言っている最中、ふっと手首を縛る鎖の感触が消えて、腕が下ろせるようになる。やり方は不明だが、鎖もリオナルドと同じように掻き消されたらしい。

その手法にはもはや言及せず、フレデリカは上着で体を隠しながら、

「その、感謝しますわ……って、いけません！　ガーフが！」

「待ちなさい。そちらも重要ながら、すぐにそれではいただけない。自分の安否の確認を優先すべきだ。お粗末」

「ぐ……っ、あなたに言われなくてもわかっていますわよ！　大体、どうしてここに」

「所用で屋敷へ立ち寄ったところ、コスツールの被害を目撃し、エミリア様と共に現場へ駆け付けた。そこで君が連れ去られたと聞き、ここへ。急行」

「……わたくしを、心配してくださったんですの？」

「無論だ。君の『稀血』を悪用されては事です。大問題」

ゆるゆると首を横に振り、そう答えるクリンドにフレデリカは牙を震わせた。

すでに拘束を解かれ、リオナルドも倒されたにも拘らず、先ほどまで以上の屈辱と恥辱がフレデリカを支配する。その理由は、考えたくもないが。

そこへ――、

「――よォ、姉貴もモノクルも、無事ッだったかよォ」

「ガーフ！」

壁に開いた大穴、その向こうから声がして、フレデリカは慌ててそちらへ駆け寄った。見れば、穴を跨いで出てくるガーフィール、その全身は血塗れのボロボロで。

「だ、大丈夫ですの？　そんなに血が……」

「あァ？　心配いらねェよ。全ッ部、俺様の血だ」

「だから心配しているんでしょう！　こんなに怪我をして……怪我、を？」

血に塗れた弟の体を袖で拭い、傷を確かめたフレデリカが目を見張る。

その大量の出血の原因となった傷は、すでにガーフィールの体のほとんどどこにも残っていなかった。治癒魔法もあるだろうが、とんでもない回復力だ。

「地べたにッ足がついてりゃァ、俺様が殴り合いで負ける道理ァねェよ」

「……あなたという子は、本当に」

白い歯を見せ、勝ち誇ったガーフィールにフレデリカも肩の力が抜ける。

フレデリカの目から見て、ヘイデン・ガロはとんでもない実力者だったが、ガーフィールはそれを上回った。——自分の『稀血』などより、よほど頼もしい弟だ。

「特別な血なんかより、あなたの存在がわたくしにとっては宝物ですわ」

「あァ？　オイ、モノクル、やべェぞ！　姉貴が妙なこと言い出しッやがった！　あいつら、おかしな薬でも盛って……痛ェ！」

「恥を忍んで言いましたのよ！　そうやってからかうのはおやめなさいな！」

「からかってッねェだろォが！　心配してんだよ！」

頬が赤くなるような勇気のいる話だったのに、茶化されたとフレデリカは憤慨する。ガーフィールも心外だと言い返してきて、姉と弟は互いにわあわあ言い合った。

「二人とも、姉弟仲のいいことは喜ばしいですが、横槍を。注目」

「なんですの？　今、ガーフに姉の威厳を言い聞かせて……あ」

口を挟んだクリンドに振り返り、フレデリカは口を丸く開けた。ガーフィールも、クリンドの差し出す両腕——光虫にまとわりつかれたそれを見て、顔をしかめる。

「繰り手が倒れても離れない状態です。対処」

「対処っつっても……魔造具のときァ魔石ぶっ壊して何とかッしたぜ。てめェのオドを砕くか、腕を斬り落とせってのかよォ？」

「その方法は避けていただきたい。懇願。——この存在もまた、かの探究者が血を以て操ったもの。そうであるなら、フレデリカ」

「わ、わたくし？」

名前を呼ばれ、フレデリカが自分を指差す。その仕草に首肯し、クリンドは自分の光虫に覆われた腕を差し出して、

「君の『稀血』で以て、私の腕を救ってほしい。救済」

「――――」

ごくりと息を呑み、フレデリカはその腕と、クリンドの顔を交互に見やった。

正直、『稀血』という性質は幼い時分からロズワールに聞かされていたが、これまで何かの役に立った覚えも、これで得した記憶もない。ロズワールが目をかけてくれた理由が血にあるなら、それが唯一数えられるよかったことだろうか。

嫌なことなら、今日のことも含めて大小様々たくさんあったのだが――、

「――これが、二個目になることを期待しますわよ」

そう言って、フレデリカは自分の牙に指を当て、ピッとその先端に滑らせた。

じわりと、切れた指先に血の滴が浮かぶと、それをクリンドの、光虫に覆われた両腕にそっと落とす。血の一滴が、光虫の生み出す淡い光に当たった。

「あなたたちを従えた血の縛りを解きますわ。――どうぞ、自由に」

思うがままに、フレデリカが呟いた瞬間だ。

ふわっと、一瞬だけ光が強くなり、クリンドの両腕を取り巻く光虫が広がった。そのまま光虫はそれぞれ散り散りになり、大気に溶けて、消えてしまう。

その様子を見届けて、ガーフィールは「はァ」と感嘆の息をこぼし、

「まッさか、街のも全部止めるのに姉貴の血がドバドバッいるんじゃァねェよな？」

「ご安心を。術者がかけた縛りをフレデリカの『稀血』が上書きしました。強制。今頃はコスツールの騒動も止まっているはず。推測」

「推測じゃ困りますわよ！　ガーフ、首謀者のあの男は……」

「壁に埋まってテッやがるぜ。そいつも引きずって、とっとと街に戻らねェとだ」

言いながら、ガーフィールがフレデリカの手を取ると、切った指先に治癒魔法をかけ、その傷をすぐに治してくれる。

弟の気遣いに頰を緩め、フレデリカはそっと自分の指を撫でると、

「たまには、わたくしの血にも役立ってもらわなくてはなりませんものね」

「あァ？　なんか言ったッかよォ」

「いいえ、何でもありませんわ。さあ、急ぎましょう。これ以上、むせ返るような血の臭いに囲まれていると鼻が馬鹿になりますし……クリンド？」

礼を言わねばと振り向いたフレデリカ、その視線の先で両腕の感触を確かめていたクリンド。彼はじっと、モノクル越しにフレデリカを見つめていた。

その視線の鋭さに息を詰め、フレデリカが「な、なんですの」と問いかける。すると、彼は「いえ」と首を緩く横に振り、言った。

「——やはり改めて、育った君を見るのは残念でならない。無念」

「人のどこを見てなんてこと言いますの！　この変態!!」

せっかく助けられたというのに、そのお礼の言葉を言う気も失せる暴言だった。

11

無事にフレデリカを取り戻し、敵の協力者はクリンドによって撃滅され、あとは首謀者をひっ捕らえて完全勝利――とは、いかなかった。

「ちッ、しぶってェ野郎だ……！」

舌打ちしたガーフィールの視界、地底湖の水べりに大きな地面の陥没がある。激しい戦いの余波があちこちに刻まれた場所、その決着地点が地面の陥没だったが、そこで大の字に倒れ、撃破されたはずのヘイデン・ガロの姿はどこにもなかった。

ガーフィールと互いに獣化し、大虎と大獅子となって激突したヘイデンは、陥没の底に血痕を残しながらも、忽然とその姿を消したのだった。

「危険な思想の持ち主です。近隣に手配を回し、行方を捜索しましょう。迅速」

仕留め損ねたヘイデンの行方について、クリンドがそうガーフィールを励ます。

落ち込むなという気遣いだろう。もちろん、力不足と注意不足を悔やむ気持ちはガーフィールにもある。しかし、それ以上に――、

「次、野郎がまた姉貴を狙ってッくんなら、そのときもぶっ潰すだけだ」

「――――」

「あんだァ？　『ウィロフの奇抜さにたじたじ』って面ァしやがって」

「いえ、ウィロフほどではありませんが、驚かされました。感心」

まるで故事成語になったウィロフ本人を知っているみたいな言い方で、クリンドがガーフィールの答えに微笑――本当に、微々たる笑みを浮かべた。

「瑞々しく、成長する若木のような将来有望な魂、実に素晴らしい。垂涎」

「……なんか、あんまッし嬉しくねェ褒められ方だぜ」

クリンドなりの励ましなのか、それとも純粋な称賛なのか、どちらであっても、受け取り手として微妙な顔にならざるを得ない評価だった。

そんな話をガーフィールとクリンドが交わす頃、フレデリカもまた、洞窟の入口で二人を待ちながら、クリンドに羽織らされた上着の前を合わせ、ため息をつく。

聞けば、フレデリカのいなくなったあとも、コスツールでは光虫の被害の拡大があったのだとか。その被害を防ぐため、エミリアやスバルたちが駆り出されているとも。

全ては自分の、未熟さが物事を大きくしてしまったという反省があった。

「わたくしが、今日のことを言い出さなければ……」

「――そのときは、別日に同じことをしただけだ。オレの狙いはお前だったんだからな」

「――ッ」

ゾッと、その声がした瞬間に振り返り、フレデリカは腕を振るった。

パン、と空気の弾ける音がして、フレデリカの腕が相手の手に掴まれる。そして、それをしたのは野性味のある笑みを浮かべ、フレデリカを見下ろす獅子人――、

「――ヘイデン・ガロ」

「嬉しいね。ようやく、お前の口からオレの名前が聞けた」

口の減らないヘイデン、しかしその全身はボロボロで、漲っていた覇気も著しく弱っている。ガーフィールとやり合い、敗北したなら当然の被害だ。

むしろ、また立ち上がってフレデリカに挑む気概の方がどうかしている。

「それがオレたちと、劣等との大きな違いで、埋められない優劣だ」

「……違いであって、優劣ではありませんわ。まだ、やるつもりですの？」

「当然、と言いたいところだが、厳しいな。お前の弟は貧相な血だが、腕が立つ」

フレデリカの左手を掴んだまま、ヘイデンがゆるゆると首を横に振った。

もし、彼がフレデリカを連れ去るか、危害を加える真似をすれば、そこへガーフィールたちが駆け付け、彼は確実な敗北を迎えるだろう。

だからこれは、ヘイデン・ガロからのせめてもの負け惜しみなのだ。

「フレデリカ、今日のところは引き下がる。だが、オレとお前たちとはまた出くわすぞ。お前たちが王選なんてお遊びで、劣等共との戯れを続けようとする限り」

「あなたの右腕は倒れましたわ。どちらかが滅ぶまでやるおつもりだとでも？」

「お前たちはわかってない。――オレと同じ志を持つものが、どれほどいるのかを」

顔を近付け、ヘイデンがどす黒く、濁り切った声でフレデリカに言った。瞬間、フレデリカは反射的に、掴まれていない右手の爪をヘイデンの顔に振り切った。

躱されると思った。しかし、ヘイデンは避けず、彼の左目の上に爪痕が刻まれる。

かぐわしい、獅子人の『稀血』がフレデリカの爪を汚した。

そして――、

「この傷は、お前がオレの名を覚えた礼に残しておく」

「生憎と、わたくしはこの手の血を洗い流したら、すぐにでもあなたのことを嫌な記憶として忘れてしまいますわ。ごめんあそばせ」

「くくっ」

フレデリカの精一杯の虚勢に、ヘイデンは喉を鳴らして笑い、手を離した。

そのまま、獅子人は大きく後ろへ飛びずさると、洞窟の外の森へと身を滑り込ませ、視界から姿が、感覚から気配が、どちらも消える。

「――――」

逃したと、憎らしくもなる男。

あの男が笑った通り、彼とはまた出くわすことになると、そんな嫌な確信がフレデリカの心の臓を、『稀血』を全身に送り出す命の源を、鈍く打つのだった。

12

「――コスツールへは私が先に報せに向かう。逃亡した獅子人、ヘイデン・ガロの手配も任されよう。責任」

「え、ええ、お願いしますわ。その……」

「フレデリカ、君は考えすぎる。杞憂」

「え？」

「君が大切に思う方々が、君を大切に思わないわけがない。往々にして、そうした方々は他者への尽力を迷惑とも思わないものだ。事実」

「――――」

「横槍が入った事実を残念に思う。しかし、楽しみようはあるだろう。工夫」

そんな、最後まで憎らしいことを言い残して、クリンドは工業都市へ先行した。彼の見立て通りなら、コスツールが見舞われたはずの光虫による災害も、フレデリカの『稀血』が縛りを解いたことで終結しているはずだと。

実際にそうなっているだろうと、確信が持てているのが自分で腹立たしかった。

「ッけど、あの野郎が言うと本当にそォなってんだろォなァって気分になるぜ」

「――！　わかりますわ。そうですのよ。あの男は昔からそうですの。何でも知っているような先回りしているような態度で余裕ぶって、こちらがどれだけ懸命に励んでも涼しい顔をしているんですのよ。腹立たしいですわよね！」

「そ、そこまでァ言ってッねェだろォがよ……」

ぐいっと前のめりになったフレデリカの肩を押さえ、ガーフィールがのけ反る。

思わず、クリンド嫌いの賛同者が現れたと飛びついてしまったフレデリカは、その弟の反応に「ご、ごめんなさい」と顔を赤くして謝った。

ともあれ、クリンドは去り、フレデリカとガーフィールは再び二人きりだ。――と言っても、フレデリカは服を破られ、クリンドの上着で肌を隠している始末。ガーフィールも獣化したせいで上半身は裸、拭い切れていない血で凄惨な状態だった。

とても、『デート』のためにと屋敷を出てから数時間とは思えない。

「あのですわね」

「あのよォ」

沈黙が続くのを嫌って、会話を繋げようとした途端、発話が被さった。

目が丸くなるフレデリカとガーフィール、しばらく見合って、ふっと笑みが浮かんだ。

とんでもなく大変な目に遭い、おまけに全部は解決し切れなかった状況だが。

「わたくしもガーフも、とりあえず無事ですものね」

「で、街の方も大丈夫だろ。無視しちッまったが、大将たちもきてたッみてェだし」

「そうですわね。……時にガーフ、もしかして屋敷を出たとき、ちょっとだけおめかししていませんでしたか？」

「がおッ」

首を傾げたフレデリカの問いに、ガーフィールが頬を硬くして呻いた。

音が鳴りそうな動きで首を回したガーフィール、その反応は図星だと物語っている。

「わたくしと出かけるために、ちゃんと準備してくれていたんですのね」

「う、うるッせェな。ラムに言われッて仕方なくだ、仕方なく！　姉貴の方こそ、せっかくッめかし込んだってのに、チビメイドに文句言われッんじゃねェか？」

「心配しなくても、ペトラはわたくしを叱ったりしませんわ。きっと、わたくしの代わりに怒られるのはガーフでしょうね」

「なんでだよ⁉」

考えすぎず、まるでいつものやり取りみたいに、姉弟の会話が続けられる。

十年以上の隔たりを埋めるための『デート』、それはちっとも予定通りにいかず、周りも大勢巻き込んで大変な事態へ進んでしまった。

けれど――、

「なんだ、アレだな、姉貴」

「アレではわかりませんわ。なんですの、はっきり言いなさいな」

「大将にぶっちめッられて、エミリア様の王選を手伝うって話で出てきたッけどよ。あの髭クソ野郎みてェな、そォいう野郎もいやがるんだよなってよ」

「……ガーフ」

初めて『聖域』の外の世界へ出て、自分とは全く違う価値観の、自分たちと似た境遇の存在と出会い、ガーフィールの言葉の重みがフレデリカに圧し掛かる。

しかし、一瞬のフレデリカの不安は、続くガーフィールの笑みに打ち消された。

「俺様が、『聖域』ッから出てきた意味を感じるぜ。ああいう勘違い野郎が、エミリア様と大将のやろォってことの邪魔にならねェように、俺様がやるんだってなァ！」

「——。ふふっ」

「あァん？」

拳をぎゅっと握りしめて、そんな短絡的な答えを出したガーフィールに、フレデリカは半分呆れながら、もう半分の愛おしさが理由で笑った。

その姉の笑みに眉を寄せ、ガーフィールが不思議そうな顔で唸る。

——そんな、ぎくしゃくしていた事実なんてないみたいに、フレデリカとガーフィールの姉弟は仲良く並んで、今日の『デート』を満喫する。

遠く、見えてくる工業都市には人々が声をかけ合い、収拾した事態の後片付けが行われている光景が広がる。その中で、二人に気付いたエミリアが大きく手を振っている。

ベアトリスを肩車したスバル、先に到着したクリンドの様子も見えて、フレデリカとガーフィールも顔を見合わせ、大きく大きく、姉弟は仲良く、手を振り返したのだった。

《了》

『Brotherhood of Pleiades（前編）』

1

──ヴォラキア帝国の西方、周囲を湖に囲まれた絶水の孤島ギヌンハイブ。その別名を剣奴孤島というこの島では、独自のルールが敷かれている。

孤島には大きく分けて二種類の人間──管理する側である看守たちと、管理される側である剣奴たちが暮らしている。剣奴の多くは犯罪者や借金を抱えた債務者、あるいは単純に運悪く奴隷商に捕らえられて島へ送られたものと、訳あり揃い。

ただ、島へやってきた理由がなんであろうと、ここでの扱いは平等なものとなる。

剣奴に求められるのは、数日に一度の頻度で出番の回ってくる『スパルカ』──人間の技と命を見世物にした興行、それに参加し、生き延びることだけだ。

運と実力があれば、『スパルカ』を何度も生き延びて長生きできるだけでなく、報奨で自分自身を買い取って解放されることや、島内で一目置かれる立場になることも。

前歴も人間性も関係なく、その腕っ節だけが尊ばれる野蛮人の理想郷──それが、この剣奴孤島ギヌンハイブという場所なのである。

「――なんて勘違いしてる輩も多いが、この俺に言わせれば間抜けすぎる考えだ」

そう言って、男は粗末な木製のコップに入った安酒を呷った。

灰褐色の髪に、浅黒い肌をした厚い唇の人物だ。右目を覆うような白くなった傷跡が特徴的で、閉じた瞼の向こうには作らせた義眼が入れてあるという。

なくした眼球の代わりになるものではないが、ないと寂しい代物なんだそうだ。

男の名前はジョズロ。この剣奴孤島で生きる剣奴の一人であり、島の中ではちょっとした有名人だった。――曰く、一匹狼のジョズロだと。

それは単純に、誰ともつるまないからそう呼ばれているわけではなくて。

「ここじゃ『合』って形で、見ず知らずの奴と背中を預け合うことになる。お互い、命が懸かってるんだ。そりゃ必死にもなるだろう。だが……」

「だが？」

「その、背中を預けなきゃならん奴が見下げ果てたクソ野郎ならどうだ？」

首を傾げたところに質問をぶつけられ、ナツキ・スバルは眉を寄せて考え込んだ。

島内の食堂、その隅っこで小さなテーブルを占有するジョズロは、押し黙ったスバルを生き残っている左目でじっとねめつけてくる。

そのジョズロの隻眼に映り込むスバルの姿は、ほんの十一、二歳の幼い容姿だ。

普通に考えれば、ジョズロの投げかけた問いかけの答えを持っている年齢ではない。しかし、ジョズロの眼差しには無知な子どもを馬鹿にするような光はなく、考え込むスバルを急かすような真似もしないで、ただ答えを待っていた。

そのジョズロの態度の裏にあるのは、おそらくスバルへの期待だ。

だったら、その期待に応えないわけにはいかないのが、ナツキ・スバルである。

「この島には、外でやらかした犯罪者も叩き込まれる。盗みを働いたとか、誰かを殺したとか、ルールを破ったとか。その中には……」

「――――」

「女子供から奪ったり、殺したりするような奴もいる。それがクソ野郎？」

「――。見下げ果てた、をつけ忘れてるぞ」

考えた末のスバルの言葉に、ジョズロが視線をコップの酒に移しながら呟く。それを否定や不合格の言い換えだと、そう捉えるほどスバルもひねくれていない。

「背中を任せるような信頼ができない。それどころか、そもそも顔も見たくない。そういう相手を『合』で見捨てるから、一人になったのか」

「いいや、見捨てるんじゃない。預けるに足らない背中なら、いっそ斬り倒した方がすっきりするだろう？　お前も、お前のお仲間も同じことにならないとは言えんだろうさ」

鼻を鳴らしてシニカルに笑い、ジョズロは「だから」と続けようとした。

しかし――、

「いいよ、それで」

「……なに？」

「いつでも、俺の背中が預けるに足りないって思ったら斬り倒せばいい。大きさにだけ目をつぶってくれれば、背中の立ち方と見せ方では後悔させない」

そのスバルの宣言に、ジョズロの目が見開かれ、思わず右目から義眼がこぼれ落ちる。テーブルの上を弾み、転がったそれは正面のスバルの前へ。スバルはそれをわかっていたように右手で受け止めると、指で摘まんで自分の顔の前に掲げた。

そのまま、木製の義眼と至近距離で見つめ合い、義眼越しにジョズロを見る。見ながらスバルの口元が悪戯小僧のような笑みを刻んで、

「そろそろ諦めて、俺の仲間になろうぜ、ジョズロ。あんたが最後の剣奴仲間だ」

そう歯を光らせるスバルの勧誘に、ジョズロは空っぽの右目を手で押さえ、残された方の左目の瞳をわずかに揺らし、俯いた。

それが、一匹狼だったジョズロが群れへ戻るまでの、最後の抵抗だった。

2

「な、何とかジョズロまで仲間になってくれた……長い道のりだった……」

ボスッと、音を立てて自分の部屋の硬いベッドに倒れ込み、スバルは手で顔を覆う。

その幼い体を占めるのは多大な疲労感と、それに勝るとも劣らない達成感だ。

なにせ現在、この剣奴孤島に囚われる剣奴の数は都合六百人以上——その剣奴の全員を味方に付け、ナツキ・シュバルツの陣営に加えることに成功したのだ。

「本当に、長かった……」

手で顔を覆って視界を遮ったまま、スバルは長く深く嘆息する。

具体的な数字は考えず、やってやるとだけ決めて立ち直ったのがスバルの再スタートの状況だった。そこから改めて島の環境と剣奴たちの事情、そうしたものを一個ずつ汲んでいく戦いを始めたわけで、その苦労は聞くも涙、語るも涙だ。

だが、涙で溺れ死にそうになりながらも、バタ足をやめなかった甲斐があった。

「——おかげでまた一歩、あの、最悪の展開を塗り替えるのに近付いた」

顔に置いたままの手を握りしめ、開けた視界に汚れた天井を映しながら、スバルは確かな手応えと、状況の進展を噛みしめる。

——ナツキ・スバルにとって、これは二周目の剣奴孤島での生活だ。

『死に戻り』をしたのが二度目という話ではない。『死に戻り』に関して言えば、二回や三回なんてレベルではなく、桁違いの回数を繰り返している。

この場合の二周目というのは、そうした積み重ねた『死に戻り』とは別の、もっと大きな尺度で時を遡ったケースでの二周目ということになる。

「一周目じゃ、最後は散々だったからな……」

呟くスバルの脳裏を過るのは、最悪なんて一言では表現し切れない絶望の結末。

孤島で知り合い、認め合った仲間たちが次々と凶刃に倒れ、それ以外の島の人間も皆殺しに遭い、それを覆せないまま『死に戻り』の起点は後ろ倒しになり続け、ついには誰も救えないことが確定してしまった結末だ。

本来、手遅れになるはずだった。誰一人、救えなくなるはずだった。

しかし、スバルはそうやって終わるはずだった結末を拒み、幾度ももたらされる『死』に抗う力を与えた存在――『魔女』に縋って、最後のチャンスを得た。

今一度、この剣奴孤島へと飛ばされた最初の一日へ舞い戻り、そこからあの絶望の結末へ至らぬための戦いをやり直すチャンスを。

あの、剣奴孤島の全滅を免れるためのチャートは、すでにスバルの中にある。

そのために――、

「――島の人間を全員、俺の仲間にする」

改めて、途方もない計画だ。だが、やり遂げなくてはならない。

剣奴全滅の未来では、島の人間は一蓮托生だ。あの災厄をもたらす使者を追っ払うには、島の全員の団結が必要不可欠。――その大きな山を一つ、ようやくクリアした。

「正直、好感度稼ぎのタイムアタックしてる気分になったぜ……よく、ループ物で主人公が効率的に動き始めると色々雑になるけど、そううまくいかないぜ、現実」

ここまでの苦労を思い返し、スバルは色々な漫画やゲームで目にしてきた、スバルと似た境遇のキャラクターたちの奮闘ぶりと、自分との落差に肩を落とす。

ゲームと違い、実際にスバルの接する相手には自意識も感情もあるのだから、効率主義で感情を無視すれば、相手もまともに取り合ってはくれない。

それ故の人間関係の構築失敗は、幾度も味わったのだから――。

「――バッスー！　バッスー！　聞きましたよ！」

と、そんな苦労を思い返していると、やかましい声が部屋の前へ来訪する。そのまま声の主は躊躇なく扉を押し開け、晴れがましい顔で押し入ってきた。

青い髪を頭の後ろで括り、目に鮮やかな青とピンクの衣を纏った美少年――セシルス・セグムントを自称する、剣奴孤島の問題児だ。

なお、セシルス・セグムントとはこの国で最強の戦士の名前であり、おおよそ目の前の彼が本人だろうとスバルも半ば思っているが、未確定なので自称扱いとしている。

ともあれ、セシルスは実に楽しそうな顔でベッドのスバルを見下ろし、

「ついにあのジョズロさんを口説き落としたそうじゃありませんか！　いやぁ、最初にバッスーが『俺は島の全員を仲間にする』とか言い出したときは何たる大言壮語と嬉しくなるばかりでしたが、いやはやここまでくると天晴れ仰天と言わざるを得ませんね！」

「……あー、えーと、お祝い？　セッシー」

「祝い？　ええ、祝いですとも！　これまで剣奴孤島ギヌンハイブへやってきた剣奴は数あれど、バッスーのような野心と野望を抱いてしかもそれを実現間近まで持っていった人なんていやしないでしょう！　しっかり偉業と称えていいことですよ！」

「で、最後にはそんな俺を岸で拾った自分の運命力のすごさを自慢する？」

「ですです！　たまたま外をぶらっと何気なく出歩いてバッスーを拾ってしまう。それこそが僕が持ってる証！　この世界の花形役者たる所以かなぁって」

あけっぴろげに自画自賛し、気持ちよく笑うセシルスにスバルも苦笑する。

まるでマシンガンみたいに言葉を立て続けに撃ち込んでくるセシルスだが、これが意外と聞く側に立たされると圧倒される不快感もない。当人の言葉に迷いと遠慮がなく、それでいて言葉選び自体は綺麗で繊細だからだろうか。

自分を花形役者なんて言うだけあって、聞かせない台詞を言わない矜持があるらしい。

「とはいえ、油断は禁物ですよ、バッスー」

そう言われ、スバルが「油断？」とベッドの上で体を起こす。すると、セシルスは何故かドヤ顔で頷きながら、その指をスバルの鼻先に雷速で突き付けた。心臓に悪い。

「人を指差さない。で？　油断って、俺が何の油断をしてるんだよ」

「島にいる剣奴の方々をほぼほぼ全員味方に付けてさぞかしいい気分かと思いますが、それだけで攻略が完了するほどギヌンハイブは甘くない。伊達に剣奴孤島と呼ばれるようになってから脱走者をたった一人しか出していない島ではないんです」

「脱走者……」

「他人事ではないでしょう？　だってバッスーの目的は島から出ることでしょうから」

つらつらと話したかと思えば、手短な一言で核心にも切り込んでくる。

その戦闘スタイルさながらの話術の駆使に、スバルは指で頬を掻いた。図星だが、セシルスには一度も、島を出るなんて話はしていなかったはずなのに。

「おやおや驚いているようですが当然のことですよ。これだけ島中で噂になっていれば僕の耳にもバッスーの素性は漏れ聞こえてきますからね！」

「それってまさか、看守の人たちにも知られてるんじゃ⁉」

「あ、それは心配いりません。僕も少々オーバーなことを言いました。島中で噂というのはあくまで剣奴のネットワーク上の話です。オーケー？」

「OKOK、なんだよ、紛らわしい……」

セシルスの言葉足らずな言い回しのせいで、危うくスバルの計画が瓦解するところだ。

もちろん、今しがたセシルスが話題にしたスバルの『素性』に関しては、この島を掌握する上で有効的に使わせてもらうが、それが島の管理側に聞かれるのは都合が悪い。

聞かせるにしても、タイミングを見計らい、一番効果の発揮される場面で、だ。

「しかし、今は命拾いしたってだけで、いつすっぽ抜けてもおかしくねぇな……」

「じ〰〰」

「そのあたり、言いふらすなって改めてみんなに言っとかねぇと……」

「じ〰〰、じ〰〰」

「……なんだよ、セッシー。視線と主張がうるさいな」

顎に手を当てて考え込むスバル、その横顔にセシルスが熱視線を送ってくる。

わざわざ視線の熱をオノマトペしてくる主張ぶりだが、眉を顰めたスバルの反応に、彼は「いやいやいや！」と大げさに両手を振ると、

「ずいぶんと未来を見据えていらっしゃるようですが足下まだまだお留守ですよ、バッスー！　いいですか？　僕はあくまで島の剣奴のほぼほぼ全員と言ったんです。ほぼほぼ全員と全員は違いますからそこはお間違いなきよう！」

「うん、それはわかってるけど」

「そしてそしてて！　確かに石頭かつ一匹狼のジョズロさんはバッスーの障害としてなかなか難敵だったかもしれませんが、それすらも本命を前には前座に過ぎません！　そんなわかり切った事実もお忘れなきよう！」

「うん、それもわかってる」

毎回、肺活量を最後まで使い切るセシルスの言葉に、スバルも珍しく彼が一理も二理もあることを言ったなと頷いた。——そう、これはまだ序章、前座に過ぎないと。

「そうですかそうですかそうですか！　でしたら！　次はどうされるおつもりで？」

「ちょうど、秘密は秘密って言い含めるためにも、みんなと話したかったところだ。この島の本命に関しても、そこで具体的な話をしよう」

「ふふふ、なるほどなるほど、盛り上げますね。もっとも！　本命の壁の高さを思えば前準備と戦支度はいくらしておいても確実とは言えませんからね！」

キモノの袂に手を入れて、袖をひらひらさせながらセシルスが勝ち誇る。

油断大敵と助言に徹するセシルス、彼の言いように頷くと、スバルはベッドから立ち上がって、廊下へと向かう。すると――、

「――シュバルツ様、皆様、食堂に集まっておられます」

そう、部屋を出たスバルを出迎えたのは、セシルスと違ったキモノ姿の少女。その頭に立派な角を生やした鹿人で、今のスバルと同年代の幼子、タンザだ。

スバル共々、この飛ばされてきた剣奴孤島を生き抜く理由のあるタンザ、その協力的な少女の様子に笑いかけ、スバルは「おう」とその肩を叩くと、

「それじゃ、始めるとするか。――剣奴孤島の攻略、最終局面だ」

なんて、そんな風にタンザとセシルスに宣言したのだった。

3

「おう、兄弟、こっちゃいつでも準備いいぜ。いつ始める？　――一斉蜂起して、この島を乗っ取ってやるのをよ！」

食堂に顔を出すなり、定位置となったテーブルでスバルを待っていた蜥蜴人――ヒアインが大きく手を振り、そんな爆弾発言を大きな声でした。

こういうポロリが怖かった、と思わずスバルが部屋の前で決めたばかりの決意を挫かれかけるが、その呑気なヒアインの後頭部を勢いよく誰かが殴りつける。

「ぎゃん！」と悲鳴を上げたヒアインが頭を抱えて蹲ると、その後ろで握り拳を震わせていたのは、体中にドクロの刺青が入った男、ヴァイツだった。

「ぺらぺらでかい声で喋るな、トカゲ野郎……！　シュバルツの立場を考えろ……！」

「だ、だからって殴るこたねえだろ、殴るこたぁ！」

「本当なら首を掻っ切って黙らせたかったところだ……」

「あんだとぅ、てめえ！」

低い声のヴァイツに睨まれ、高い声のヒアインが下から睨み返す。どうにも馬の合わない二人は、この調子で言い合い睨み合いになることが多い。

「やれやれ、そうやって騒がしくすればするほど周りの注目を集める。その方がよっぽどシュバルツの迷惑になるだろうに」

そんな二人の睨み合いを余所に、そう苦笑するのが同じテーブルのもう一人、イドラだった。彼は自分の口元の髭を撫で、自分の座る椅子の隣を手で叩いて、

「シュバルツ、座ってくれ。ヒアインじゃないが、話したかったところだ」

「ああ、俺もちょうどそのつもりだった。タンザ、俺の隣に。セッシーはうるさくするならあっち。静かにしてられるなら座ってていいよ」

「僕に静かにしろと言うのは無駄口の類なんですがいいでしょう。この先の話に居合わせられないよりも黙ってる方がずっとマシですからね」

そう長々と注釈して、セシルスがテーブルの隅っこの席を確保。それを見届けたスバル

はイドラの隣に、その隣にタンザが座った。対面でいがみ合うヒアインとヴァイツも、それを見て仕方なく諍いの手を止め、テーブルに着く。

そして――、

「――で、いつにする？　さっきも言ったが、全員、準備はできてるぜ」

「トカゲ野郎……」

「なんだよ！　ちゃんと小さい声にしてんだろうが、何が悪ぃ！」

声の調子を落としつつも、先の話題を掘り返すヒアインにヴァイツが厳しい目。そのまま第二ラウンドを始めかねない二人に、スバルは「待った」と手を突き出した。

「盛り上がってるとこ悪いけど、一斉蜂起はしないぞ。剣奴全員で島を占拠して、俺たちがここの支配者に……ってのは望んでないから」

「んな!?」「なに……？」

はっきりと方針を明言すると、ヒアインはもちろん、抑え役に回っていたはずのヴァイツすらも驚きに目を丸くした。どうやら、ヒアインの軽はずみな言動を窘めつつも、ヴァイツも力ずくで島を制圧するという方針でいくと信じて疑っていなかったらしい。

「まぁ、いかにも荒っぽい剣奴っぽい作戦だけど……」

「勝算がありません。お二方はお忘れではないですか？　この島の総督であるグスタフ・モレロ様が敷いている、『呪則』のことを」

苦笑いを深めたスバルの横で、無表情ながら呆れを口にしたのはタンザだ。

その幼い彼女から指摘され、ヒアインが喉を詰まらせ、ヴァイツも苦い顔をした。

――『呪則』とは、島の剣奴たちの行動を縛る、目には見えない呪いの鎖のことだ。

この『呪則』の決まり事に逆らえば、剣奴は容赦なくその命を奪われる。そして、『呪則』を敷いているのは島の管理者である、総督のグスタフ・モレロ。

彼がひとたびその気になれば、剣奴孤島の剣奴は瞬く間に全滅する。『呪則』の対象を選別できるなら、反乱分子だけを壊滅させることも容易い。

「その『呪則』を覆せない限り、島の占拠など夢のまた夢ということだ。自分たちがどれだけ無謀なことを言っていたかわかったか、二人とも」

「ぐえー、チクショウ」「ちっ……」

ぐったりと、テーブルに上体を預けるヒアインと、腕を組んで不機嫌に舌打ちするヴァイツ。二人とも、事の重大さはわかってくれたようで何よりだ。

「しかし、それではせっかく島の剣奴たちを味方に付けても、総督に怪しまれた時点で我々はおしまいだ。ただのお山の大将がお前の望みとは思えないな、シュバルツ」

「さすが、イドラは鋭い」

指摘にスバルが指を鳴らすと、イドラが小さく鼻を鳴らして唇を緩める。

イドラの指摘した通り、『呪則』を何とかしなければスバルの立場はお山の大将止まりだ。だが、スバルの目的は島の外側にある。もっと正確に言えば、剣奴孤島の人間を全員味方に付けて、それらを引き連れて島の外へと脱出すること。

それこそが、ナツキ・スバルの計画する剣奴孤島編の決着だ。

「でもでもあれですよね。バッスーにはその『呪則』さえも千切って駆け抜けられるかもしれない期待株がちゃんといますもんね？」

「セッシー、口挟まない約束だぞ」

「すみませんすみません。ただほら、せっかくの御味方をあれこれとやきもきさせるのはバッスーも本意ではないのではないかと思いまして」

テーブルを自分の二本の指で叩きながら、セシルスがそう会議を囃し立てる。

そのセシルスの発言と態度に、ヒアインたちは揃って嫌そうな顔をスバルに向けた。その視線の意図がスバルにも察せられるが、はっきりと明言したのはタンザだ。

「シュバルツ様、その、正気でセシルス様を？」

「本気じゃなくて正気って言われると、もうそれだけで何聞かれても否定したいな」

「申し訳ありません。つい、口が滑りました。本気でセシルス様を？」

当てにした作戦を立てているのか、とタンザが言いたげにし、その彼女の疑問を後押しするように『合』の面々の視線にも力がこもった。

そんな四人と、セシルスのドヤッとした注目を浴び、スバルはため息をつくと、

「いや？　『呪則』をどうにかする作戦で、セッシーの手を借りようとは思ってないよ」

「そうそうここでついに僕の出番が訪れて真打ちの見せ場となると嘘ぉ!?」

「大体、セッシーだけ『呪則』から逃げてどうすんの？　全然解決になってないじゃんか」

一息にテーブルの上に立ち、そこで見得を切ろうとしたセシルスが仰天。その位置からスバルの顔を覗き込んでくるが、スバルはその鼻を指でつついて下がらせた。

「それなら……いったい、どうするつもりだ、シュバルツ……」

「『呪則』のこと？」

「そうだ……。腹の立つ話だが、エセ戦士の言うことはもっともだ……。総督の『呪則』が突破できなければ、お前を……」

「うん？」

「お前を、父親である皇帝閣下に会わせてやることができない……」

厳めしい顔つきと重苦しい声で、しかし殊勝な内容のことをヴァイツが言った。

「――――」

一瞬、ヴァイツの言葉にスバルは目を細め、深く息を吐いた。

ヴァイツだけでなく、ヒアインとイドラの二人も、あるいはさして興味のなさそうなセシルスも、他にもかなりの人数の剣奴が誤解している。――スバルが、ヴォラキア帝国の各所で話題になっている、皇帝の落とし胤ではないかと。

『黒髪の皇太子』と噂されるその存在は、ヴォラキア帝国で確かに広がりつつある反乱の兆しの中核になっており、現皇帝からの帝位簒奪を目論んでいるとされる。

その上で、この剣奴孤島で年齢不相応な活躍を見せるスバルの存在こそ、噂される『黒髪の皇太子』その人なのではないか、と皆が疑っているのだ。

そして――、

「そうだな。俺も、クソ親父にはかましてやりたい腹パンがある」

スバルもまた、その誤解をあえて解かず、島での人心掌握に積極的に利用していた。

付き合いの深い『合』の面々を騙すのは気が引けたが、元々、スバルを『黒髪の皇太子』ではないかと疑い始めたのが彼らであり、納得を買うのに都合がよかった。

他の剣奴たちも、かなりの人数が皇帝の落とし胤という設定には好意的だったため、少なくともギヌンハイブを出るまでの間、事実を明かすつもりはない。

ただし――、

「――――」

じっと黙り、スバルの横顔を窺うタンザ。彼女だけは、スバルが皇帝の落とし胤ではないという事実を知らされ、スバルの嘘を理解している人物だ。

――タンザにだけは、効率や論理性を抜きに嘘をつきたくなかった。

こうしてスバルが二周目の機会を得られたのは、最後の最後まで、あの絶望的な結末を迎えた世界で、タンザが寄り添ってくれていたおかげだったから。

ともあれ――、

「じ、じゃあ、結局どうすんだ？　みんなで暴れ回るわけじゃねえ。泣き寝入りするのも違ぇ。だったら、どうやって？」

「そうですよどうするつもりですか！　無計画で皆々様に夢だけ見せて大口を叩くという

のはいささか度を越えて悪質というものでしょう！　期待を裏切られたものがどれほど心に傷を負うかバッスーはわかってない！」

「ヒアインと同じベクトルみたいに俺を責めてるけど、全然別物だからね。第一、俺、一言もセッシーを計画に組み込むとか言ってないし」

「バッスーのバカーっ！」

ぴょんとテーブルから飛び降りて、子どもみたいな捨て台詞を言いながらセシルスが風のように――本当に風のような速度で食堂から飛び出していった。

その嵐のような背中を見送ったスバルは、ため息をついてセシルスを放置。

「それでシュバルツ様、『呪則』の方は」

「うん、『呪則』を何とかしなくちゃ誰も島から出られない。だから、味方にしよう」

「味方に……？　いったい誰をだ……」

ちらと、ヴァイツの視線が飛び出していったばかりのセシルスの背中を食堂の入口に探す。だが、スバルは苦笑し、「違う違う」と前置きした上で、言った。

「グスタフさんだよ」

「……なに？」

そのスバルの言葉に、聞き間違いかと『合』の仲間たちが顔をしかめた。

そう思うのも仕方ない。なにせ、それは剣奴孤島を管理する側の大ボスであり、融通の利かない仕事ぶりと、曲がらない帝国への忠誠心の塊だと誰もが知っている相手。

それでも、『呪則』を攻略しようとするならば、それは避けられない。

だから改めて、スバルははっきり言い切る。

「『呪則』を何とかする。そのために、グスタフさんを俺たちの仲間に引き入れる」と。

4

——剣奴孤島ギヌンハイブ総督、グスタフ・モレロ。

たくましい腕を四本生やした多腕族であり、二メートル半ほどもありそうな巨体を窮屈に制服に押し込め、きっちりと丁寧に髪を撫で付けた強面の紳士。

顔つきや言葉遣いこそ厳めしいが、話の通じない相手でもわからない相手でもなく、この帝国では非常に珍しい話せる大人というのがスバルの印象だ。

もっとも、とてもルールに厳格で、一定以上の距離を詰めさせないという印象はあるため、攻略という意味では難敵であるのは間違いない。

「それでも、グスタフさんを攻略する必要がある」

そうスバルが頑なに考える理由は、もちろん『呪則』の存在が大きい。

ルールの違反者を罰し、その命を奪える『呪則』を突破しなければ、スバルに協力する剣奴は全滅の憂き目を免れず、結局は大虐殺の結末へ辿り着く。

仮に、何らかの方法で『呪則』が無効化できたとしても、剣奴の武装蜂起でグスタフや看守の命が奪われる形になるのもスバルは望まない。

　スバルはヴォラキア帝国も、この剣奴孤島も好きではなかったが、職務を全うする軍人や看守といった人々に不条理な憎悪を向けるつもりもなかった。

「囚人が看守にイジメられたり嬲られたり、そういうフィクションだとお約束の展開も、今のところ耳に入ってこないしな」

　おそらくはフィクションに限らずだと思うが、そうした立場の違いが生み出す暴力的な支配構造が、この島では成立していない。その背景にも、グスタフの徹底した管理思考と綱紀の引き締め、総督としての統率力が現れている。

　つまるところ、グスタフの攻略さえ叶えば、島の看守たちを一人一人籠絡するのではなく、まとめて味方にできる可能性が高いというわけだ。

「それなら、やらない理由がないだろ？」

「お話はわかりますが……」

　グスタフ攻略にどれだけのメリットがあるか、それをプレゼンしたスバルに、タンザが口元に手を当てながら難しい顔をする。

　なお、場所は食堂から移動し、島内を見渡せる見晴らし台の一角だ。

　比較的、興行の最中以外は移動自由な剣奴孤島だが、この見晴らし台は剣奴たちに人気のスポットである。自分たちを閉じ込める囚人塔が視界に入りにくくて、ほんのわずかでも空が近くに感じられて自由を錯覚できる。それが人気の秘訣だそうだ。

「秘訣の理由が切実すぎる……」

「それだけ、皆様が自由に飢えていらっしゃるということかと。だからこそ、シュバルツ様への期待も高まっています。『黒髪の皇太子』……その偽物ですが」

「はっきり言うなぁ……あと、誰が聞いてるかわからないから」

「ヒアイン様と違って、ちゃんと気を付けております」

しれっとヒアインをディスりながら、タンザがすまし顔で遠く――視界に飛び込んでくる湖面を眺め、その向こう岸の世界に思いを馳せる。

全周を湖に囲まれたギヌンハイブ、スバルもタンザも、お互い関心事はこの湖面の向こう岸にあるのだ。逸る彼女の気持ちがスバルにも痛いほどわかる。

「……それで、どうなさるおつもりなんですか？」

「――！　相談に乗ってくれるのか？」

「他の皆様と同じく、投げ出したい気持ちは強めに持っております。ですが、シュバルツ様が諦めの悪い御方なのは、ほんの数日の付き合いでもわかりましたから」

仕方なく、と肩を落としたタンザの言葉にスバルは大いに感激した。

なにせ、ヒアインとヴァイツ、イドラの三人にはグスタフの味方化計画の方針を話しただけで、一斉に「無理」と萎える結論だけぶつけて解散されたのだから。

正確には「頭を冷やせ」「できることとできないことがある」「グスタフの皮を剥いで成

り済ます役は任せろ……」という塩梅だったが、仲間甲斐のない奴らである。

「その点、タンザはちゃんと俺と悩んでくれるもんな！　好き好き」

「……やはり、私も突き放した方が反省を促せたでしょうか？」

「待て待て待て待て、悪かった。でも、本気で悩んでるから、アイディアプリーズ」

「あいであ……」

横文字を片言で反芻して、タンザは黒目がちの瞳をほんのりと伏せると、

「まず端的に、こちらに剣奴の方々が全員ついているのをお伝えして、戦力差を盾に交渉へ臨まれるのはいかがでしょう？」

「あり寄りのなし、かな。グスタフさんの場合、こっちが結託して何か企んでるってわかった時点で、『呪則』を使って罰してきそう」

タンザの意見に答えながら、スバルは前周、思い出したくもない顔が使者として剣奴孤島を訪れ、そこでグスタフと押し問答になっていた事実を回想する。

使者は島の人間が内患に関わる危険性から、剣奴の一斉処理を提案したが、グスタフは頑としてそれを受け入れなかった。それは剣奴へ肩入れしたのが理由ではなく、グスタフ自身の職業意識が原因だ。

あの時点では、疑わしきは罰せよの提案にグスタフが乗らなかっただけ。その疑惑が確信に変わったとき、グスタフが『呪則』の行使を躊躇うとは思えなかった。

「はっきり、武力交渉を申し込んだ場合、グスタフさんが『呪則』を使わないでくれる可

能性はかなり低い。だから、あり寄りのなし」

「申し訳ありません。どうやら私ではシュバルツ様のお役に立てません」

「もう打ち止め⁉　なんか、この世界の女の子って力押しの提案多くない⁉」

鹿角の生えた頭を下げるタンザの謝罪に、スバルは肉食系女子の台頭を天に嘆く。

そもそも鹿は草食のはずなのに、タンザをしてこの有様だ。ミディアムや『シュドラクの民』といった、出会う女性出会う女性が揃って力押しとはどういうことなのか。

「レムとかヨルナさんが特別なのかな……いや、あの二人もわりと力押しか？」

レムも片足が不自由な状態だから動けないだけで、比較的力押しタイプではないか。城を踵落としで爆砕するヨルナも、力押しの究極系と言えないこともない。

「ヨルナ様の悪口でしたら、許しませんが」

「悪口じゃなくて愚痴かな……ともかく、タンザが協力的でいてくれてんのは嬉しいよ」

「——。はい」

コクンと小さく頷いて、タンザが意見は出せないまでも協力は約束してくれる。

正直、タンザの存在は今のスバルには物理的にも精神的にも頼もしい。その上で、いてくれる彼女の期待と信頼に応えるのがスバルの役目だ。

「それで、結局、どうなさるおつもりなんですか？」

と、一周回って改めて同じ問いかけに戻られ、スバルはぐっと空を仰ぐ。

どうするかと、そうタンザに問われた答えは——、

「ひとまず、本人の人となりを詳しく知っておきたいかな」

「え？」

眼下のスバルたちの心情を余所に、憎らしいぐらい晴れ渡っている青い空。それを睨みつけたスバルの言葉にタンザが目を丸くする。

「――待たせたな、シュバルツ」

厳めしい声が、スバルよりずっと空に近い場所から降ってきたのはそのときだ。

隣ではタンザが、そして見晴らし台にいた他の剣奴たちにも緊張と動揺が広がった。

当然だ。この男が見晴らし台にやってくることなど、滅多にないことなのだから。

――剣奴孤島ギヌンハイブ総督、グスタフ・モレロその人が。

「よかった。きてくれたんだな、グスタフさん」

「シュバルツ様⁉　総督をお呼びになったんですか⁉」

「そうだよ。ダメ元でアポ取ってみたらいけた」

緊張に声が高くなるタンザ、彼女の疑問にスバルが平然と頷き返す。

そんな二人の方へ、幼子同士で肩車しても目線の高さが合わないほどの巨躯がやってくる。グスタフはただその巨体で、意図せずスバルたちに日陰を作りながら、

「本職も暇ではない。あまり気軽に呼び出されては困る」

「気軽なんてとんでもない。ちゃんと怒られるのも覚悟して呼んでみたって。本当に気軽に呼び出すなら、お弁当持ってきてピクニックに誘うよ」

「君といい、タンザやセグムントといい、年少のものほど肝が据わっているのは不可思議な心持ちになるものだな」

「……私を、そのお二方と同列にされるのは嫌なのですが」

グスタフ相手の緊張を維持したまま、それでも聞き流せない事情には口を挟む。

その態度こそ、グスタフが述べたばかりの肝の太さを裏付けていると思うし、二周目であるスバルと違って天然のモノなのだから頼もしいとも思うのだが。

「でも、仕事が忙しいのに、合間を縫ってきてくれて嬉しいよ」

「君はある意味、現在の剣奴孤島で最も注目を集める立場だ。それこそ、他者を寄せ付けない圧倒的な強さを誇るセグムントよりも」

「そう？　我ながら、泥臭くて人前に出せたもんじゃない戦いぶりだと思うけど」

「本来、その戦いぶりを他者に披露する機会は君ほど多くないものだ」

声に怒りや呆れの感情はないものの、はっきり言い切り、グスタフは眉を顰めた。

「まさか、続けるつもりでいるのか？　開かれる『スパルカ』の全てに参戦し、他の剣奴の生存を手助けする命懸けの抗いを」

そして、彼がスバルの呼び出しに応じた理由、グスタフが総督として抱えている疑念についての問いかけを発した。

全『スパルカ』への参戦――それが、スバルがこの二周目の剣奴孤島において、大勢の剣奴たちを味方に付けた最大の功績だ。剣奴はいずれも、『スパルカ』の名目で剣闘獣などと呼ばれる魔獣と戦わされ、命懸けの勝利を要求される。

その、この島で最も恐れられ、同時に帝国人としての在り方を示すのにこれ以上ない機会を利用し、スバルは剣奴たちからの信頼と尊敬を勝ち取ったのだ。

ただし――、

「本職も、戦士の術を学んだ過去がある。一角の戦人とはなれなかったが、力量を見る目は養われたつもりだ。その観点で言えば、シュバルツ、君が今日まで参加した『スパルカ』で生き残ってこられたのは、薄氷の上を渡り切っただけに過ぎない」

「薄氷、ね」

「一手間違えば。あるいは、一手間に合わねば命を毟られる。本職も様々な死生観の剣奴を目にしてきたが、君の歩み方は正気の沙汰ではない」

そのグスタフの見立ては確かだ。実際、幾度も『スパルカ』に参戦するスバルだが、スバルの存在が『スパルカ』の危険度を著しく下げたかというと、そうではない。

これで、参戦するのがセシルスであれば、剣闘獣を瞬殺することで『スパルカ』の在り方を歪め、管理側のグスタフたちもペナルティを科さずにいられないだろう。

「でも、俺の戦い方でそれは無理だ。毎回、必死だからね」

「演技でないのは一目瞭然だ。剣奴たちの多くが君の戦いに熱狂するのも、君が彼らと同じ地平に立って、戦いに臨んでいるとわかっているからに他ならない」

「シュバルツ様は、私の参加も許してくださいませんから……」

目を伏せ、そう呟くタンザにスバルは胸をチクリと刺された気分になる。が、タンザの手を借りてしまえば、弱いスバルはその先も彼女の手を借りたくなってしまう。

それでは意味がない。──剣奴の信頼は、スバル自身が勝ち取らなければ。

「あんな幸運は長続きはしない。すぐ、次にでも運気は断ち切られるぞ」

「それは、グスタフさんが直々に超強力な剣闘獣を送り込む的な宣言？」

「ただの経験則だ。不幸とは、幸運のふりをして近付いてくる。努々、君も肝に銘じておくことだ。──君が死ぬのは惜しいと、本職も思う」

グスタフの意外な言葉にスバルは驚き、タンザも目を丸くしていた。相変わらず、恐い顔で心情を覗かせないグスタフだが、それが嘘とは思えない。不思議と、グスタフは嘘をつかないだろうという、敵味方とも言えない間柄での奇妙な信頼があった。

「グスタフさんは、なんで島の総督なんてやってるの？」

「唐突だな」

「そうかな？　元々、今日はグスタフさんとあれこれ話したくて呼び出したんだぜ。それとも、もう戻らないといけない時間だったりする？」

「────」

「ちなみに、根を詰めてずっと机に向かい続けてるより、適度に休憩入れて気分転換した方が結果的にいい仕事ができるって研究成果がカリフォルニアで出てるよ」

「本職の知らない単語だ。それも近頃、君がセグムントに仕込んでいるものか」

「セッシーの場合は仕込んでるわけじゃなく、勝手に吸収してるだけだよ」

着せられかけた濡れ衣を脱いで、スバルは「それで、どうだ？」と話に付き合うつもりがあるかの意思確認をする。

そのスバルの問いかけに、グスタフはしばし沈黙したあと、

「本職が、この総督職を受けたのは、ヴィンセント・ヴォラキア皇帝閣下から直々の御下命があったからに他ならない」

と、今日に至るまでのグスタフ・モレロ物語を語り始めた。

5

「多種多様な亜人族の中でも、多腕族のそれは外見で判別が容易だ。平均して四本から六本の腕を持ち、他の種族よりも多くの武具を扱える。有用性は語るまでもない」

もっとも、多腕族はその有用性をもっぱら遊牧民族としての狩猟の腕に用いた。

戦における多腕族の種族的な強さが知れ渡ったのは、今も語られる『八つ腕』のクルガンという英雄が生まれ、戦場で無双の働きを見せつけたからである。

結果、ヴォラキア帝国で随一の武人となった『八つ腕』の存在は、同じ多腕族の若者に希望を与え、多くの同胞が名誉を求めて戦場へ飛び出す流れを生んだ。

「本職は、その酔狂に酔えなかった立場だ。同胞たちが武勲と名誉に焦がれる中、本職は書を嗜(たしな)み、家畜を育て、家を守る方が性に合った。そんな本職を臆病者と誹(そし)る声もあったが、恥じ入るところは何もないと考えていた」

種族に蔓延(まんえん)した『八つ腕』の熱狂は、グスタフの心に火を灯(とも)さなかった。

血を流し、戦場に儚(はかな)く散る戦士の誉れを、グスタフは誉れとは思えなかったのだ。

「死を恐れるわけではない。恐れるのは、本職の死が何ももたらさぬこと。無益で、無意味な死として本職の命が消費され、失われることは避けたかった」

父や兄弟(きょうだい)、友人といった同胞が無益で無意味な死を迎え、『八つ腕』のような伝説となることもなく散るにつれ、グスタフの思いはますます強くなっていった。

しかし——、

「戦で多くの同胞が失われた本職の一族を、野盗が襲った。男たちが戦場で死んだため、女子供ばかりが残っていると考えたものたちだった」

野盗たちの考えは正しく、グスタフの一族に抗(あらが)う術(すべ)は多くなかった。

家を焼かれ、財産は奪われ、女子供が戯れに殺されて、手も足も出ない。唯一、戦場に出なかったグスタフだけが敵に抗えたが、戦場を嫌い、武器を振るうことを遠ざけた多腕族の男に勝ち目はなく、抵抗はすぐに制圧された。

そのまま、グスタフは為(な)す術なく首を刎(は)ねられるところだったが——、

「——本職の命が尽きる寸前、割って入ったのが一陣の風だった」

颪は、グスタフの首を落とさんと斧を掲げた男の首を瞬く間に断ち、周囲の野盗たちの体をも次々と撫で斬りにしていった。

そうして、颪がやんだときには、生き残っていたのはグスタフを含めて、ほんのわずかな同胞たちだけ。野盗は一人残らず斬殺され、草原に血溜まりが残るのみ。

呆気に取られるグスタフ、そこへ颪を伴い、一人の男が現れた。

「その、本職からすれば小柄な男は言った。『何故、戦場で多くが死んだ多腕族が、女子供の殺されたこの地にいるのか』と。本職は答えた。戦場には出なかった。戦うことも、戦も嫌いであるからだと」

置かれた状況の血腥さからすれば、それは場違いで不謹慎な問答だった。だが、壮絶な事態に脳が痺れ、グスタフも真っ当な判断ができる状況ではなかった。

それ故に成立した問答、問いかけにそう答えられた男は周囲を見渡し、

「男は言った。『余も同感だ』と。そして、本職に生き残りをまとめ、この野盗たちの元締めを裁く権利を与えると言ったのだ」

颪を纏った男曰く、この野盗の襲撃の裏には付近一帯の領主の存在があった。

領主は自領で暮らす有力部族が力を持ちすぎないよう、私兵を野盗に扮させて間引くという行為を習慣的に行っており、今回は多腕族がその標的とされたのだと。

「すでに、黒幕である領主は囚われの身であった。その沙汰を下すよう、男は本職に命じた。引っ立てられた領主は矜持を折るまいと威勢を保ったが、その裏側には死への恐れが

あったのが見て取れた。故に本職は――」

沙汰を下せと言われ、グスタフは領主を殺さなかった。

死ではなく、苦役を科すと決めたグスタフの判断に、生き残った同胞たちは異議を唱えた。しかし、男はグスタフの意思を曲げず、尊重した。

そして、言った。

『余に仕えよ、グスタフ・モレロ。貴様の在り方は惰弱と指差されもするが、余はそうは思わぬ。強さが尊ばれるこの帝国の大地で、己が矜持を貫くがいい』

「以来、本職は取り立てられ、役目を果たすうちに位階を引き上げる機会をいただき、上級伯の地位を与った。そして、上級伯の地位に与ったその日、その男――皇帝閣下から直々に、剣奴孤島の総督を務めるよう命じられたのだ」

皇帝、ヴィンセント・ヴォラキアの治世を間近で見るには、『九神将』や帝国宰相の立場が必要になる。故に、皇帝の手腕を最もよく知るなどとは口が裂けても言わない。

しかし、ヴィンセントにはグスタフにしか見せない顔と聞かせない言葉があり、当然だがそれに関しては誰よりも深く受け止めた自負がある。

あの賢帝はグスタフに大役を任せ、剣奴孤島へ送った。グスタフもまた、大恩と在り方を認められた事実を胸に、十全に職務を果たさなければならない。

「――本職が本職として、この剣奴孤島の職務を全うする理由だ」
それこそが――、

6

見晴らし台で青空の下、グスタフが語り聞かせた話は木漏れ日の似合う内容では決してなかった。湖水の涼やかな風よりも、血腥い戦場の風が似合うような物語。

淡々と表情も顔色も変えないグスタフの態度、そこにスバルは長くため息をつき、

「思ったよりも赤裸々に話してくれるんだな……」

「本職が職務に就いた理由を問うたのは君だろう、シュバルツ。本職は質問に可能な限り誠実に答えたつもりだが？」

「その誠実さは疑ってないよ。いや、誠実さなら元々疑ってなかったけども」

嘘や欺瞞といった行いと、最も縁遠いところにいるのがグスタフという人物だ。

なので彼は、話せないことなら話せないとはっきり明言する。嘘や偽りで取り繕おうとしたり、適当な内容で誤魔化すなどの不誠実と無縁だ。

「とはいえ、ここまで赤裸々とは……忠誠を誓ってるのは、皇帝閣下に救われたから？」

「そうではない。厳密に言えば、本職を救ったのは皇帝の傍にあった『青き雷光』だ。真に恩義を理由とするなら、本職の立場は今とは大きく異なっていただろう」

「『青き雷光』……」

難しい顔をして、同じ話を聞いていたタンザがそう呟く。スバルも聞き覚えのある異名だったが、ややこしくなるし、話が逸れるので今は無視すべきと判断した。

「なら、忠誠の理由は生き方を尊重されたから？」

「その心情の明言には抵抗感がある。よって、回答を拒否させてもらう」

「……それでこそグスタフさん」

思った通りの人間性を、思った通りの回答で表現してくれるグスタフ。

スバルとしては意外なことこの上ないが、ちゃんと皇帝——アベルを慕っている臣下の登場はこれでズィクルに続いて二人目だ。全く気持ちがわからないが、周りに流されたのが理由ではなく、自分の考えでアベルに忠誠を誓うものは少なくない。

グスタフもその一人であり、その彼が命じられているのが——、

「——有事に備えて、心身共に鍛えられた剣奴を用意すること、だったっけ？」

「……隠していることではないが、何故、君がそれを？　島へきて日の浅い君が知っているのは、いささか本職には疑問の余地があるのだが」

「壁に耳あり障子に目あり、人の口に戸は立てられないってやつだよ」

通じるような通じないような、グスタフならしない不誠実さで言い逃れ、スバルは「それよりも」と強引に話題を乗り換えた。

「その有事の際って、帝国が慌ただしくなってるまさに今だって思わないの？」

「――――」

「グスタフさんがあれこれ準備して、剣奴の質がすげぇよくなったって話は聞くよ。ヌル爺も、総督がグスタフさんになってからとその前じゃ雲泥の差だって」

ヌル爺さんは剣奴歴が長く、島の歴史を知る生き証人だ。そのヌル爺さんがグスタフ以上の総督はいないと言うのだから、彼は皇帝の命令を忠実に果たしている。

「でも、せっかく磨き上げた名剣も、鞘に収まったままじゃ役に立たないんだぜ」

「……シュバルツ、君は本職に何をさせたい。あまり不用意なことを口走るのであれば、本職の職権を以て、処罰の対象としなくてはならなくなる」

「それが『スパルカ』なら、俺の罰にならないってグスタフさんもわかってるだろ？」

「――。『スパルカ』への参加を命じるだけが、君への罰則とは限らない」

一瞬の躊躇いがあって、グスタフが目を細めながらスバルを見据える。その言葉の裏に隠れた真意が、『呪則』を示しているのは火を見るより明らかだ。

できればそれを使いたくないと、グスタフがそう思っていることさえも。

「今がどのような時期であり、本職がどのように動くかは本職が決める。シュバルツ、君はあくまで自分が剣奴であるという自覚に従い、粛々と過ごすことだ」

そう言って、グスタフがスバルたちに背を向ける。

最後のそれがスバルに伝えたかったことだとしたら、ずいぶんと余計なことを喋りすぎてしまったものだ。グスタフ本人にもその自覚があるのか、見晴らし台の石畳を踏みしめる足取りは気持ち早く、この場を早々に立ち去りたがって見えた。

「忠告してくれたのに悪いけど、粛々と過ごすのは無理だよ、グスタフさん」

分厚い背中に声をかけ、グスタフの足を引き止める。グスタフはその厳めしい顔だけ振り向き、真っ直ぐ立つスバルと、隣に侍るタンザを見据える。

その押し潰されそうな眼力に、スバルはゆるゆると首を横に振った。

「グスタフさんのことは好きだけど、俺はやらなきゃいけないことがある。それを諦めるつもりはないから、もうしばらく騒がしくすると思う」

「……本職を挑発する意図があるのか？」

「ない。ただの、覚悟しといてって宣戦布告」

歯を見せて笑い、そう言い放ったスバルにグスタフが二本の右腕で己の牙を撫でる。しばし黙考するも、彼は笑みを崩さないスバルに深々と嘆息し、

「であれば、本職の側で粛々と職務を遂行するのみだ」

そうとだけ言い残し、今度こそグスタフが大股で見晴らし台を出ていった。

その背中が視界から消えて、それでもまだしばらく聞こえていた足音が完全に聞こえなくなると、スバルも肩に入っていた力をようやく抜ける。

「やれやれ、やっぱりグスタフさんの前だと緊張するな」

「やれやれではありません。よほど、私の方が寿命が縮んだものと思いますが」

気抜けする息を吐いたスバルに、緊張から解放されたタンザがそう詰め寄ってくる。少

女の怒り具合に「悪い悪い」とスバルは苦笑いし、

「でも、タンザが横にいてくれたおかげで泣き喚かなくて済んだよ。ありがとう」

「いっそ泣き喚いて恥を晒した方が、シュバルツ様も反省なされたかもしれませんね」

「おいおい、泣いて喚いておしっこ漏らしたくらいじゃ、俺は引き下がらねぇぜ？」

「私の愚問でしたし、シュバルツ様のものは愚答だと思います」

手厳しすぎる意見。だが、タンザの立場に立ってみれば、この程度で済ませてくれるのは優しさが過ぎるという方が自然だろう。

「それで、命知らずのシュバルツ様の目的は果たせたのですか？」

「棘がある意見……そんなセッシーみたいな扱いしないでくれよ。俺はちゃんと、命が惜しいと思ってるから」

「目的は果たせたのですか？」

「プレッシャーがえぐい！　果たせた果たせた！　果たせたってより、確かめられたって方が自然かも。——ただ口説くんじゃダメそうだな」

ぐいぐいと距離を詰めてくるタンザの黒目にスバルがノックアウト。弱音のように吐き出された答えを聞いて、タンザは丸い眉を寄せた。

スバルの目的は、グスタフが総督という職務にどれだけ心血を注いでいるか。そして、そうまでする理由の根幹がどこにあるのかを知ることだった。

幸い、隠し事をしない主義のグスタフのおかげで、そこについては知ることができた。

代わりに、それが動かしづらい忠義の下に成り立つ信念であることも。

「ったく、本当に腹立たしいお面野郎め」

離れ離れになっても立ちはだかる嫌味(いやみ)で陰険な鬼の面を思い浮かべ、スバルは唇を尖(とが)らせたあとで、大きく空に向かって伸びをした。

そして――、

「タンザ、ヒアインたちを呼んでくれるか？　方針は決めたから」

そのスバルの宣言に、タンザが表情を引き締め、その先の言葉を沈黙で促す。

如何(いか)なる作戦でも、必ず遂行するとでも言いたげな頼もしい顔つきに、スバルはそのあとの反応をうっすら予想しながら、続けた。

「――グスタフさんに、『スパルカ』を挑んだ」と。

7

――剣奴(けんど)孤島ギヌンハイブ総督、グスタフ・モレロに『スパルカ』を挑む。

それが、島の剣奴を全員味方に付け、ヴォラキア帝国を揺るがす内乱へと参戦する意思を固めたナツキ・スバルの、剣奴孤島攻略総仕上げのための作戦だった。

「ですが、武力交渉は愚の骨頂と、そう私の意見を却下されたのはシュバルツ様だったはずではありませんか？」

「愚の骨頂なんて言い方してなかったよ!? あり寄りのなしとかオブラートに包んだ答えだったはずだろ？ 俺、タンザに嫌われたくねぇもん」

「誰にでもそうお話ししていそうですね。六百人を口説き落としただけあります」

「馬鹿な、心配が理由にしては棘が鋭すぎる……」

目つきと表情を変えず、淡々とした声音で詰めてくるタンザにたじたじになるスバル。

直前まで、何でも言ってくださいの態度だったのが嘘のような変わりようだった。

とはいえ、彼女の不満も当然と言えば当然だろう。

『スパルカ』を挑むというスバルの作戦は、最初に彼女が出した彼我の戦力差を盾にした威圧交渉と大差ないように思えるだろうから。

「それどころか、ヒアイン様やヴァイツ様の仰った一斉蜂起と同じ話なのでは？」

「それどころかって言い方に、タンザのあの二人に対する評価が表れてるな……。でも、あの二人の意見とは違うよ。もちろん、タンザの意見とも」

「……説明をお願いします」

「『スパルカ』を挑むってのと、力ずくで島を乗っ取ろうって話は全然別個でさ。グスタフさんにわからせたいんだよ。――決断のタイミングがきてるんだってことを」

結局、謎かけのような物言いだとタンザの瞳に不満が浮かんだ。

が、何もスバルもただ意地悪で煙に巻くような言い方をしているわけではない。

「タンザが思う以上に、俺はタンザを信頼してるけども」

そのタンザが相手であろうと、与える情報には細心の注意を払う必要があった。

そもそも、島の剣奴の全員がスバルの味方に付いた現状、剣奴孤島は未だかつてないほどに危うい均衡の上に成り立っている。剣奴たちが一丸となって日頃の鬱憤を爆発させないでいられるのは、グスタフの『呪則』が抑止力になっているからだ。

『呪則』があるから、一方的な虐殺を恐れて剣奴は強硬手段に出られずにいる。――ただし、スバルはすでに『呪則』の要の在処を知っている。

「呪具は、グスタフさんの体の中……」

――一周目の世界で、使者として剣奴孤島を訪れたトッドとアラキア。

帝都からの特使である二人に頑なに逆らい、結果、命を落としたグスタフの背中を開いたトッドは、彼の肉体から『呪則』の要となる呪具を取り出した。

掌サイズの黒い球体――障害となる『呪則』を取り除くことだけが目的なら、あのおぞましい光景を再現すればいい。

それでタンザと剣奴たちの目的は達成、全員で島から抜け出すことができるだろう。

ただし、グスタフと看守たちの命は助からない。――それは、嫌だった。

「――。シュバルツ様は、どのような未来を思い描いていらっしゃるんですか？」

慎重に言葉を選ぼうとするスバルを見つめ、タンザがそう問いかけてくる。

まだ幼い彼女だが、タンザは決して馬鹿ではない。スバルが自分に全部の情報を明かしていないことも、意図的に隠し事をしているのも全部わかっている。
そして彼女には、いつだって力ずくでスバルから話を聞くという選択肢もあるのだ。
それでも——、

「——」

じっと答えを待つタンザは、スバルが真摯でいようとする間はその手段を選ばない。
そう確信できるからこそ、スバルも打算ではなく真摯でいたいと思える。

「俺の理想は、俺やタンザと『合』のみんな、島の剣奴たちが揃って、グスタフさんたちと仲良く手を繋いで島から出てくことだよ」

だから、悪ふざけでも何でもなく、スバルはタンザに正直な気持ちを打ち明けた。
一瞬、タンザの瞳に不可解さへの苛立ちが過ったが、スバルが嘘をついていないと目を見てわかると、それは理解と困惑に緩やかに変わっていった。

「……いくら何でも、それは夢見がちすぎる考えでは」

「——んや、そんなことないよ」

スバルの考える理想の展開を、タンザは無謀な希望だと諌めてくる。しかし、スバルは即答で妥協を拒み、タンザの黒目がちの瞳により大きな困惑を広げた。
スバルの自信、それがどこから出てくるのかわからないという困惑なのだろうが、それはとても皮肉な話だった。
だって、スバルのこの根拠のない自信は、他ならぬタンザがくれたものだから。

『はい、そうです、シュバルツ様。次こそはきっと、負けません』

一度は終わってしまった世界で、諦めたくないと望んだスバルに彼女がかけた言葉。

それがスバルに与えた力の大きさを、今のタンザは知る由もないのだ。

「……その理想のための答えが、『スパルカ』なのですか」

やがて、揺るがないスバルの視線に根負けしたように、タンザがため息をついた。

それで彼女の緊張が緩むと、スバルの方も肩に入っていた力が抜ける。まさか、タンザが力ずくでくるなんて思ってはいなかったが。

「最悪、腕の一本や二本は折りにこられるかもな覚悟だったからな……」

「そのような乱暴狼藉(ろうぜき)を働くと思われていたのなら、非常に心外です」

「そう、だよな。ごめんごめん、タンザを疑ってたわけじゃなくて、ちょっと実体験の方で過剰に緊張しちゃった」

似たシチュエーションで指を折ってきたレムの行為を、生粋の帝国人であるタンザにすらやりすぎだと言われた。そういう意外と感情的なところもレムのいいところだが。

ともあれ——、

「私の本音としては、シュバルツ様のお考えは無謀で愚かな理想論だと考えています」

「うぐ……ま、まぁ、そう言われても仕方ない部分も」

「ですが――」

頬を強張らせたスバルの言葉を遮り、タンザがやや強い語調で割り込む。彼女は鼻白むスバルを見つめ、ほんのり意趣返しの雰囲気を込めながら、

「最初、カオスフレームを作られたとき、ヨルナ様も同じように周りに無理とも無茶とも無謀とも、そう揶揄されたことでしょう。ですが、あの方はやってのけた」

尊敬するヨルナの名前を出し、その理想を実現した偉業を口にするタンザ。

実物のカオスフレームを目にしたスバルにも、ヨルナが挑んだ無謀な試みと、その実現までの道のりの険しさは想像ができる。

それがタンザを始めとした、多くの亜人族にとってどれほど大きな助けだったのかも。

「シュバルツ様にヨルナ様と同じことができると、そうお伝えしているわけではありません。ヨルナ様は特別な方ですから」

「わかってる。そんな思い上がってないよ」

「でも、誰かの理想を無謀だと指差して非難するだけの私になれば、それはヨルナ様の理想を私自身が嗤うことと同じです」

ヨルナに深い感謝と敬愛を抱いているタンザに、それができるはずもない。

スバルがそれを狙って彼女に無謀な理想を語ったわけではないが、この幼い少女は自分の中で大事な想いと、妥協できるものとを選り分けて、そう選んだ。

「ただし、ヨルナ様には壮大な理想を実現する力と、計画性がありました。シュバルツ様

にはそれがありますか？」

「……ヨルナさんの腕力と、頭の良さと比べられると分が悪いかな。ただ、計画性に関しては『スパルカ』がそれで、力に関しては――」

「関しては？」

「剣奴のみんなと、タンザが俺の当てにしてる力だ」

「調子のいい……」

問われ、答えたスバルにタンザがついに視線を逸らした。

とことん他力本願だと呆れられているが、そこを悩むのをスバルはやめている。これだけ短い手足と小さな背丈で、無闇に気張って何が得られようか。

元々、スバルのプライドなんて吹けば飛ぶようなタンポポの綿毛と同じだ。

「ってわけで、改めてヒアインたちに声をかけてくれるか？　まずあの三人に……それから、剣奴のみんなに協力してもらうことになるから」

「承知いたしました。……ですが、実際に可能なのでしょうか。この島の総督であるグスタフ様に、『スパルカ』を挑むなどということが」

「闘技場に下りてきて、そこで男と男の殴り合いしようぜって誘いなら、グスタフさんが受けてくれる可能性は低いだろうな」

「では、どうされるのです？」

丸い眉を寄せて、タンザがスバルにそう問うてくる。

肝心の、グスタフを『スパルカ』へ誘導する策、それがなくては目的は達せないと。それについては当然の疑問だが、ここにも解釈の差がある。

もっとも、そこを詳しく説明しようとした場合のタンザの反応は想像がつく。

何故なら――、

「これは、セッシーから聞いた話なんだけども」

そう、セシルスの名前を出した途端、スバルの想像した通りにタンザの表情が珍しいぐらいの胡乱げな色にくるまれたのだった。

8

「――『スパルカ』の語源をご存知ですか、バッスー」

「今では剣奴を戦わせることを意味する言葉として使われていますが元々は譲れぬ信念を賭けた決闘という意味合いで使われていた言葉だったんですよ。それがいつしか信念の比べ合いではなく命の取り合いを意味する文言へと認識が変わっていってしまった……まぁ、命を奪い合うような事態では信念が試される場面も多かろうというものなので本質は案外ズレていないのかもしれませんが！」

「と、そう言葉の解釈の変化をすんなりと受け入れるのは端役の考え方です。生憎と命と信念とは明確に違うもの！　大抵の場合は命のためならば信念を曲げるというような考え方が推奨されましょうがそれは端役脇役敵役にしか許されない選択肢。物語を牽引し晴れの舞台で脚光を浴びる花形役者足らんとするならば！　命を惜しんで信念を曲げるようなことはあってはならない！　信念とは己の矜持そのものです。信念を曲げて命永らえたとしてそこに残るのはどこのどなたの何者の命なのでしょう？」

「矜持を曲げて信念を捨てた時点でその人がその人である証を失ったならば！　それまでの己の芯をなくして命だけ残した虚ろな抜け殻は何者と言えましょう？　であるならばこそ、あえて僕は断言しましょう！　それが大雑把な極論で誰にも賛同を得られなかったとしても構うことなく大声で！」

「――人生とは『スパルカ』であると！」

「信念や矜持を掲げた戦いというものはいつ如何なるときでも降りかかるもの。あるいはそうとわからぬ形で延々と僕たちは『スパルカ』の戦場で戦い続けているのやも。それがわかれば『スパルカ』には刀剣も四肢さえも必須ではありません。戦いとはただ武威に依って立つものではなく様々な在りようを以て彩を添える華なのですから」

「さあ、バッスー。——あなたの『スパルカ』はどう在りますか？」

9

「——グスタフさん、俺と『スパルカ』をしよう」

「————」

重々しい挙動で振り向いたグスタフは、手を差し伸べるスバルを厳めしい顔で睨む。
普段から恐ろしい顔をしたグスタフだけに、ただ相手を見つめるだけで睨んでいる印象を与えることもあるが、これは見間違いようがなかった。
グスタフ・モレロは睨んでいる。——総督のいる島の上層エリア、その全域に剣奴たちを配置し、島の機能を完全に麻痺させたナツキ・スバルを。

「これはどういう意図の暴走か、君の釈明を求める、シュバルツ」

「釈明……」

大きな牙がはみ出した唇を動かし、理性的な姿勢を崩さないグスタフ。彼の口にした単語を反芻し、執務室の入口を背にしたスバルは首を巡らせた。
以前、一周目ではスバルはヒアインの協力で擬態し、この部屋で行われた残虐な惨劇の何もかもを目の当たりにした。その思い出のインパクトが大きすぎはするが、それを何とか頭から追っ払うと、ここは非常に質素で無機質な部屋だ。

ただそれだけの部屋と、そう思ったまま終わらせられるか、それはスバル次第――。

「シュバルツ、釈明を」

押し黙ったスバルに、グスタフが重ねてもう一度尋ねた。

釈明も何も、これだけ明確に反旗を翻していのだから、総督としてのグスタフの立場からすれば問答無用で制圧にかかるのが正しいだろう。ましてや、この執務室にはスバルとグスタフの二人しかいない。取り押さえるのは容易いことだ。

タンザの同行すら我慢してもらい、スバルは一人でここにきていた。

それはもちろん、グスタフが問答無用でスバルに制裁を向ける人物ではないと信頼した上でのことだが、それ以上に筋を通そうと思ったのだ。

これから、ナツキ・スバルがグスタフ・モレロに持ちかける、重大な話のために。

「俺から釈明することはないよ、グスタフさん」

「――――」

「見ての通り、この島の剣奴は全員俺の仲間になった。グスタフさんが言うところの、俺の危なっかしすぎるスパルカぶりがみんなの父性に火を着けたんだろうな」

「本職の知る限り、剣奴の大半は父性とは縁遠いものたちと評価できるが」

「そこは俺の父性のくすぐり方が度を越してたってことで一つ」

肩をすくめたスバルの答えに、グスタフは思案げに目を細める。

——現在、剣奴孤島はスバルと、その仲間の約六百人の剣奴が完全に制圧している。

島には看守も百人規模で配属されているが、全ての剣奴が組織的に計画的に動いたのを止めるのは不可能だった。唯一怖かったのは剣闘獣が放たれることだったが、それも事前に檻の鍵を盗み出しておけたので封殺に成功した。

「おかげで剣闘獣が暴れる展開は避けられた。それだけが怖かったからさ」

「それだけ、だと？」

島を制圧するための障害、それに対してのスバルの感想にグスタフが反応した。

彼からすれば聞き捨てならない発言だっただろう。なにせ、この剣奴孤島において最大の抑止力となっているのは剣闘獣ではなく——

「——本職に与えられた『呪則』の権限、それを知らないはずもあるまい」

「知ってるよ。グスタフさんが呪いの規則でみんなを縛ってるから、剣奴は不満があっても無茶できないでいた。逆らったら命が危ないって」

「ならば、どうしてこのような無謀な反乱を起こした？　——まさか、『呪則』は存在せず、本職が剣奴たちを縛るためにでっち上げた虚言とでも思っているのか」

「思ってない。いや、最初はそう思ってた。でも今は思ってない」

グスタフの言う通り、『呪則』なんてものは存在しないか、もっと不完全な代物を恐怖と支配力で大きく見せているのだと、そう疑っていたこともあった。

しかし、事実として『呪則』は存在すると、スバルはすでに知っている。

それでもスバルが『呪則』を恐れない理由は、単純明白だ。

『呪則』は怖いけど、その持ち主がグスタフさんなら怖くない。だって、グスタフさんは呪いで俺たちを全滅させたりしないから」

「……本職には、過ぎた役割だと？」

さすがのグスタフも、その言われようには声にいくらかの不服を交えた。

言い換えれば、それは職務放棄の臆病者呼ばわりだ。勇猛であることを重要視しないと見晴らし台でスバルに語った彼でも、好んで悪罵されたいとは思うまい。

「本職が与えられたのは、この剣奴孤島を堅実に運営する監督者としての役割であり、これを阻害する要因は如何なる形であろうと排除しなければならない。ましてや、本職に総督職を命じられたのは皇帝閣下御本人だ」

「なんだっけ。有事に備えて、剣奴の心も体も鍛えておけみたいな」

「おおよそ正しい。故に、こうして本職や看守にたてつくような行いは好ましくない。よって、与えられた権限に従って処分を実行し、再発の防止に努める」

厳めしく、厳しい声でグスタフが自らの方針を宣言する。

そこで話が終われば、スバルの暴走が『呪則』の発動を招く最悪の結果だ。しかし、じっとグスタフを見上げるスバルの前で、彼は続けた。

「ただし、今ここで解散し、二度と同じ威圧交渉をしないのであれば、この場での『呪則』の発動……本職に与えられた権限、その履行を見送ろう」

「――――」

「シュバルツ？」

最大限の譲歩、それを提示したグスタフが微かに眉間の皺を深める。

その理由は相対するスバルの表情にあった。ほんのりと緊迫し、先の言葉を待っていたスバルが、グスタフの提案を聞いた途端にその表情を弛緩させたからだ。

このとき、スバルの胸にあったのは緊張を緩和させる安堵、それと納得だった。

その安堵の理由はいくつかあるが、スバルが一番ホッとしたのは――、

「やっぱり、グスタフさんも迷ってるんだな」

「なに？」

「俺たちにそんな甘々な処分をしようとしといて、そんな怖い顔と声を出してもダメだ」

「――。顔立ちと声は、本職の好きで選んだものではないが」

スバルの指摘に対し、そう応じるグスタフの語調は弱い。

それは指摘に対する心当たりがないための困惑、ではなかった。むしろ、心当たりがありすぎる人間の、不器用で誠実な動揺と言うべきものだった。

それもこれも全部、責任はグスタフではなく、彼に命じた皇帝にある。

「アベルの奴の、曖昧な命令のせいだ」

と、鬼の面を被った憎たらしい面構えを思い出し、スバルはそう悪態をつく。

もちろん、それが命令したアベルの無能のせいだとは思わない。追われた玉座を奪還す

るための手を打ち続ける逃亡皇帝は、独善的ではあっても無能とは縁遠い男だ。

だからグスタフも、ずっと考え続けている。——皇帝の命令、その真意を。

「それのせいでグスタフさんの考えが雁字搦めになってるんだったら、あいつマジでふざけんなよって言ってやりたい気分だ」

「皇帝閣下への侮辱は……」

「ダメだって言うんだろ？　でも、思わないか？　有事に備えて、剣奴たちの身も心も鍛えておけ……有事っていつだよ？　体と心が鍛えられた剣奴って目安のレベルは？　もしもそれが実現できたとして、それからどうすればいいんだよって」

指折り、グスタフに下された過酷な命令への不満を並べ、スバルは鼻息を荒くする。

そこにはグスタフに叱責された、ヴォラキア皇帝への不敬極まりない怒りがふんだんに込められていた。が、グスタフは重ねてそれを咎めようとはしなかった。

グスタフも、内心では皇帝に怒りを覚えていた——わけではないらしい。ただ、押し黙ったグスタフの表情には、本当にわかりづらい、小さな葛藤が見えた気がした。

「俺はたぶん、グスタフさんが知りたいことの答えを持ってる」

「……本職の、知りたい答えだと？」

「グスタフさんが、かなり強めの忠誠心を皇帝に向けてるのはわかったよ。納得いかないけど、納得する。……それが俺の命綱になってた部分も、あるかもだし」

小声で付け加えた最後の一言は、あまり確かめたくないスバルの疑念だ。その疑念が当たっているとと、スバル的に面白くないので確かめない。

そうした私的な葛藤を瞬きで隠して、スバルはグスタフを見つめると、言った。

「ズバリ……グスタフさんは自分のしてることが、ちゃんと皇帝の命令通りになってるのか迷ってるし悩んでる。違う？」

努めて、たぶんグスタフは表情を動かさないように努力していたと思う。しかし、それでも一瞬の動揺が、その頰の肉を硬くするのを堪えられなかった。

皇帝に命じられ、忠誠心の高い臣下は愚直に期待に応えようとした。

だが、肝心の命令は聞いた側に解釈を委ねすぎていた。真意を尋ねることさえ躊躇われる帝国の頂の意思は遠く、グスタフは迷い、躊躇い、葛藤と共にあったはずだ。

その上で、自分なりに皇帝の真意を解釈し、悩んで咀嚼し、実行へ移ったのだろう。

「たぶん、皇帝がグスタフさんにやらせたかったことは、これで合ってるんだと思う。ものすげえ腹立つことに」

「……何故、腹を立てる、シュバルツ。皇帝閣下への不用意な不敬を重ねるな。第一、この剣奴孤島の在り方が皇帝閣下の御考えに沿っていると、どうしてわかる」

「いや、それはわかんない。この島が皇帝が期待してた理想の状態かは正直謎だ」

「――。君自身の意見が二転三転しているようだが」

「それがしてないんだよ」

首を横に振ったスバルに、グスタフのささやかな困惑の色が深くなる。

真面目で実直で、恐ろしい怪物のような顔をした青い肌の多腕族。そんな、自分に忠義を向ける健気な臣下に、帝国の皇帝――アベルは酷な真似をした。

「たぶん、皇帝の望みは島がどうあるかってことじゃなくて、グスタフさんが自分の命令をクリアするのに、どう試行錯誤するのかって部分の方だから」

「――」

「つまり、皇帝はテスト……試してたんだ。グスタフさんが、与えられた命令をどう解釈して、どう実現するのか。目的は……さすがに興味本位ではないだろうけども」

頬を掻いて、自分の推測を述べたスバルにグスタフは押し黙っていた。

だが、それは怒りや込み上げる激情に耐えるための沈黙ではなく、正しくスバルの意見を受け止め、自分なりに咀嚼するための理知と冷静な静けさだった。

彼がそうしたのは性格もあるだろうが、それ以上に思い当たる節があったからだろう。

「これが合ってたら、本当に性格の悪い野郎だ……」

自分の与えた指示にどう対処するか。その対応力や発想力で部下の能力や適性を見極めようという考えはわかるが、いかにも傲慢なワンマン社長のやり口だ。それを国家規模でやられると、巻き込まれる人間の数は尋常ではなくなる。

ただ同時に、このテストで見極められる適性はアベルの治世に不都合なものであるようにも感じられた。彼が、ワンマン皇帝であり続けたいなら、グスタフのように自ら考える能力を持ったものを見出すのは、かえって都合が悪いだろう。

このテストの裏側にあるものは、あからさまなまでの他者への期待なのだから。

「期待だとらしくなさすぎるから、信頼？　……それもあいつに似合わないな」

いっそ、そのぐらいできて当然だという、他者への信頼の形をした驕りとしたい。

そんな皇帝の、期待と信頼のリトマス試験紙とでも呼べばいいのか。それに晒され、真摯に応えようとグスタフが奮戦した結果がこの剣奴孤島――、

「最初、ここはとんでもない場所だと思ったもんだけどさ……」

殺風景な部屋の中、応接用のソファの背もたれに触れ、スバルはぐるっと室内――違う、剣奴孤島ギヌンハイブを見渡すつもりで視線を巡らせる。

思いがけず流れ着いた絶水の孤島で、見知らぬ相手と運命共同体にされた挙句、誰もが目を背けたくなるほど『死』を繰り返し、スバルは『スパルカ』を乗り切った。

それをしなければ島の一員にすらなれない環境で、しかし、最初の関門を乗り越えた先に待っていたのは、ルールで厳正に縛られ、緊張感を保った孤島での暮らしだ。

グスタフの考えの下、劣悪さや過酷さに偏らない縛られ方の島――それがギヌンハイブだと確信できたとき、スバルは思ったのだ。

「ここ、厳しめの学校とかみたいだなって」

もちろん、入学テストは厳しいどころの話ではなく、しくじれば即死するシステムはモンスターペアレンツでなくても、保護者からの猛抗議を避けられまい。

だが、そこは最低限の帝国流だと無理やり目をつむれば、食事と寝床を保証され、緊張

を伴う仕事（スパルカ）まである環境は健全だった。

まるで学校――剣奴たちの経歴を踏まえれば、刑務所の方が適切だろうか。いずれにせよ、どちらも中に入ったものを教育し、打ち直すことを目的とした施設だ。

そうした役回りが、どうしてグスタフに託されたのか。

「見晴らし台で話してくれたよな。グスタフさんが初めて皇帝と出くわしたとき、戦争に男手を取られてて、襲われた集落にはグスタフさんと女子供だけだったって」

「……厳密には、本職以外にも男はいた。ただし、いずれも傷や病、老いが理由で戦に出られなかったものたちだ」

「その人たちは？」

「集落が襲われた際、我先にと武器を取って命を落とした。生き残ったのは本職と少ない女子供だけだ。その本職たちも、皇帝閣下が部下と間に合っていなければ全員――」

「それだ」

グスタフの答えを途中で遮って、スバルは違和感の理由を指で手繰った。

スバルの感じた違和、それが当事者のグスタフにはわかっていない。傍から見れば明らかでも、当事者に特別感がないのはよくあることだ。

ただもしも、スバルが感じたものと同じ引っかかりを皇帝が覚えたなら。

「確か、グスタフさんの集落を狙った黒幕は、領民を間引く目的の領主だったんだろ。そんなバレたらヤバい暗躍、万全の準備して臨んだはずだ」

しかし、結果はグスタフと女子供に時間を稼がれ、駆け付けた皇帝の部下に刺客を斬られた挙句、ついには自らの関与を暴かれて処分の憂き目に遭った。

そこには、黒幕の計画を破綻させた何らかのファクターがあったはずで――、

「例えば、グスタフさんが集落が襲われたとき対策のために女子供を武装させてたとか」

「――」

「その顔、やっぱりそういうことしてた？」

「……男手が集落を離れれば、他から格好の餌食とみなされるのは明白だ。座して滅ぼされるのは愚か者以前の問題だろう。本職は争い事を嫌うが、命と引き換えにしてでも剣を握らないと偏執的に拘るものではない。――それでも、ほとんどを死なせた」

「……でも、グスタフさんは助かった。少ない人数でも、グスタフさん以外も」

数の多寡、それがグスタフの心の負担を和らげるかはわからない。もしもグスタフの自責の念が大きいなら、百かゼロかの問題で悩む気持ちはスバルにもわかった。

ただ、そうして抗った風変わりな多腕族が、そこに駆け付けた変わり者の皇帝に評価された理由も何となく理解できる。

「グスタフさんが皇帝の命令に脳死で従うタイプだったら、この島はもっと地獄みたいな環境だっただろうし、俺たちがこうして反抗的な態度を取ったら、すぐさま呪いを発動してなきゃおかしい。……でも、それがこの島を任された理由じゃないかな」

「だが、先ほど君は本職が試されていると、それが皇帝閣下の真意と推測したが？」

「テストはテストだろうけど、テスト受けるのだって資格はいるぜ。受かる見込みのない奴にテスト受けさせたって、記念受験になるだけじゃん。それに――」

あの傲慢でいて、この世の何でも先読みして、わかった風に物語る男のテストなのだ。

「試そうとする時点で、認める認めないの話なら全然認める寄りなんだよ。そこで期待外れな成果が出てきたら、受験者よりも受験させた自分の判断を呪うタイプ」

「――」

「と、思いました。俺は」

そこで区切ることで、スバルはここまでの話の全部が自分の推測だと改めて宣言する。

グスタフには、たぶん皇帝の真意がわかると期待させておいてなんだが、話している間にこれで正しいのか、スバルにも自信が持てなくなってきた内容だ。

アベルなら頭の中で瞬時に、スバルがこれだけ考えなくては出てこない内容をひねり出していてもおかしくないし、一方で全くの見当違いの可能性も十分ありえる。

ただ、スバルの中のアベルイメージにピッタリ合致するのは、この考え方だ。

「もしも、シュバルツ、君の考えが正しいとして」

しばらく、咀嚼と嚥下に時間をかけたグスタフがそう絞り出す。重く冷たい洞窟から聞こえてくるような声音を、グスタフは太い四本の腕を組みながら紡ぐ。

「皇帝閣下が本職に命じた、『有事』とは何を示すものと考える」

「……グスタフさんが、その有事が内乱が起こってる今だって疑ってるなら、それを決めるのは自分だって、見晴らし台で俺に言ったばっかりだぜ」

「肯定だ。だが、恥を忍んで意見を求める」

非を認め、堂々と助言を求める姿はいっそ格好良くすらある。

ただ、その質問をスバルにしたのは、彼らしくない失策だったと言える。

だってそうだろう。有事に備えて、と命じられているグスタフ。その彼に今が有事だと示してやれば、それはスバルたちと共に往く大義名分には十分だ。

あるいはそれを委ねたこと自体、グスタフの意思表明だったのかもしれないが——。

「——俺が思うに、皇帝が言った『有事』ってのは心構えの話だ。具体的な日付とか出来事を示したんじゃなく、いつ何が起こってもいいように備えておけって」

なまじ、有事なんて言葉をチョイスするから、選択の余地が生じて混乱も生まれた。もしかしたら、皇帝はそれすらもテストの一環と考えている恐れもある。

「————」

そのスバルの答えに、グスタフの双眸を複雑な色が過った。

今のスバルの答えは、前述の大義名分とは道を違えた答えだ。乗じることもつけ込むこともできた問いかけに、スバルは乗じず、つけ込まないことを選んだ。

そして——、

「皇帝がグスタフさんに命じた『有事』ってのは今じゃない。——だけど、それを今ってことにして、俺たちと一緒に内乱をぶっ壊しにいかないか？」

そう朗らかに、明かしたばかりの皇帝の命を裏切る方針に彼を誘った。

10

「――理解に苦しむ」

手を差し出して笑ったスバルに、グスタフがまた上二本の腕で己の眉間を揉む。

そうして彼を苦悩させてばかりの事実に、スバルも責任を感じなくはないのだが。

「ほんの少し、グスタフさんに筋を曲げてほしいって頼んでるんだけど……」

「それは本職も承知している。承知した上で、理解に苦しんでいる。そもそも、ここまでの君の言動はいずれも不可解なモノばかりだ」

まだ眉間に指は残したままで、グスタフの双眸がとぼけたスバルを見下ろす。

「危険なスパルカに身を投じ、島の剣奴たちを味方に引き入れ、本職に反旗を翻すのはまだ理解できる。しかし、『呪則』の危険性を理解していながらの反乱には疑問しかなく、あまつさえ先ほどの問答では本職を『呪則』の使用に踏み切らせかねない後押しをした」

「まるで自殺行為みたい？」

「それ以外の何とも表現しかねる。だが、君に希死念慮があるとも感じない。周囲を道連れにするなど以ての外だろう。すなわち、本職の理解を超えている」

スバルがグスタフを分析するように、グスタフもスバルの性格を分析している。

とはいえ、スバルは自分が複雑な人間とも思っていないので、グスタフの見立ては大体合っている。死にたいとか、道連れが欲しいとか考えたこともなかった。

だからこそ、スバルの気持ちがわからないとグスタフは困っているのだが——、

「そう言えば、『呪則』に必要な呪具ってグスタフさんの体の中でしょ？」

「——。まさか、本職の体内からすでに抜き取ったのか？」

「ああ、実は……って、できないよ！　そういうことされないための工夫なのに、グスタフさんにバレずに盗んでたらヤバいでしょ！」

「セシルス・セグムントがいれば、大抵の不可能は可能となるだろう」

「あー、セッシーね。はいはい、セッシーセッシー……」

とんでも意見だが、セシルスの名前を出されるとスバルも納得せざるを得ない。

実際のところ、島で規格外扱いされているセシルスを、グスタフは『壱』だと思っているのだろうか。あとで聞いておきたいところだが。

「ともあれ……ごめん、グスタフさん、一個だけ嘘ついてた」

「……嘘とは？　やはり、本職の体から？」

「じゃなくて、島の剣奴が全員俺の味方って話。あれ、一人だけ例外。セッシー」

「なに？」

「セッシーだけ、まだ誘ってない。っていうか、最後まで誘わないつもりでいる」

指を一本だけ立てて、この島で唯一の例外であるセシルスへの態度を表明。

それを聞いたグスタフがわずかに目を見張り、眉間に置いたままにしていた指の揉む動きを再開。ますます、理解に苦しむと言いたげな反応だ。

「ますます、理解に苦しむ……」

「あ、言われた」

「当然だろう。――君は、セグムントと親しくしていたはずだ。セグムントの力量からすれば、『合』の顔ぶれの次に声をかけていて然るべき相手と言える」

「まぁ、欲しがりだから誘えばノーと言われないのはわかってんだけどね」

最初のうちはもったいぶって、中盤を過ぎた頃からさりげなく、後半に至ってからは露骨に自分を口説いてほしいと主張し始めたセシルスだが、放置している。

「確かにセッシーがいたら、大抵の問題は力押しでどうにかなるだろうけどさ」

「それがわかっていて、何故だ」

「それがわかってるから、あえてだよ」

「……理解に苦しむ」

間髪を入れないスバルの答えに、グスタフの疑念は濃くなる一方だ。

そろそろ、積み上げた疑問の山を崩してやらないと、いくら理性的なグスタフでも投げやりに『呪則』を発動しかねない。

「セッシーを誘ってないのは、もちろんセッシーへの嫌がらせもあるんだけど、一番大事なのはグスタフさんへのメッセージだよ」

「めっせ……？」

「意思表明ってこと。俺たちは、力ずくのつもりはないっていう」

言い直したスバルの言葉に、グスタフの疑問は解消されるどころか色濃くなった。

「……島の看守たちを制圧し、十分に力ずくの要件を満たしているように思うが」

「でも、グスタフさんには『呪則』って切り札がある。こっちはセッシーって切り札がないから、力ずくじゃグスタフさんを言いなりにできない。でしょ？」

「──。その理屈は通るが、その理屈以外が通らないだろう」

混乱に一本の筋道を通したグスタフが、眉間を揉んでいた上の両腕を腰に当てる。心持ち胸を張り、己の中に呪具を仕舞ったグスタフは牙を揺らしながら、

「君の理屈に従えば、『呪則』という最終手段のある本職が有利だ。それも一方的に。何故、君がこの状況を作り上げたのか本職には理解できない。目的は、如何に」

「それならそれこそ最初に言ったじゃんか。──『スパルカ』だよ」

ずいぶんと遠回りしながらも、ようやく話が本題に戻ったとスバルは頬を歪める。

スバルの方の要求は、一番最初にグスタフに告げたものから一切ズレていない。

セシルスと『呪則』、どちらも反則技を抜きにした、信念の比べ合いだ。

「スパルカ……だがシュバルツ、君が本職との果たし合いを望むわけではないだろう」

「もちろん、受けてくれるとも思わないけど、快諾されてもすげぇ困る。そのグスタフさんの筋肉が見かけ倒しだとか、実は着ぐるみで幼女が真の正体とかならワンチャン」

「着ぐるみに島の統制は不可能だ」

「だよね」

なので当然、殴り合い殺し合いの類は却下し、別の方法が望ましいとなる。

そのための方法として、スバルが持ち込んだものが――、

「グスタフさんは、『スパルカ』の語源について知ってる？」

「――。剣奴孤島の総督として就任する以上、下調べは必須だ。元は剣奴の戦いを見世物としたものではなく、譲れぬものを賭けた決闘を指す言葉だった」

「そうらしい。俺がグスタフさんに挑みたいのも、そっちの『スパルカ』だ」

そう言いながら、スバルは応接用のテーブルの上を片付けると、ずっと片手に下げていた風呂敷包み、その中身をそこに広げた。

袋の中身は粗末な造りの遊戯盤と、一枚の表裏を白と黒に塗り分けた小石の山。

「リバーシっていうんだ。盤の上に交互に自分の石を置いて、陣地の多い方の勝ち。自分の駒で相手の駒を挟むと、それをひっくり返して自分の駒にできる」

「何故、その遊戯の説明を？」

「俺の提案する『スパルカ』がこれだから」

グスタフの問いかけにそう答え、スバルがテーブルに手をついて彼を見上げる。

派手な観客がいるわけでもなければ、鍛えた技を競い合うわけでもない。しかし、互いの信念を賭ける勝負が『スパルカ』なら、これでも十分成立するのが『スパルカ』だ。

「グスタフさんが勝ったら、大人しくみんなを撤収させる。こんな風な騒ぎを起こすことももうしない。約束だ」

「本職が勝てば、か。ではシュバルツ、そちらが勝ったなら？」

「『呪則』を放棄して、俺たちを解放してほしい。それから、一緒にいこう」

そう言って、スバルは応接用のソファにどっかりと勢いよく座り、対面の椅子を手で示しながら、グスタフを誘った。

タンザに語った理想論、彼女が笑わないと言った、笑い飛ばしたくなるぐらい無謀な夢を実現するために。

「――帝都の、皇帝閣下のところに殴り込みだ。島の全員で」

11

馬鹿げた提案だと、そう撥ね除ける以外にない提案のはずだった。

ヴォラキア皇帝、ヴィンセント・ヴォラキアから直々に賜った命令。それに従って剣奴孤島の総督の座に就いたグスタフに、頷ける余地など一点もない。

それこそ、この無謀というよりも不可解な提案をした少年、ナツキ・シュバルツの誤った判断を思い知らせるべく、『呪則』の発動を強硬に主張してもよかった。

しかし――、

「俺が黒で、グスタフさんが白でいい？　一応、選んだ色で先攻後攻が決まる的なルールもあった気がするけど、忘れたから好きな方でいいよ」

「……ならば、本職が後手だ」

「ＯＫ、それなら俺が先手でいこう。俺も先の方が好きなんだ」

舌で唇を湿らせ、手を叩いたシュバルツが黒い石を手に取ると、遊戯盤に最初に置かれた四つの石、その白い石を挟むように黒い石を気軽に置く。そのまま、白い石が指でひっくり返され、黒く塗られた裏面が表になった。

「――――」

グスタフは自分の手には小さすぎる石を摘まみ、置き場所を選びながら思案する。

何故、自分はシュバルツの提案を却下し、この島の馬鹿げた反乱を収める方針を取らずにまともに遊戯――否、『スパルカ』に付き合っているのかと。

「もし、看守さんたちの無事が不安で集中できないとかだったら、心配いらないよ」

「――。その根拠は？」

「看守さんたちは力ずくで取り押さえるんじゃなく、薬を盛ったから。ヌル爺に調合してもらって、カシューとコドローが作った振る舞い料理に混ぜたんだ」

「……看守と剣奴との接し方を見直す必要があると知れた。感謝しよう」

互いの駒を置き合いながら、雑談のように差し出される情報にグスタフは嘆息する。

剣奴同士の治療を許すため、ヌル爺と呼ばれる剣奴には相応の自由を与えているが、そうした薬効の薬を調合できることも、調合した事実も驚きだ。

看守が剣奴の作った振る舞い飯に手を付け、無力化された事実も見逃せない。看守たちには改めて、島での職務の肝要さを説く必要があるだろう。

そうグスタフが綱紀の引き締めを考える傍らで、シュバルツが続ける。

「ヌル爺さんはグスタフさんのやり方を認めてる。それでも手を貸してくれたのは、俺が故郷に帰す約束で口説いたから。死ぬ前にもう一回、見たい景色があるんだってさ」

「――」

「そうそう、元々カシューとコドローの二人は料理人だったんだ。でも、ライバルが雇ったチンピラに店を荒らされて、その仕返しをして捕まった」

「――」

「ちなみに、剣闘獣の檻の鍵を盗んだのはヒアインと仲間のオーソンたちね。蜥蜴人って壁を這って動けるからすげぇよ。そのせいで、やってないのに泥棒扱いだ」

「――」

「このリバーシの盤と駒はどっちもジョズロが作ってくれた。知ってる？　一匹狼って言われてたジョズロ。もう一匹狼じゃないけど、元々石工やってたって話で」

「――」

「駒の色分けはヴァイツがしてくれた。何か手伝わせろっていうから任せたら、思ったよりずっと上手でさ。風呂敷は、ゲン担ぎにイドラが自分のバンダナ持たせてくれた」

「――――」

「そういう奴(やつ)らをさ、グスタフさんのやり方じゃないと救えないんだよ。いいや、グスタフさんのやり方でも、全員は救えないんだ」

盤面の半分ほどを埋めたところで、シュバルツの声に熱がこもった。

現状、盤上はグスタフのものである白が優勢を占めているように思える。だが、このリバーシという遊戯は一度に多くがひっくり返ることもあるため、油断ならない。

この勝負になし崩しに参加させられた時点で、グスタフはすでに目の前の少年の術中に嵌(は)まっている可能性が十分あるのだから。

「――――」

じっと、遊戯盤ではなくグスタフの方を見つめているシュバルツ。

その黒瞳に宿った、打算なく感じられる真摯な光に囚(とら)われ、考えを翻(ひるがえ)す剣奴(けんど)が多くいることは不思議ではない。ましてその出自が、皇帝の落(お)とし胤(だね)だとしたらなおさらだ。

――シュバルツが、今巷(ちまた)を騒がせている『黒髪の皇太子』であると噂(うわさ)されていることは、島の総督であるグスタフの耳にも当然入ってきていた。

シュバルツが見た目通りの幼い子どもでないことは、この島での彼の活躍ぶりを見れば誰でもわかる。そして、人はそこに理由を求めるものだ。

グスタフもそうだ。事の真偽はわからずとも、もし噂が事実だった場合、グスタフは大恩ある皇帝の御子の命を奪うことになる。――それは避けたかった。

「だが、それは本職の側の理屈であって、シュバルツの側の理屈ではない。そちらがわざわざ不利な立場になってまで、本職と対等であろうとする意図がわからない」

剣奴孤島を出ていく目的が最優先なら、つまらない拘りを捨ててセシルスを味方に付けて、グスタフの『呪則』を断ち切り、憂いをなくして離島するのが最善だ。

しかし、シュバルツはそうせず、あえて勝ち筋の見えない茨の道を往こうとする。

「やはり、理解に苦しむ」

「グスタフさん？」

「シュバルツ、君が穏やかに述べる通り、剣奴たちに戦い以外の能を見出すなら、内乱の只中へ巻き込む選択は矛盾している。本職が皇帝閣下の命に逆らうなど考えられもしないと知りながら、『有事』の意を誤魔化さなかったことも賢明とは言えない」

誰も死なせたくないなら、剣奴たちを内乱へ巻き込むべきではない。

グスタフを従えたいなら、利用できる最大の好機を見逃すべきでもない。

そして、この白と黒で互いの陣地を切り取っていく遊戯もそうだ。

「たとえ、この遊戯盤を用いた『スパルカ』で君が勝利したところで、本職が約束を守る保証はない。知っての通り、本職は帝国の戦士ではなく、戦いに誇りを抱かない」

「わかってる。でも、一個だけ勘違いしてるよ、グスタフさん。――俺は、グスタフさんをこの『スパルカ』で負かそうと思ってない」

「――なに？」

音を立てて、シュバルツが黒い駒を置き、盤上の白が裏返っていく。

そうして勝利への道筋を付けながら、しかしシュバルツは言った。この勝負でグスタフを負かすつもりはないと。言葉にも行為にも、矛盾が溢れている。

その混沌を訝しむしかできないグスタフに、シュバルツは自分の小石を手の中で音を立てて転がしながら、ニッと笑みを浮かべた。

「謎かけっぽいけど、謎かけじゃないよ。――ぶつかり合いって表現するとさ、どうしても勝ち負けが出そうだけど、そうじゃない決着だってあるよなって」

「――――」

「俺の理想は『スパルカ』で勝って、剣奴のみんなとグスタフさんを引き連れて、帝都の皇帝のところに殴り込むこと」

「そのためには本職を負かす必要があるだろう。であれば、先ほどの本職を負かさないという意見とは矛盾する」

「リバーシの勝ち負けはそう。でも、『スパルカ』は信念のぶつけ合いと比べ合いだ。それなら、どっちも大したもんだって決着の仕方はできるはずだぜ」

白い駒を置いて、黒い駒をひっくり返す。多腕族の四本腕を活かしようのない勝負をしながら、手番を譲ったグスタフにシュバルツは片目をつむった。

そして、問いかける。

「グスタフさんの理想の決着は？」

「――。皇帝閣下の命に従い、剣奴孤島の総督としての職務を全うする」

「そのためには、有事に備えて剣奴の身も心も鍛えておく……だよね？」

「肯定だ。この対話の間、何度も確認した通りの……」

「――じゃあ、グスタフさんの判断する有事って、いつのこと？」

しれっと、そう問いを重ねたシュバルツが、高い音を立てて盤上に石を置いた。

その音に鼓膜を打たれ、直前の問いかけに心の臓を打たれ、グスタフは理解する。ずっと苦しみ続けていた理解に、ようやく到達した。

――シュバルツは、グスタフにしっかりと皇帝の意向を刷り込んだ。

総督の役目を任されたのは、グスタフが命令に従うだけでなく、自らの頭で最善を模索する資質があるかを試したのだと。それがヴィンセント・ヴォラキア皇帝の命令の真意だとしたら、グスタフには与えられたことになる。

皇帝が下した命令、それをグスタフの裁量で解釈し、判断と決断をする権利を。

「――――」

問いの内容は同じでも、答える人間が入れ替わった問いかけがそこに生まれる。

先ほどの問答でシュバルツは、グスタフをなし崩しに味方に引き入れられる好機を見逃した。しかし、攻守が逆転した今、選ぶのはグスタフの方だ。

今が有事か有事でないか、皇帝の命令を判断できるのはグスタフになった。

そのグスタフの背中を押すように、シュバルツはもう一言付け加える。

それは――、

「グスタフさんは、恩人が危ないときに島に引きこもってて我慢できる？」

「シュバルツ……っ！」

「怖い顔と声だけど、呪い殺されないなら怖いだけだよ」

テーブルに上二本の手をついて、グスタフは遊戯盤とシュバルツに覆いかぶさるようにしてじっと睨みつけた。

だが、真下から見上げてくる少年は、そのグスタフの脅しにびくともしない。

並外れた胆力と、魂の内側まで見透かしてくるような黒瞳――それは過ぎ去ったかつての日、死に瀕したグスタフ・モレロを馬上から見下ろした男を彷彿とさせた。

あの日、グスタフはその黒い瞳をした男に、自分の在り方を肯定され、認められた。

集落を救われたことや、地位に取り立てられたことも恩には感じている。だが、真にグスタフが忠義を抱いたのは、あの瞬間の救済だった。

その皇帝が、グスタフに『有事』の際まで、帝都で起こる大きな内乱の被害が届かない剣奴孤島に待機していろと、そう述べるなら従うべきだ。

しかし――、

「今が『有事』のときなら、皇帝閣下の下へ馳せ参じるべきだ」

「身も心も鍛え上げた剣奴を連れて、だね」

「だが、シュバルツ、君は……君の立場は、皇帝閣下の……」

シュバルツが、噂通りの皇帝の落とし胤である『黒髪の皇太子』だとすれば、その目的は帝位の簒奪、グスタフの大恩ある皇帝へ牙を突き立てることのはずだ。

ならば、グスタフがシュバルツの意のままになるのは過ちではあるまいか。

それも、取り返しのつかない類の過ちではあるまいか。

「俺がきたのが、その答えだよ」

沈黙し、深く黙考したグスタフに、不意にシュバルツが静かな声で言った。

なおも、グスタフの巨躯の影に入ったままのシュバルツは、その鋭い目つきの中、自分の胸にぐっと掌を押し当てて、

「根拠は示せない。証拠も何もない。俺が出せるのは、まじりっけなしの本心だけだ」

「何を……」

「ヴォラキア帝国を守るために、俺と一緒に帝都にいこう」

「――――」

「俺に協力してくれたら、あんたを、皇帝に逆らった男なんて絶対に言わせない」

本当に何の提示もない、ただただ真っ直ぐに、訴えかけるだけの言葉だった。

これがヴィンセント皇帝であれば、グスタフの選択の余地を削り切り、自分の望んだ考

えに誘導するための手管をいくつも並べ、敗北感で他者の心を支配する。

一瞬、シュバルツにもその片鱗（へんりん）が見えたように思えたのに——、

「——本職の、最後の石を置いて、決着か？」

「……ああ、それでリバーシは決着」

見下ろした遊戯盤の上、中盤過ぎから優勢だった白い駒。それの優勢はひっくり返ることなく、最後の一手で盤上のほとんどが白く染まった。

自らが考案した遊戯と、自信満々に持ち込んできたにも拘（かかわ）らず、大敗と。

「勝てる目算で持ち込んだ遊戯ではないのか」

「俺のリバーシ力はそこそこだけど……正直、今回はグスタフさんを口説けるかどうかの瀬戸際だから、ちっともこっちに集中できなかった」

「……だが、シュバルツにとっての勝負はこの盤上ではない、か」

遊戯の規定に従えば、これは疑いようのないグスタフの勝利だ。

『スパルカ』における約束事を履行すれば、シュバルツたちは作戦を放棄し、剣奴（けんど）孤島には今朝までの平常な運営、グスタフの敷いた在り方が戻ってくる。

しかし——、

「——。本職と自分の、どちらも『スパルカ』の勝者とする、か」

命の奪い合いではなく、信念のぶつかり合いなら、互いが折れない決着もある。

確かに、シュバルツの言ったそれは頷（うなず）ける理屈だった。

「グスタフさん、リバーシで負けた俺たちは解散するけど、どうする？」

遊戯盤の勝敗など二の次で、シュバルツの勝負はここであるとわかる口調だった。

グスタフの気付かなかった勝利条件を提示し、理解させ、大いに葛藤させた上で、この最後の勝負の場面に、シュバルツは自分の全部の手札を出してきた。

「――――」

一拍、目をつむり、深く呼吸して、グスタフは長く長く続いた葛藤、それを終える。

その葛藤は、それこそ総督として剣奴孤島に就任したときからあったもので――、

「一つ、伝えておこう、シュバルツ」

「うん？」

「たびたび、『呪則（じゅそく）』を発動する機会を見逃したのは、君の立場への忖度（そんたく）だった。だが、この選択は決して、君への忖度ではありえない。――この、『有事』のときには」

そう述べて、グスタフはテーブルについた上二本の腕を引き、組んでいた下二本の腕を解くと――四本全部の腕で、差し出された少年の手と握手をした。

「実は、俺の出自問題で忖度されてるんじゃないかって、クソ親父（おやじ）のおかげで助かってるみたいで面白くないから、絶対確かめたくなかったんだよ」

そう言った少年の顔が、忖度の響きを心から嫌がっていたことで、グスタフ・モレロの総督としての信念は守られたと、らしくもなく彼は声に出して笑ったのだった。

《了》

『Brotherhood of Pleiades（後編）』

1

「──悪く思わないでくださいよ、ボス」

机の上に胡坐を掻いて、膝に頬杖をつく青髪の少年があっけらかんと笑う。

向けられるその笑みは憎らしいくらいいつも通りで、だからこそ、それが冗談でも何でもないことがはっきりとスバルにも伝わってきた。

少年の笑顔と返事の声に、皮肉や敵愾心は全く見当たらない。

当然だ。人が言葉に衣を着せて弄するのは、大なり小なり作意を込めるから。そうすることで、自分の目的が叶う可能性を少しでも上げるためだ。

しかし、もしもそうした小細工を必要としないなら、自分の実力だけで目的を十割達成できるなら、言葉を弄するなんて頭の片隅にも過らない雑念だろう。

まさしくそれこそが、笑う少年──セシルス・セグムントの在り方だった。

「セッシー……」

「そんな弱々しい声音は株を落としますよ。悪く思わないでくださいとは言いましたけども悪く思ってボスの力の発揮具合が著しく上昇するならどうぞ遠慮なく悪く思ってください。僕としては映える方を優先してもらうのがベストです」

ボス、セッシーと、お互いを愛称で呼び合いながらも二人の空気は和らがない。

普通、親しく愛称で呼び合う関係なら、もっと色々と手心を加えるものだ。が、セシルス相手にそれは期待できない。なにせ、スバルとセシルスの間にあるのは心の溝というより、生き方の溝というべきものだから。

こればかりは呼び名や、同じ釜の飯を食うことで埋められるものではない。

龍と虎はわかり合えない――否、力の差を考えると、兎と亀の方が適切だろうか。とにかく、生き物として違いすぎる同士でわかり合うのは困難なのだ。

「セグムント様、正気ですか？」

それは、短い腕を伸ばしてスバルを庇って立つタンザも同意見らしい。

黒目がちな瞳に警戒を宿したキモノ姿の少女、鹿角が特徴的な彼女の眼光を浴び、セシルスは「おや」とひょうきんに眉を上げた。

「それは無意味な質問ですよ、タンザさん。僕が正気という道の左右どちらをふらふら歩いていたところであなたには区別のつけようがないじゃありませんか。僕の見える世界とあなたにとっての正気の向こう側とをどう比べるつもりなんです？」

「シュバルツ様、どうやら正気でいらっしゃるようです」

「だろうね」

台本の存在を疑りたくなるほどペラペラ喋るセシルスに、タンザが声色に苦いものを交える。その報告にスバルも肩をすくめ、内心が面に出ないよう必死に顔を作った。

そうしないと、予想外そのものの事態に背中が冷や汗でびっちゃりなのがバレる。それがバレたら、セシルスが次に何をしでかすか想像もつかない。

ただでさえ、我慢し切れずにこんな事態を引き起こした問題児なのだ。

「クソ……」

扱いづらい相手とわかっていたつもりだったが、本当につもりでしかなかったのだと思い知らされた。いったい、どうすればいいのか。

「さてさてはたして、ボスの『物見』は僕の気紛れに通用しますかね？」

どこまでわかっているのか、白い歯を見せるセシルスから憎らしい一言が飛び出す。それが本気の本気で、スバルの『死に戻り』の一番の急所を貫いていて——それすらも本能でやっていそうなところが、セシルスの最も厄介な性質だった。

その厄介さに奥歯を噛み、半ば無駄だとわかっていながらスバルは叫んだ。

「どうして……どうして裏切ったんだ、セッシー!!」と。

2

——時は、その厄介な対峙から数日を遡る。

「ダメだ！　どこ探しても何も残っていやがらねえ！」

「武器庫と食糧庫も空だ！　水も灰が混ぜられている！　飲めたものじゃない！」

「ご丁寧に獣車の勇牛は殺してあった……小癪な連中め……！」

混乱と嘆きと憤慨と、悲喜こもごもの感情を交えて報告が持ち帰られる。

意気揚々と乗り込んだ砦の中を検め、どんな報告があるかとウキウキ気分で待ち構えていての結果だ。早い話、収穫なしと聞かされ、スバルは頭を抱えた。

「チクショウ！　あの野郎、やりやがった！」

的確な嫌がらせをまともに喰らい、スバルはすぐに下手人の顔が思い浮かぶ。

間違いなく、これを仕掛けたのはスバルの最悪の敵——トッド・ファングだ。

使者として剣奴孤島を訪れ、島の人間を皆殺しにする惨劇の実行犯となるトッド。その最悪の未来を食い止めるため、スバルは二周目の剣奴孤島へと挑んだ。

そして見事、島の剣奴たちを全員味方に付け、本来なら敵のはずの看守サイドの人間も口説き落とし、トッドの上陸を未然に防ぐことに成功したのである。

まさしく完全勝利を手に入れ、スバルと約六百人の剣奴仲間は有頂天となった。

向かうところ敵なしと、ついに島を飛び出し、帝都を目指す旅が始まる——と、最初の関門となったのが、島の対岸にある監視用の砦だ。

島と対岸を繋ぐ跳ね橋の作動と、島に出入りする獣車の検閲を目的とした小規模な砦であり、常駐するのはせいぜいが二十人程度。前述の通り、スバルが味方に付けた剣奴の数は六百人。とても、相手になるものではなかった。

「だからって、島から出るところでまごついてる間に、セッシーがさっさと一人で砦落として旗燃やしてたときはすげぇ驚いたけど……」

「いやぁ、もったいぶられた鬱憤が溜まっててついつい。とはいえ砦落としなんて胸を張れるものでもないですね。物語的には行間で済ませるレベルの活躍ってところでしょう」

「……実際、セッシーの怪物列伝に並べるほどのエピソードではないね」

そう呟くスバルの視界の隅で、旗を燃やされ、掲げるもののなくなった竿を担いでいるセシルスが「でしょう?」と笑う。

そのあっけらかんとした態度は、スバルたちと危機感をまるで共有していない。

そう、その危機感とは——、

「ヒアイン様たちのご報告通り、砦の放棄は徹底されているようです。おかげで、水も食糧も何も回収できていません」

「取られて敵に利用されるぐらいなら、燃やすなり捨てるなりして当然ってか。尻尾巻いて逃げたくせに、そういう陰険な真似はきっちりやりやがって……！」

報告をまとめてくれたタンザの前で、スバルは手近な木箱を思い切り蹴った。爪先がめちゃめちゃ痛い。それもこれも全部、あのバンダナ男のせいだ。

「シュバルツ様は、これが話していた上等兵の仕業だと?」

「間違いなく。こういう、やってほしくないことを的確にやる奴なんだよ。まさか、水に灰までぶっ込まれるとかありえねぇ」

額に手をやって嘆くスバルに、タンザが何を言えばいいのかと反応に困る。

立場上、仲間の中で一番スバルの考えを開けっぴろげに聞かされているタンザでも、トッドの危険さと厄介さ、その怖さは実感しなくては共感できない。

そして、スバルもタンザにそこまでわかってもらおうとは思っていなかった。

あんなおっかない、そしてとんでもない相手の脅威を味わうのはスバルだけでいい。少なくとも、この撤退の手際で厄介さは彼女もわかってくれたはずだ。

「こういうとき、魔法があると便利って話を痛感するぜ。水でも氷でも、魔法で出せれば飢えも渇きも何とかできるし……」

「水で渇きはともかく、氷で飢えは防げないのでは？」

「水っ腹で空腹を紛らわす作戦もできるし、かき氷って手段もある。魔法は無限大だ」

「あまり、無限大な使い方という印象を受けませんが……」

魔法が身近でないからか、あるいはスバルのたとえ方が悪かったのか、魔法の有用性がピンときていない顔でタンザに首を傾げられる。

言葉を尽くして魔法の名誉回復に努めたいところだが、現時点で優先すべきは、使い手のいない魔法の地位向上ではなく、もっと目先の問題だ。

すなわち――、

「セグムントの奮戦の結果、味方に被害はない。だが、諸手を上げて喜ぶばかりではいられないだろう。物資の補充がなければ、いずれは皆干上がってしまう」

「うぐ……」

「威勢のいい言葉で他者を扇動しても、実がなければ評価はついてこない。厳正だが、年少であることは判断を誤ることの正当な理由にはならないのだから」

　厳めしい声に浅慮を指摘され、スバルはぐうの音も出なくなる。

　鬼のような恐ろしい形相で、太い四本の腕を組んでいるグスタフ。その容赦のない発言は、彼の置かれた立場を思えば当然の成り行きだった。

「わかってる。こんな、出だしでいきなり躓いてなんていられねぇ。せっかく、グスタフさんが皇帝を裏切って俺たちときてくれたのに……！」

「――。その認識と物言いは、本職にとっていささか心外と言わざるを得ない」

　深々と嘆息し、そう注意するグスタフは、しかしかなり有情な態度だろう。

　剣奴孤島の総督の任にありながら、グスタフは島の看守たちを引き連れ、スバルと六百人の剣奴の脱獄に協力した。それこそ、人生のキャリアを台無しにしかねない大きな決断だし、しくじったらたぶん普通に処刑されるやつだろう。

　その決断をするに値すると、そうグスタフに信じさせ、堅実な歩みで積み上げてきたものをオールインさせた以上、スバルにはグスタフの人生に責任がある。

　――否、グスタフだけでなく、スバルについてくると決めたものたち全員に、だ。

「俺が集めて、俺が率いる。それがシュバルニアファミリーだ」

「およそ、名称に拘りはないが、君が務めを果たせることを切に願う。もしも、それが果たされなければ……」

「果たされなければ？」

「本職は速やかに、本来の総督の任を仕切り直さなければならなくなる」

「……それは、島に全員強制送還ってこと？」

「やむを得なければそうなる。ただし——」

「——やいやいやい、てめえ、ずいぶん言ってくれるじゃねえか！」

「って、おい⁉」

おずおずと尋ねたスバルに、グスタフが容赦のない総督回答。と、それを聞いた途端、隣から顔を出し、口も出した相手の勢いにスバルは仰天する。

甲高い声でグスタフに食ってかかったのは、スバルの『合』仲間のヒアインだ。彼は蜥蜴人特有のつぶらな瞳でグスタフを睨みながら、

「兄弟がいなけりゃ、追い返した使者が島で暴れてたかもしれねえってのに、よくもぐちぐち言えたもんじゃねえか、この恩知らずがぁ！」

「本職は不服を申し立てたわけではない、ヤッツ。付け加えれば、使者の思惑についてはシュバルツの申告を前提としており、一方的なものだ。それが事実であったかどうか、相手側の主張も聞かなければ公平とは言えない」

「公平がなんだってんだ！　兄弟は味方！　その敵が敵！　それで全部だろうが！」

「待て待て待て、乱暴すぎる！」

スバルとグスタフの直前のやり取り、それがよほど癇に障ったのか、ヒアインの語気の荒さと勢いは並大抵ではなかった。とはいえ、理屈は暴論だったので、味方してくれているのはありがたいが、スバルはヒアインを背中から刺しにかかる。

「いきなり癇癪起こすなよ！　グスタフさんはしっかりしろって背中叩いてくれたんだ」

「それは肯定できない考えだ、シュバルツ。本職の言に嘘はない」

「ややこしくなるから、怖い顔で睨むだけにしておいて！」

ヒアインの背中を刺そうとして、グスタフに自分の背中を刺されたスバル。必死の訴えにグスタフが「むう」と黙るが、しかしヒアインの勢いは弱まらない。

「下手に出る必要もねえぜ、兄弟！　もう『呪則』は解いちまってんだ。総督様がどんなに偉ぶろうが、こっちは数の暴力よ！」

「清々しいまでの小物発言！」

臆病でケンカも弱いくせに、追い風に全力で乗っかるのがヒアインらしい。勝ち馬に乗る処世術には大いに感心するが、彼は一個、大きく見誤っている。

「言っとくけど、呪具はまだグスタフさんが持ってるんだ。だから、もう二度と呪われないって考えは間違ってるぞ」

「いいか？　今日のところはこのぐらいで勘弁しといてやらぁ！」

「清々しいまでの小物ムーブ！」

擬態して周囲に溶け込む能力を持つヒアインは、比喩表現抜きに本当に顔を青くして、ぴょんとスバルの後ろに隠れながら捨て台詞を言った。

「シュバルツ、君の『合』のものに厳しいことを言いたくはないが」

「わかってる。ヒアインにはあとでちゃんと言い聞かせておくから」

「それが望ましい。本職も、無意味に事を荒立てたいとは思っていない」

それは紛れもない本心だろうが、事前の忠告も本心なのは同じだろう。

現実的な役割と願いを切り分け、真っ当に判断できるのがグスタフだ。剣奴孤島でのスバルとの『スパルカ』が、その判断をちょっと惑わしただけに過ぎない。

我に返る必要性を見出せば、グスタフはいつでも夢から覚めることができる。その夢を見させ続けるのが、今のスバルの義務だった。

ともあれ——、

「お戯れはそこまでに。シュバルツ様、お気付きとは思いますが……」

「……食料とか水の話？」

声を潜めたタンザが、スバルの言葉に「はい」と丸い眉を顰めて頷いた。

先述の通り、スバルたちは総勢六百人を超える大所帯だ。そんじょそこらの小学校の全校生徒よりも多い上に、ほとんどが大人ときている。おまけに、戦力として看守たちは剣闘獣まで連れているため、小学校の給食レベルではお腹を賄い切れない。

もちろん、脱獄するときに島の蔵の中身は全部持ち出してきたのだが、朝晩二食の食事と割り切っても、二日ともたないのが現実だった。

この砦を落としたときも、わずかでも蓄えがあればと期待していたのだが、それをまんまとトッドに挫かれた形である。憎たらしい。

「ここは帝国の西の端、目的の帝都ははるか東です。水も食糧も、とても足りません」

「みんな、ひもじい思いはさせたくねぇよな」

「それもありますが、もっと単純に不安要素になります。……空腹は体だけでなく、心まで飢えさせてしまいますから」

それは無視し難い、とても沈んだタンザの声色だった。

聞きかじった知識で語る頭でっかちには出せない、実体験したものの声にしか宿らない重みがそこにはあった。――タンザにはあるのだ。

実際に、心が痩せ細ってしまうほど飢えた経験か、飢えたものを目にした経験が。

そう不安がるタンザの気持ちを、大げさだとスバルは笑い飛ばせない。

命を脅かされる剣奴孤島の生活でさえ、食事と寝床だけは保証されていた。逆説的に言えば、過酷な環境で秩序を保つのにそれらは絶対に欠かせないということ。

それが確保できなくなれば、待っているのは集団の崩壊だ。

「大所帯ならではの懐事情が襲いかかる……地味で派手にしようがありませんがこれはこれでなかなか苦しい難題と出会い頭にぶつかったものですねえ」

「他人事みたいに言ってるけど、セッシーがめちゃめちゃ飯食う負担もでかいから！」

「ははは、何を言われても僕は腹具合に妥協したり我慢したりはしませんよ。台所事情にも懐事情にも興味関心はありません。役どころに見合った見返りはきっちりいただくのが花形役者の務めですから！」

旗竿で地面をつつきながら、快活に笑うセシルスは小柄なくせに健啖家だ。

贅沢なんて以ての外の剣奴孤島の生活で、それでも太れるぐらいの贅沢をしていたのがセシルスである。あの体格で、実に大人三人分はある食事をぺろりと平らげるのだ。しかも、他の剣奴が二食で我慢しているところ、三食も四食も食べるのである。

その人並外れた食欲を、今の宣言的にこの先も自重する気はないらしい。

「いっそグスタフさんに、セッシーだけ三食食べないように呪ってもらうか？」

「おやおや、ボス。それは少々僕を見くびりすぎでは？　たとえ三食食べたら死ぬ呪いをかけられようと腹の虫が鳴ったら僕はパンに手をつけますよ。健やかで整った見目を維持するのも大事なことなので」

「そもそも、セグムント様は本当に呪いが通じるのですか？　もしかして、呪いからも走って逃げ切ってしまうのでは？」

「一応死ぬよ。それは俺が保証する」

「なんで保証されたかわかりませんがボスが言うなら死ぬんでしょうね！」

やるつもりのない脅しも無意味だと、自分の命の話題にもセシルスは無頓着だ。

実際、彼が『呪則』の発動で命を落とすところも目にしたが、そのときも死ぬとは思えないほど肝が据わった態度だったので、これは虚勢でも何でもない。

「ともかく、腹ペコセッシーの言い分に負けるのは癪だ。腹が減っては戦はできぬなんて諺をまんまやってる場合じゃねぇ。グスタフさん、ここから一番近い砦は？」

「東に半日ほど進んだ位置だ。ここよりも、かなり大きい砦になるが」

「よし、そこを目指そう！」

グスタフの知識を頼りに、次の目的地をスバルが決める。そのスバルの決断に反対意見は出ない。この集団のリーダーはスバルだと、全員が決め切ってくれているためだ。

「ありがたい。けど、プレッシャーもでかい」

これまで、異世界で短期的に集団のトップを務めることはあっても、長期的に、それもこの規模の集団の責任者に収まった経験はスバルにはなかった。

実際になってみて、初めて実感させられる。――てっぺんの、その重責を。

「よく皇帝になんて戻りたがるぜ。変態なんじゃないか、あいつ」

島の剣奴たちをまとめるだけで潰れかけのスバルは、それよりもずっと大きなものに君臨しようとする小憎らしい顔を思い浮かべ、渋い顔でそう呟くのだった。

3

――その後、半日かけて東へ向かったスバルたちは、無事にグスタフの知識にあった砦を発見することに成功した。

剣奴孤島の監視を目的とした小さな砦と違い、こちらの砦は周囲を石塀で囲み、関所のような役目も果たす立派なもので、その中身にも期待が持たれた。

しかし――、

「うおおお！　蔵の中身が何にもねえ！　埃しか舞ってねえ！」

「今度は、井戸水に糞尿が放り込まれている、だと……？」

「どこまでコケにしてくれる……ふざけやがって……！」

ヒアインたちの悲痛な訴えが明かす通り、期待はまたしても裏切られた。

蔵の中身は空っぽで、井戸水は使えなくされている。獣車用の勇牛や疾風馬、地竜も連れ出された砦は、スバルたちが攻め込む以前に放棄されていた。

しかも、ただ放棄されていたのではない。

「食糧庫を開けた途端、魔石が爆発する仕掛けまで……」

「いやぁ、最初に飛び込んだのが僕でなかったら結構な大人数がお亡くなりになっていたかもしれませんね。幸いにして僕には爆風から逃げ切る足がありましたが」

「そうだな。セッシーが爆風から逃げ切れる化け物でよかったよ」

「せめて怪物呼ばわりぐらいにしてもらえませんかね？　付け加えるなら見目の整った怪物というあたりで手を打つのはどうでしょう？」

「やっぱり、セグムント様は呪いも走って振り切れるのでは？」

益体のない発言をするセシルスに呆れながら、タンザが砦の吹き飛んだ一角を見る。

石造りの砦が傾くような、遠くからでも爆炎が見えたレベルの爆発だった。実際、セシルスの食い意地が張っていなければ、罠にかかった誰かは跡形もなかっただろう。

が、目に見える被害がなかっただけで、収穫なしの報告も攻撃のようなものだ。

砦の放棄と、魔石の罠――どちらにも、トッドの関与が感じられる。

「いくら何でも、全部の砦を放棄してるはずはねぇけど……」

こちらと顔も合わせておらず、存在も認識していないはずなのに、トッドの打つ手はどの範囲まで手が及んでいるかわからないため、迂闊な方針が練れなくなる。

「ここで収穫なしにされるのは、完全に当てが外れた」

とごとくスバルにとって最も嫌なところを突いてきていた。

砦から収穫がある目算で、ここまでの半日はかなりの強行軍だった。

じりじりと迫る不安を誤魔化すため、歌ったり踊ったりしながらの進軍だったため、普通に進むより水と食べ物の消費が激しい。

このままだと、タンザの危惧した心の痩せ細りによる崩壊の恐れがある。

「シュバルツ、気に病みすぎるな……」

と、思い悩むスバルの肩を叩いて、ヴァイツがそう声をかけてくる。

前回も今回も熱心に砦内を見回ってくれた彼は、手ぶらで戻ってくることを人一倍悔しがっている。それでも、スバルの沈んだ表情を見かねたのだろう。

ヴァイツは自分の顔に入ったドクロの刺青を手でなぞりながら、

「こんな汚いやり方に屈するお前じゃないはずだ……」

「ヴァイツ……」

「騒ぐ奴らには土でも食わせておけばいい……それでも足りないなら、これだけの人数がいるんだ……途中で町や村を襲って略奪すれば……」

「ヴァイツ⁉」

励ますつもりのヴァイツの声色に、猛烈に引っかかる部分が発生した。思わず声をひっくり返させてしまうスバルだが、ヴァイツは眉を顰めて怪訝な顔だ。

まるで、何もおかしなことを言っていないと言わんばかりの様子で。

「どうした……？」

「どうしたもこうしたも、それはダメだろ！」

「――？」

「略奪とか、盗みとか強盗とか、そういうのは全部なし！　絶対禁止！」

「なんだと……？」

スバルが腕でバツ印を作って訴えると、ヴァイツが心底驚いた顔をした。

自然な発想で略奪を選択肢に入れる彼に、スバルは育ってきた環境の違いを思い知る。

が、それはヴァイツに限った話ではなかった。

今のスバルとヴァイツの言い合いを聞きつけ、他の剣奴たちも困惑顔を見合わせる。

「略奪なしって、正気か、シュバルツ」

「略奪しないでどうやって食い物を手に入れるんだ？　土から生えるもんじゃないぞ」

「生えるかもしれねえが、俺たちは生やし方なんて知らねえ！」

がやがやと、物騒な思想を口にする剣奴たちにスバルは唖然とする。しかし、それがブラック剣奴ジョークでないことは、彼らの真に迫った顔からも明らかだ。

さすが、無法地帯寸前のヴォラキア帝国で罪人となり、剣奴孤島へと送られてきた非常識人間のエリート集団だ。なお、ヴォラキア帝国の人間の大半が非常識なので、エリートはその中の指折りという意味にとどまる。

ともあれ――、

「待て！　待ってくれ！　みんな、聞いてくれ！」

ざわつく周囲に呼びかけながら、スバルは自分の意思を伝えようとした。

だが、ヒートアップする剣奴たちの議論はなかなか止まらない。おそらく、食糧事情が本気で悪化した場合、略奪という選択肢が強めに彼らにはあったのだ。

それがここまでの混乱を抑えていたが、それが禁止となったことで決壊する。

「欲しいものは力で勝ち取る……それが帝国の流儀だ……。お前もオレたちも、力で自由を勝ち取ったはずだぞ……」

その剣奴たちの混乱を代表して、ヴァイツがスバルの間違いを正そうとする。それに対して、スバルは「いいや、違う」と首を横に振った。

「確かに戦った。でもそれはどれも勝ち取るためだ。奪うためじゃない」

「同じことだ……！」

「全然、違う！」

合理的な選択をするべきだと、そう語調を強くするヴァイツにスバルは反論。その声量に目を見開くヴァイツを見つめて、スバルは続ける。

「勝ち取ることと奪い取ることは、似てるけど違うもんだ。俺は勝ち取る戦いはしても、奪い取る戦いはしたくない」

「シュバルツ……」

強く拳を握ったスバルの答えに、ヴァイツが眉間の皺を深める。すると、その気迫のこもったスバルの発言に、「だが」と手を上げたイドラが割って入った。彼は他の剣奴たちと比べて、いくらか冷静な眼差しでスバルを見据え、

「具体的に、それをどう区別する？　周りの皆も、私にもその方法はわからない」

「いいや、そんな難しいことじゃない。みんなだって、区別の付け方は知ってるはずだ」

イドラの問いにそう答え、スバルはバッと近くの木箱に飛び乗った。

視点を一段高くして、そこから周りを見渡し、スバルは大きく息を吸う。話の聞こえていなかった、スバルと共に島を離れた全員に届くように、声を張った。

「聞いてくれ！　これから帝都に向かう途中、俺たちは村や町から略奪しない！　それが俺たちのチーム……この集団の掟だ！」

「――――」

「俺たちがこれからするのは勝ち取るための戦いだ！　断じて、奪い取るための戦いじゃない。奪うための戦いにしない。それを、胸に留めてほしい！」

そう声を大にしたスバルの主張に、一拍の沈黙が生まれ、直後に爆発する。

先ほどよりも一層強いざわつきは、やはり反発よりも動揺が大きい。帝国流が染みついた彼らには、奪わないという選択肢がそもそもプリインストールされていないのだ。

「君の主張はわかった。だが、現実的な意見と言えるだろうか」

「グスタフさん……」

剣奴たちのざわめきの中でも、グスタフの芯の通った声ははっきりと聞こえる。

砦(とりで)内の捜索に参加し、島から持ち出した物資の心許(こころもと)なさも知っているグスタフ。彼は木箱に立ったスバルより、なお高い位置にある双眸(そうぼう)を細め、

「本職とて略奪行為を推奨はしない。だが、事前に伝えてある通りだ。もしも、この遠征が不本意な結末を迎えるなら、本職は本職の職分を全うする」

「あ、あいつ、まだ裏切るつもりでいやがる……っ」

「ヒアイン、ちょっと黙ってて」

グスタフの発言はまだ、『呪則(じゅそく)』の再起動を宣告するものではない。フライング気味に過剰反応するヒアインを黙らせ、スバルはグスタフに続きを促す。

「知っているだろうが、本職も大きな決断の末に君たちと同行した。そうまでした以上、

成果を得るために手は尽くさなければならない」

「もちろん、わかってる。綺麗事じゃ腹は膨れないし、喉も渇いたままだから」

「では、君は何かしらの代案を持っていると？」

「それは……」

厳しいグスタフの問いかけに、スバルはこの返答は重要だと一瞬思案する。

ここで言葉を選び間違えれば、この剣奴連合は戦いに参加する前に瓦解し、全員島に再連行だ。そうなった場合、すぐにでも『選び直す』用意は口の中にある。

だが、ここまで順調に進んでいる今を手放したくはない――、

「――少々ボスの考えの取り違えがありますよ、グスタフさん」

刹那、スバルの一瞬の沈黙に割り込んで、セシルスが軽々と肩をすくめた。

少年はスバルとグスタフ、それ以外の全員の視線を自分に集めると、その注目の心地よさを堪能するように唇を緩め、

「ボスは何も金銭や物のやり取りなしに水と食料を手に入れたくないとごねているわけじゃありません。『勝ち取る』と『奪い取る』は違うというのは言葉遊びの領域ですがそれがかえって皆さんの理解を妨げていますね。もっとも同じ意味でも何故その言葉を選んだのかという部分に台詞の妙が表れるとも言えますが」

「セグムント、君の真意はわかりにくい。本職にもわかるよう説明を」

「砦の中身が空で落ち込むということは砦の物資の回収はボス的にはセーフの案件。つま

りは相手と程度の問題です。狼から奪えど犬や兎からは奪わない」

「――――」

「そういうことでしょう、ボス？」

首を傾けて、木箱の上のスバルにセシルスが尋ねる。

それで今度はこちらの返答の方に皆の注目が集まって、スバルは不承不承頷いた。

おおよそ、セシルスの言い分は正しい。

ただし――、

「狼が相手でも、勝ち取るって表現できるのが理想的だ」

「ははは、拘りがあるのはいいことです。そうしたものがなければ注目すべき点のわからないがらんどうな筋書きが垂れ流されるだけですから。とはいえ」

「――？」

「奇抜さだけを目的とした筋書きは得てして目も当てられない駄作となり果てることも多い。グスタフさんと同じでそれは僕も望むところではありません」

片目をつむったセシルスの言葉は、ガラスのような切れ味を思わせた。薄く脆いが、鋭い。そんなセシルスの牽制は、スバルにとっても耳が痛い。

そして、そのやり取りを聞いても、多くの剣奴はピンとこない様子だ。

「敵のいる砦はよくても、村とか町を襲うのはいけない……？」

「なんだなんだ、シュバルツは何がしたいんだ？」

「皇帝閣下……親父さんをとっちめたいなら、腹減らしてる場合じゃねえだろ！」

わあわあと声を大きくする彼らは、悔しいことにスバルに寄り添おうとしている。にも拘らず、その思いやりはスバルの望みと致命的にズレていた。

この価値観の断絶をそのままに、不平不満を黙らせて無理やり話を進めたくはない。

しかし、どうすればわかってもらえるのか。

「──『スパルカ』」

「え……？」

「いえ、『スパルカ』と説明すれば、皆様にもわかっていただけるのではないかと」

思い悩むスバルに示された光明、それは隣に立つタンザから発されたものだった。

剣奴の多くが、『合』の三人すらも疑問符が抜けないスバルの主張に、非常識故の理解力を示したセシルスと違い、タンザは一般的な感性でありながら共感した。

彼女の提案はそうとしか思えないもので、スバルは胸が熱くなる。

「シュバルツ様？」

「あ、いや、ごめん、ちょっと涙ぐんじゃった。──みんな！　タンザがわかりやすく言ってくれた！　タンザが！　この可愛い女の子が！　わかりやすく！」

「や、やめてください！　話がズレています！」

「痛い痛い痛い！　腿、抓んないで！」

何とか、自分の味わった感動をみんなにも共有したいと思うスバルだが、それは顔を赤くしたタンザ当人に腿を抓られて頓挫した。

そのまま、スバルは今度は痛みで涙目になりながら、

「俺たちは剣奴だ！　俺たちがするべきなのは『スパルカ』で、一方的な略奪とかじゃない！　それがそもそも、戦うってことなんだ」

「――――」

「不満があるのはわかる。だけどこの先、帝都で親父……ヴォラキア皇帝とぶつかることになったとき、卑怯で身勝手なダサい俺じゃ勝てないんだ」

それは理屈ではなく、精神的な、もっと言えば魂の強度の問題なのかもしれない。

ヴォラキア皇帝との激突――少なくとも、本気で偽皇帝には戦いを挑むつもりだ。その偽皇帝がどんな目的で、アベルを玉座から追い落としたのかはわからない。

ただ、信念のない単なる卑怯者の行いがそれをしたとは思えなかった。

だとしたら、帝都で待ち受けているのは、強い信念を抱いた強敵との戦い――つまりは『スパルカ』であり、自分を曲げたスバルが太刀打ちできるはずもない。

勝つために必要なのだ。――ナツキ・スバルの、一貫した信念が。

「信念なんて大層なモノじゃなく、ただの意地かもしれないけど」

その意地がスバルに剣奴孤島を、今日までの異世界生活をやり遂げさせてきたなら、スバルの諦めと根性の悪さは手放してはならないものだ。

「「――――」」

そのスバルの宣言に、またしても剣奴たちの間に沈黙が生まれた。

ざわめきはないが、ありありと戸惑いを残した沈黙だ。噛み砕いて伝えても、まだ彼らは理解に及んでいないという反応。

しかし、そんな沈黙を破り、威勢のいい声が上がった。

それは——、

「や、やいやいやい！　なんだ、てめえら、辛気臭い！　兄弟がこんだけやるって言ってんだ！　だったらやれんだよ！　信じられねえならとっとと帰れ、刺青ドクロ！」

「黙れ、トカゲ野郎……。オレがシュバルツを疑うなどとふざけたことを抜かすな……。お前の方こそ岩陰でビクビク縮こまっていろ……！」

そう互いに睨み合い、罵り合い、気まずい空気を攪拌したヒアインとヴァイツ。その二人に一歩遅れ、イドラも苦笑を浮かべながら、

「シュバルツ、考えを変える気はないんだな？」

「あ、ああ、これだけは。どんなにひもじい思いをしても絶対考え直さねぇ」

「お前の頑固さはわかっているさ。私たちも、近くで見続けてきたからな」

イドラの語った頑固さとは、島の剣奴を全員味方にするための奔走か、それとも絶対無理だと彼らも匙を投げたグスタフの説得に成功したことか。

あるいはその全部だと言いたげに、イドラは笑い、

「私たちの旗頭はお前だ、シュバルツ。お前の考えにできるだけ従いたい。そこで、私た

ちから提案がある。——犬や兎ではなく、狼のところへいこう」

「狼の、居場所って……」

「ここから、北東に丸一日進めば街がある……グララシアだ……」

「『鉄血都市』って呼ばれてる、武器とか鎧作りで有名な街だ！　帝国の中でもでかい方の街だから、そこなら……」

取っ組み合うヴァイツとヒアインが、代わる代わる話を先に進める。その話に目を丸くしながら、しかしスバルは「待ってくれ」と首を横に振った。

「でかい街なら、そりゃ水も食い物もたくさんあるだろうさ。でも、それじゃ略奪しないって掟を守ることには……」

「狙うのは街じゃない……。街を守るための、帝国兵がいる砦だ……」

「——っ」

「帝国全土に、帝都へ反旗を翻す機運が高まっている。当然、各地の蜂起に備えて都市を守る砦は厳重警戒の真っ只中だ。そこなら、相手に不足はないだろう」

「敵はグララシアの『鉄血砦』！　どうだ、兄弟、名案じゃねえか!?」

「自分の手柄のように語るな……！」

イドラが頷き、ヒアインが図に乗り、ヴァイツが舌打ちをする。

その三者からの提案を聞いて、スバルはぽかんと口を開けて驚くばかり。その、開けっ放しのスバルの顎に、そっと小さな手が当てられて、

「シュバルツ様、皆様のご提案は考慮に値するものと思います」

言いながら、当てた手でスバルの顎をタンザが閉じさせる。彼女も三人の考えにいたく感心した様子だが、スバルは感心を飛び越え、感激していた。

「俺の考えに合わせる方が、帝国の常識からしたらはみ出し者なのに」

それでも、三人はスバルの考えを尊重し、それを叶える手段を提案してくれた。

帝国の流儀に合わせるよう、スバルを説得する方がずっと楽だっただろうに。

「――――」

スバルの自己満足でしかない拘りを通すため、三人が考え出してくれた目標。

込み上げる涙と鼻水を強く啜って覆い隠し、スバルは両手で自分の頬を叩いた。それから目を開ければ、木箱の上からの視界に仲間たちの顔が見える。

期待と理解、戸惑いと緊張、全部の方向性が定まったわけではないが――、

「グララシアの詳しい話を聞かせてくれ。――俺たちがバラバラにならないために」

4

――『鉄血都市』グララシアは、ヴォラキア帝国における武器産業の主要都市だ。

争いの絶えないヴォラキアにおいて、武具の需要は常に大きく、グララシアでは朝から晩まで一日中、鋼を鍛造する音が途切れることがない。

帝国に流通する武具の供給量、その半分以上を占めている都市であり、当然ながら帝国内でもグラシアの重要度は非常に高く、防衛にも相応の戦力が割かれていた。

その防衛力の最たるものが、常時千人以上の兵が駐留する要塞――『鉄血砦』だ。

都市のほぼ全ての住民が何らかの形で武器産業に関わるグラシアでは、血の気の多いものはいても、戦いそのものを生業としたものは多くない。

そうした職人たちを守り、安定した武具の供給を確保するための要所が『鉄血砦』であり、その重要な都市の防衛を任された指揮官が帝国二将、『鋼鉄伯楽』だった。


「――武具は、美しい」

その男、トリド・シュピーゲルは武具を愛している。

どのぐらい武具に傾倒しているかと言えば、口元に蓄えた髭を剣の形に整えているぐらい、武具への愛を表明している次第だ。

鋭く鍛えられた痩身でピンと背筋を伸ばし、帝国軍の『将』の証であるマント付きの制服に袖を通した四十前後の男は、後ろ手に手を組んで壁を向いていた。

『鉄血砦』の最上階、大勢の帝国兵が常駐する建物の執務室、その壁には大量の武具が飾られており、それらはいずれもトリドの私的な収集物だ。

「熟練の職人たちが技術の粋を競い、命を害するという明快な目的のために武具とは生み出される。その用途が単純な代物ほど、製造者の腕と発想が試されるものだ」

陶然と、熱の入った声で述べながら、トリドが飾られる武具たちを鑑賞する。

刀剣の一振りにしても、その切れ味と丈夫さの両方を追求するのは至難の業だ。刀身が薄ければ切れ味は増しても、薄い分だけ強度は下がる。厚みを増せば強度は上がるが、当然ながら切れ味は厚みに比例して下がり、ナマクラへ近付いていくだろう。

そうした、理想と現実の究極の試行錯誤がありありと武具には詰め込まれている。

それがトリド・シュピーゲルが武器に魅せられ、数多の武具を収集する、帝国でも指折りの蒐集家へと仕立て上げられた理由。そして彼が『鋼鉄伯楽』という異名で呼ばれ、武具を見る目の確かさで『将』の地位を確立した理由だった。

「まだまだ至らぬ身でありながら、人並み以上の熱意で武具と接してきた。はるか高みは遠くとも、武具を見る目には自負がある。あらゆる武具の質と強度、それが所有者に見合ったものか否か、それさえも」

世の中には金に飽かして、名剣や宝剣の類を手に入れる無粋な輩も少なくない。だが、そうした輩が見合わぬ武器を腰に下げている姿は滑稽なものだ。

身の丈に合わない武具を持つことは、嘲笑の対象として指差されることも少なくない。

しかし、一方でそうした視線を恥と思い、武具に身の丈を合わせることもある。それが武具の魅力であり、ヴォラキアの剣狼に求められる精神的な在り方だ。

「私は、部下たちに生中な武具は持たせない。よい武具を手にすることで、人はその鋼の輝きに見合うよう、相応しくあるよう努力し、己を高めるものと信じている」

人を見る目があるなどと、傲慢な自認をトリドは持っていない。

その代わり、武具を見る目はある。その武具が、持つに相応しい人間の手に握られているか、武具を通して人を見るという術を持ち得ていた。

『鉄血砦』の帝国兵は、いずれもトリドが目利きした優れた武具の担い手だ。それに相応しくあろうと、己を鍛え上げたものたちだと断言できる。

それ故に――、

「その、私の優秀な部下たちをどうしたのかね」

「――ああ、すみません。確かに皆さんなかなか良い面構えをされていたのですがそれでも僕を止めるには少々役者不足というものでして」

壁にかかった宝剣を眺め、問いを発したトリドに背後の存在がそう答える。

この、千人以上の精強な帝国兵が常駐する砦の中、最も頑強に守られたトリドの執務室まで単独で辿り着く、そういう力量の存在が。

「今、未曽有の危難にヴォラキア帝国全土が揺れている。不届きにも皇帝閣下のご威光に逆らう輩が各地で台頭しているが、そちらもその手のものと判断しても？」

「大枠では。ただし僕を含めた集団が他の方々と同じであると思われるのはいささか心外というものですね。僕たちはもっとスペシャルなので！」

「ふむ……」

軽妙な調子の声が、聞き覚えのない単語を交えてそう発言する。それを胸中で吟味しながら、トリドは目の前の宝剣に手を伸ばし、壁から外した。

壁には様々な収集物、それこそ剣以外にも槍や斧、鎚や鎌まで多彩にあるが、やはり剣が一番手に馴染む。――無論、トリドはどの武器も十分に使いこなせた。

金と地位に飽かし、使えもしない武具を溜め込む輩にだけはなりたくなかった。だからこそ、血の滲むような鍛錬の果てにトリドは二将へ上り詰めたのだ。

そのトリドが振り向けば、部屋の入口に立っている青い髪の子どもと目が合う。

十代前半の小さな子どもで、トリドの四人の子らよりも年少だろう。ただし、ここで相対した時点で、見た目相応のただの子どもではありえない。

しかし、事実以上にその力量を正しく把握することはできなかった。

何故なら――、

「武具は持たず、無手でここまで辿り着いたのか」

「ええ、手ぶらです。信じてくださるかわかりませんが暗器の類も持っていませんよ」

「信じよう。君からは暗器の気配を感じない」

武具を愛すると自負するなら、暗殺や奇襲専門の暗器にも精通しなくてはならない。

暗器には持ち歩いていること自体を隠匿する目的があるが、トリドにはその独特の存在感を微小に感じることができた。有体に言えば、聞こえるのだ。

「暗器の声が、君からは聞こえない」

「ほほうほほう！　それはそれは何とも素敵なお答えですね！　実際に武器と対話できる加護の持ち主なのかあるいはボスの言うところの単なるキャラ立ちなのか！」

「私の愛は純粋なものだ。加護などという不純物は混じっていない」

「なるほどキャラが立っている方ですね！」

加護の類はあれば便利な個性であって、トリドの技能には一切関与していない。自ら磨き上げた愛の嗅覚、それ自体をトリドは誇りに思う。

そんなトリドの返答に、少年はパタパタと足下のゾーリで床を叩きながら、

「お見受けする限りずらりと並んだ様々な武具はいずれも名のある逸品。しかしどうでしょう、刀の類が見当たりませんね」

「刀？」

「ええ。僕の得物は刀でして。できれば僕の手に相応しい理想の刀を探しているんですがこれがなかなか見合った逸品に巡り合えない！」

「なるほどな。確かに私の収集品にも、満足ゆく刀は含まれていない」

刀を切望する少年の言葉に、トリドは自らの収集物を全て思い浮かべる。

背後の壁に飾られたもの以外にも、トリドの領地の館には数多の武具が保管されている。しかし、その中にも名刀の類は保管されていない。

カララギ都市国家伝来の、片刃の剣である刀。――それに限ってはトリド以上の蒐集家が帝国にいる。名刀を片端から手中に収める、帝国一将がそうだった。

故に、帝国で素晴らしい刀に巡り合おうとするなら、少年には茨の道が待ち受けることになるだろう。

もっとも――、

「この『鋼鉄伯楽』の審美眼を、君が勝れるならばの話だ」

「『鋼鉄伯楽』！　いいですね、素敵な二つ名です！　時にあなたの審美眼、僕と戦うことを良しとしているわけですか？」

「生憎と、この眼が見極められるのは武具の良し悪しと職人の研鑽のみでね」

片目を閉じた少年の力量、それが飛び抜けたものであることは、砦の最上階に駆け付けた事実からわかる。が、事実以上のことはわからない。

いまだに、砦の兵が一人も上がってこない事実も、少年の強さを裏付けている。

だが、武具を持たないものを測る術を、トリド・シュピーゲルは有さない。

「故に君にお見せしよう。数多の武具の歴史と、その力を」

「――。大変な失礼をするところでした。深くお詫びします」

「ほう、詫びるとは？」

「さすがは帝国の『将』の肩書きを得るまで上り詰めた人材。己の矜持と信念に従って今の自分に辿り着いたあなたを端役と見くびるところでした。これは舞台を牽引する花形役者として非常に傲慢な手落ちです」

述べながら、少年がぴょんぴょんとその場で軽く跳躍し、膝を曲げる。その何気ない仕草に微塵の隙もなく、トリドは神妙に少年の様子を見続けた。

そして、トリドの視線の前で、少年は静かに姿勢を正すと、

「この砦の兵の方々も役者は十分。あなたとあなたの鍛えた部下たちに敬意を払いましょう。行間では済ませないと」

「——歌え、宝剣よ！」

少年が目を細めた瞬間、トリドは宝剣を振り切り、執務机越しに剣閃を飛ばした。

宝剣の秘められた力、ではなく、剣に恥を掻かせまいと研鑽したトリドの剣技だ。

斬撃が波打つように少年へと放たれ、身を傾ける相手へと踏み込んで距離を詰める。細い腕の筋肉を奮い立たせ、宝剣が幾重もの銀閃となって踊り狂った。

それが部屋の空気を焦がし、世界すら斬る武具の切れ味を証明する。

しかし——、

「その確かな力量を見てあなたを端役扱いするものはいないでしょう」

そんな評価の言葉が鼓膜を掠めた直後、衝撃がトリドの延髄に突き刺さる。

意識の断たれる寸前、嵐のような斬撃を掠りもさせなかった少年の言葉の意味を考え、トリドは諦めた。

「武具、以外のことはわからない」

妻さえも、同じ武具の蒐集家という繋がりで得たトリドの、それが答えだった。

5

『鉄血砦』の陥落は、おそらくは『剣奴孤島』ギヌンハイブの機能放棄と同じぐらい、近々の帝国トピックの中で大きく取り上げられる内容だろう。

とはいえ、直近のヴォラキアでは『城郭都市』グァラルが叛徒に占拠され、『魔都』カオスフレームが崩壊するといった出来事もあり、今回の事案もその一端となろう。

ただし、千人規模の砦が一人の少年に落とされたという事実は、他のトピックと比較しても頭一つ抜けてイカれていると、そうスバルは考えるが。

「やっぱり、セッシーはとんでもねぇな。味方にできてよかったよ」

「客観的に見れば、剣奴孤島を掌握されたシュバルツ様も同じぐらいとんでもないと評価されて然るべきと思いますが」

「俺？　いや、俺も確かに頑張ったけど、セッシーのは天然物で、俺は養殖だろ？」

「だろと言われても、よくわかりませんが……」

首を傾げたスバルの言葉に、タンザが微かに眉を寄せて困惑する。

『死に戻り』の権能を活かし、ものすごい数のトライ&エラーで理想に辿り着いたのがスバルだ。一発で、望みを引き寄せるセシルスとは若干違う。

と、そのあたりの自覚は、さしものタンザにも共感はもらえなかった。

ともあれ——、

「俺が頼んだ不殺って条件まで満たして、見事にやってくれたもんだ」

そう言って砦を見渡したスバルの視界、建物の各所に控えていた兵たちは軒並み打ち倒されているが、その全員が意識を奪われた昏倒（こんとう）で、命は奪われていない。

スバルがセシルスに頼んだことだ。それはこの『鉄血砦』に限ったことではなく、剣奴孤島を出てから関わった二ヶ所（にかしょ）の砦でも貫いた方針だった。

甘いと言われても、簡単に命を奪うような真似（まね）はできない。

それがスバルの考えであったが、存外にセシルスはそれを笑わなかった。

『ボスのしたいようになされるのがいいんじゃないですか？　幸いそれを成し遂げるだけの力……この場合は僕という優秀な手駒ですがそれがあるわけですから。強者が弱者の命を容易（たやす）く奪えるなら容易く奪わないことを選んでも帝国流でしょう』

と、彼はそんな調子で気安く請け負い、事実として砦の攻略を完遂してみせた。

もちろん、スバルも自分が無茶（むちゃ）な頼みをした自覚はある。命の価値に目をつむれば、敵を殺さず無力化する方が、ただ命を奪うより困難なのは当然だ。

その困難を強いて、それを成し遂げてくれたのだから。

「ひとまず、みんなには寝てる敵を拘束してもらおう。腹が減ってるだろうからパンに飛びつきたい気持ちはわかるけど、いったん我慢してもらって」

「はい、総督様が指揮を執ってくださっています。私たちは、上へ？」

「だな。……セッシーがずっと手ぇ振ってるし」

タンザと二人、砦の上層を見上げると、そこから手を振る豆粒のような影が見える。延々と視界の上の部分で存在を主張するそれに、スバルは手を振り返し、嘆息。

それからタンザと一緒に、大きな砦の中を執務室を目指して進んだ。

そして、執務室に辿り着いたスバルを出迎えたセシルスは――、

「――ちょうどいい塩梅の砦だと思いまして、一つボスを試したいんです」

壁にたくさんの武器が飾られた部屋の中、執務用の机に尻を乗せたセシルスが、やってきたスバルとタンザの二人を見据え、そう笑った。

そのセシルスの傍らには、直立不動の姿勢で立っている特徴的な髭の男がいる。マント付きの制服を見れば、その男が『将』だとは一目でわかった。

わかった上で、疑問が頭の中を渦巻く。――何故、その『将』を自由にしているのか。

「セグムント様、そちらの方は……」

「こちらトリド・シュピーゲルさんです。帝国二将の『鋼鉄伯楽』でこの砦の帝国兵を指揮する方ですがご本人もなかなかの使い手でした」

「世辞は結構だ。私は君に歯が……いいや、刃が立たなかった」

「それは仕方ないでしょうね。なにせ僕はスペシャルなので！」

トリドと紹介された男の言葉に、セシルスが破顔しながらいつもの調子で答える。そのいつもの調子に耐えかねて、タンザがきゅっと歯を噛みながら、

「これは、何のお戯れなんですか」

「やだなぁ、遊んでるわけじゃありませんよ。僕が真剣味が足りない雰囲気で遊んでるように見えるのは否定しませんが基本的にいつも真剣です」

「ですから！　いったい何を……」

望んだ答えではないと、タンザが珍しく声を高くする。

その、小さな体を震わせたタンザの訴えを、スバルは自分の言葉で遮った。

「俺を、試したいって言った？　それ、みんながご飯食べてからじゃダメ？」

「僕も心苦しくはあります。皆さんが食事を減らして耐え忍ぶ中でも三食欠かさずいただいていた僕としては。ただどうしてもここいらではっきりさせておきたくて」

「はっきりさせる、ってのは？」

じりじりと、視線を向けられた額が焼かれそうな感覚を味わいながら、スバルは気圧されるのを隠してセシルスと見つめ合う。

何を考えているのか、何をし始めたのか、それすらわからぬ怪物と対峙して。

そのスバルの決死の眼差しに、セシルスは机の上で胡坐を掻き、頬杖をついた。

そして——、

「ボスの特別さは人を生かすのか殺すのか。——その覚悟の有無の程を、ですよ」

6

——そして、物語はセシルスが裏切った冒頭へと戻ってくる。


「どうして……どうして裏切ったんだ、セッシー!!」

「ですからそれはボスを試すため……ああ、どう試すつもりなのかを話していませんでしたか。これは僕の手落ちでした。僕が絵を描くことがあんまりないので！」

パシパシと胡坐を掻いた自分の膝を叩いて、セシルスが呵々大笑しながら言い放つ。

『鉄血砦』の最上階、執務室の机の上に座り、その脇に下したはずの『鋼鉄伯楽』トリド・シュピーゲルを控えさせ、真っ向からスバルたちと向かい合って。

「——狼から奪えど犬や兎からは奪わない。ボスのその姿勢は嫌いじゃないです、むしろ好き。ぜひとも死するそのときまで貫き通してほしいと期待する次第なんですが……」

「……なんですが？」

「それを実現するために狼の死を過剰に忌避するのはいかがなものでしょう？」

片目をつむり、セシルスがその細い手を大きく動かし、部屋全体——否、砦の全体を示しながらスバルに問いかける。

「いえねボスの命令で砦を落とさせてもらったじゃないですか。先ほどもお話しした通りこちらのトリドさんはなかなかの腕前ですし他の兵の方々も端役ではありますがちゃんと評価に値する斬られ役だったと思うんですよ」

「斬ってないなら斬られ役ではないんじゃない？」

「ええそうですね、斬りませんでした。ボスに不殺でお願いされましたので」

頷くセシルスの隣で、トリドがわずかに目を細め、スバルの方を見据えた。

尖った髭が似合いつつも特徴的な人物だが、その瞳に負けた自分への怒りとは別の色が宿るのがわかった。――それは、不殺を命じたスバルへの怒りか。

この人物も他の帝国兵と同じく、戦って死ぬなら本望というタイプなのか。

だとしたら、セシルスがスバルに問いたい覚悟というのは――、

「だったら、セッシーがこんな真似してるのは誰も殺すなって頼んだから？　俺が人死にを過剰に避けてるって……」

「違うと思っているならそれはマズいですよ。価値観や見え方が大いにズレています。そこは僕と同意見でしょう、タンザさん？」

「――。答えたくありません」

「明言を避けながらも答えにはなっている。実に味のあるいい台詞です」

タンザの答えにご満悦のセシルスだが、スバルの方は唇を曲げる。

人の死を過剰に避けていると、それは心外な評価だ。そもそも、命は一かゼロの話なのだから過剰も何もないだろう。避けるか避けないか、それだけだ。

「それとさっきの質問の僕の答えはノーです。別に誰も殺すなと言われたのが理由でこう

していわけではないので」

「……え？」

「不殺には不殺の良さがあると思いますよ。命を奪うよりも格段に戦いの難易度が上がりますから見せ場になります。一度倒れて屈辱を味わった人物がその悔しさを糧に腕を磨いて再び立ちはだかる。──なんて展開も胸が昂りますしね」

「そう期待されても、君の求める水準を満たせる自信はないのだがね」

ちらと横目にされ、トリドがセシルスの期待した展望を否定する。それにセシルスは唇を尖らせたが、スバルの方の混乱は加速した。

セシルスが裏切ったのは、命を奪い合うヒリヒリした感覚を不殺で禁じられたのを嫌がったから、なんて帝国流に考えていたが、そうではないと言われたのだ。

「じゃあ、じゃあなんなんだよ。狼の死を嫌がってるって……」

「ははは、わからないなんてご冗談を。──ボスの見ている世界にいる狼というのは立ちはだかる敵役だけですか？」

「────」

「僕の目にはボスの横にいるタンザさんも可愛らしい狼に見えるんですよね」

そう言われ、スバルはハッとした顔で隣のタンザを見た。

タンザはスバルの方を振り向かず、伸ばした腕でスバルを庇いながら、その愛らしい横顔を強張らせている。ただ、その唇を軽く噛んでいる姿に、スバルも気付く。

タンザはスバルより早く、セシルスの語った『狼』の意味を理解していたのだと。

「……セッシーの言ってる狼ってのは、島から連れてきたみんなのことか？」

「はい、ええ、イエス、ザッツライトですよ」

「でも！　だとしたらそれの何が悪い？　味方なんだ。味方が死ぬようなことを避けるのの何が変なんだよ。そんなのちっとも——」

「——でしたらどうして皆さんを島から連れ出してきたんです？」

冷たく、スッとスバルの首元に刃が宛がわれた。——否、宛がわれてなんていない。でも、宛がわれたように感じるぐらい、それはスバルの心臓を跳ねさせる言の刃だった。

息を呑み、スバルは目を見開く。そのスバルの黒瞳を、片目を閉じた青い瞳で真っ向から覗き込んで、セシルスは問いかける。

「ボスの目的は帝都にある。そのための水と食料を求めて砦に立ち寄ったわけですが砦の陥落は僕が一人でやってのけました。僕の力量を信用して任せていただいた役目とそこはシンプルに評価していますが！」

語尾を強く言い切って、問いかけてくる。

「同じ策は帝都では通用しないでしょう。味方を誰も死なせたくないのならそもそも味方にすべきではありませんでした。狼の群れを犬のように飼い馴らすことはできません」

「それは……っ」

「セグムント様！」

言葉に詰まったスバルに代わり、タンザが鋭くセシルスの名前を呼んだ。

少女の黒い瞳の眼光に、セシルスはつむっていた片目を開いて舌を出すと、

「これ以上タンザさんを怒らせるのもなんですからサクッと僕の要求を伝えましょう。ボスの言う通り砦の兵の方々は誰も死なせていません。つまりは砦の戦力は現時点で一切落ちていない状態です。ああ、武器破壊分は目減りしますけども」

両手の人差し指を立てて、左右に揺れながらセシルスは話す。

要求と前置きした上での話の流れと、直前のセシルスの指摘にスバルの背中を嫌な汗が伝った。まさか、とスバルは足下——否、『鉄血砦（てつけつとりで）』を見る。

そのスバルの反応に、我が意を得たりとセシルスが笑った。

そして——、

「僕の力なしでこの砦を今一度落としてください。そのぐらいのことも成し得ないようではこの先の舞台に上がる資格なし。——花形役者として強制的に進言します」

7

じりじりと少年と少女が退室したあとで、トリドは残った方の少年を見る。

机の上で足をぶらぶらとさせている少年——否、少年の姿をした帝国流の化身を。

強いものがあらゆるモノを手にするという鉄血の掟（おきて）が生きる帝国で、その流儀に従って

あらゆるモノを手にする資格を持っている存在――。

「セシルス・セグムント」

「はい？」

人名を口にしたトリドに、気安く少年が返事をした。

自分の名前を呼ばれたのだから当然と、そんな顔の少年にトリドは目を細める。

「君は、それが自分の名前だと？　しかし、その名前の持ち主は……」

「ああ、聞いてます聞いてます。何やら僕と同じ名前で同じ異名を名乗っているというとんでも迷惑な人がいるらしいですね。ですがたとえ同じ名前でしかも同じ異名であろうとも本物というのは揺るがないもの。僕こそが『青き雷光』セシルス・セグムントであるとそうご認識ください」

にっかりと笑って威風堂々と嘯く少年を、トリドはひとまずセシルスと認識する。

同じ名前の持ち主、帝国九神将の『壱』であるセシルス・セグムントとトリドは面識がなかった。なかったが、その強さと傍若無人ぶりは帝国人の誰もが知るところだ。

しかし、『青き雷光』が幼い少年であったはずがないが――、

「それにしてもすみませんね、トリドさん。こちらの事情であれもこれも何もかも勝手に決めてしまいまして」

「帝国の流儀に従えば、力で勝る君には我を通す資格がある。何より、拒否しようとしても君を追い払う術さえ私にはない。それと」

「──？」

「悪いなどと思っていないのに、謝罪の言葉など口にしないでもらいたい」

「ははっ」

わりと命知らずな発言だったが、セシルスはそれを軽く笑って聞き流した。

自棄になったわけではない。先のセシルスと二人のやり取りを考えれば、ここで彼がトリドに手を上げる可能性は低い。もっとも、確実ではなかったが。

「言っておくが、私たちは手を抜くつもりはない。今一度機会が与えられるなら、今度こそ武具と共に本懐を果たすだろう」

「それで構いません。手など抜かれては興醒めというものですし仮にボスたちがやられそうになっても僕は手出ししませんので」

「……武具が口を利くなら、このような印象を受けるのかもしれんな」

淡々と自分の流儀で話を進めるセシルスに、トリドはそんな感想を抱いた。

強さという目的に端的に鍛えられたセシルスの在り方は、武具のそれに近い。違いがあるとすれば、この武具は自分の意思で持ち主に反旗を翻すことだ。

その点、あの黒髪の少年と鹿人の少女には同情もするが。

「みすみす『黒髪の皇太子』を、この砦より東へ送るつもりはない」

その目的が帝都に、皇帝閣下の首にあるのなら、トリドは決して見逃せない。

たとえそれが、幼い『青き雷光』の気紛れでもたらされた挽回の機会でも。

そう、決意を固めるトリドの傍ら、セシルスは頬杖をついてニヤニヤとしながら、

「――さあ、重ねてこの瞼に焼き付けてください、ボス。誰も成し得ないことを成し得たあなたが僕の気紛れに如何なる答えを示すのかを」

8

「だから、あんな野郎は信用ならねえと思ってたんだ！」

涙目になったヒアインが頭を抱えて、悲痛な声でそう叫んだ。

場所は『鉄血都市』グラシアを遠くに望める平原、スバルの率いる一団は『鉄血砦』から全員で撤退し、ここでどうすべきかと話し合いを持っていた。

目下、議題は当然ながら、突然降って湧いた最悪の障害だ。

「他の奴らはともかく、兄弟が最後まであのガキを口説かなかったのは、兄弟もそうだと思ってたからだろ⁉ チクショウ、嫌な予感が的中した！」

「うるさいぞ、トカゲ野郎……！　何でもかんでも後出しで文句をつけるな……！　そう思っていたなら最初からシュバルツに話せばよかっただろうが……！」

「そんな真似して、あの危ねえガキが暴れたらどうすんだよ⁉」

「とはいえ、実際に暴れ出した結果が今と言えるからな」

砦で起こった出来事が共有され、苦い顔に渋い顔と、全員が何がしかのネガティブな感

情を交えた表情を浮かべ、問題に向き合う。

「みんな、本当に悪い。俺がセッシーを説得できてれば、こんなことには……」

「待て、お前が謝る必要はない……。こんなことが起こるかもしれないと、そう思っていて黙っていたトカゲ野郎の方がよっぽど重罪だ……」

「そうだぜ、俺の方が……ざっけんな！　悪ぃのは全部、あのイカれたガキだ！」

「ヒアイン様の仰りようは紛れもなくその通りなのですが、問題はそのセグムント様の意見を誰も曲げられないという点です」

声を荒らげたヒアインの言い分、それをタンザは頷いて肯定したが、明らかにする前から明らかな問題の所在を明らかにしても、事態は何も動かなかった。

そこに、巨岩が喋るように低い声でグスタフが言葉を発した。

「本職の考えたところ、現状、二つの選択肢が考えられる」

グスタフは四本の腕の下二本を組んだまま、上二本の腕の人差し指をそれぞれ立て、

「まず、セグムントの主張を無視し、砦を放棄してグラシアから離れ、付近にある別の砦か集落を目指す。つまりは方針の転換だ。この転換にはシュバルツの、町村から物資を接収しないという方針の変更も含まれる」

「それは——」

「なしだ……。シュバルツの望みを曲げさせるつもりはない……！」

グスタフの提示した選択肢の片方、それにスバルより強く反発したのはヴァイツだ。

最初、略奪に抵抗のない態度だった彼は、スバルの考えを本当に尊重してくれている。見れば彼以外にイドラも、迷い気味だがヒアインも同意見の様子だ。

その反応を予想していたように、グスタフは「ではもう片方だ」と続け、

「こちらは単純だ。——セグムントの提案を受け、彼の力を当てにせずに『鉄血砦』を陥落させる」

「セシルスの言いなりというのが釈然としないが、それしかないか」

一つ目の案を否決すれば、おのずと二つ目の案——すなわち、セシルスの持ちかけた馬鹿げたゲームを受け入れるしかなくなる。

それを呑み込むイドラに誰も異議を挟まない。だから、スバルが挟んだ。

「待ってくれ！　まだ、他の案が……セッシーをもう一回説得するとか……」

「シュバルツ、これを君に聞くのは酷な話だが……セグムントが、その説得に耳を貸すと本気で思えているだろうか？」

「うぐ……っ」

痛いところを突かれ、スバルは頬を硬くした。

そう、それが問題なのだ。——たとえ、スバルが口の中に仕込んだ毒を使い、剣奴孤島でそうしたように試行回数を重ねても、セシルスを説得できる絵が浮かばない。

あるいは、『死に戻り』のリスタート地点がもっと前——それこそ、剣奴孤島に打ち上げられた瞬間からズレていないなら、この爆発の要因を事前に削れるだろうか。

「それでも……」

どんなルートで味方にしても、セシルスという爆弾の爆発を防げる気がしない。

それこそが、スバルが砦の最上階でセシルスを恐れた最大の理由。セシルス自身も口にしていた、『気紛れ』という、スバルの『死に戻り』の天敵であるのだ。

――セシルスという爆弾は、どこでスイッチが入るかわからない。

それならいっそ爆弾の入手を諦めるか。それもありえない。セシルスなしで帝都に向かうなんて、それこそ本末転倒だ。この爆弾は解体し、無害化する以外にない。

「でも、だからって、今ここで……」

「シュバルツ、お前が思い悩むのはわかる……。だが……」

セシルス本人でなくとも、セシルスの難題に挑むという点に踏み切れないスバル。その肩を叩いて、ヴァイツが厳つい顔の眉間に皺を寄せた。

彼の険しい表情、それをスバルは訝しんだが、すぐに答えがわかる。

――鳴いたのだ。彼の腹の虫が、盛大に。

「――――」

しかも、そのヴァイツの腹の虫につられ、次々と連鎖的に周りの剣奴たちの腹の虫も鳴き始める。腹の虫の大合唱、それも無理のないことだった。

「ここまで、一日一食に絞ってやってきたんだ。それでも、食糧は尽きた。途中で降った小雨を溜めた水で、かろうじてしのいでいる始末……」

「だってのに、あのガキは三食腹いっぱい食いやがって……兄弟！　俺は……俺は悔しいぜ！　ずっと、あんな野郎に振り回されてよう！」

「ヴァイツ、イドラ、ヒアイン……」

腹の虫と三人の言葉をぶつけられ、スバルは彼らの悔しさに魂を突き刺される。

彼らだけではない。腹の虫を鳴らしている――否、鳴らなかった剣奴たちもみんな、挑戦を受けて立つ表情で立っているではないか。

その彼らの姿に、スバルの胃袋が締め付けられるように痛んで――、

「待ってください、皆様！　シュバルツ様を惑わせないでください」

そんな、屈強な荒くれたちの熱気に呑まれず、タンザが高い声を上げる。

彼女は両手を広げてスバルとヴァイツたちの間に割って入ると、徐々に熱を高めていく男たちを眺めて、その可愛らしい横顔に悲壮な色を宿しながら、

「シュバルツ様の方針に従うおつもりがあるなら、シュバルツ様が早まった判断をされないよう、努めるのが私たちの――」

そう、スバルを慮った優しい言葉が紡がれている最中だった。

「――」

不意に、タンザの言葉が途切れ、同時に剣奴たちも目を見張った。

そうさせたのは、タンザの決死の訴えの中に紛れた微かなノイズ――タンザの、キモノの帯を巻かれたお腹が、その腹の虫がか細く鳴いていた。

とっさにお腹を押さえて、タンザの首筋から顔までが一気に赤くなる。

「ち、違います、シュバルツ様。今のは……」

振り向いたタンザが表情を曇らせ、赤い顔のままでどうにか誤魔化そうとする。

だが、いくらタンザが健気に隠そうとしても、可愛い腹の虫の鳴き声は隠せない。

それを聞きながら、スバルは唇を噛み——、

「みんな、ごめん。——あと一時間だけ、答えを悩ませてほしい」

そう、決死の悪足掻きの時間を求めたのだった。

9

「セグムントの性格上、砦側としてこちらの前に立ちはだかることはないだろう。あれで決めたことは曲げない頑固さのある人物だ」

「ん、そうだね。それは俺も同感」

「……だが、不安は消えないという顔だな」

わずかに眉を寄せたグスタフに見下ろされ、スバルは自分の頬を指で摘まんだ。

泣きの一時間、結論を出すために欲しいと頼んだそれを一秒ずつ浪費しながら、スバルは延々と迷いと躊躇に後ろ髪を引かれ続けている。

本当に他の手はないのか。砦に挑む以外の手段を求めて、延々と延々と。

「セグムントを味方に引き入れ、後悔しているか？」

「してないなんて口が裂けても言えねぇよ。……でも、セッシーを仲間に入れないなんて選択肢は俺たちにはなかった。それも本音」

「道理だ。たとえ手綱の引き方に迷おうと、セグムントはいなくてはならない」

大きな壁を崩すには、どうしたって爆弾の力を借りなければならない。たとえ、持ち運んでいる最中（さなか）に爆発するリスクがあっても、目的のためには必要なのだ。

だからこそリスクヘッジが必要なのに、スバルはそれを怠ってしまったというのか。

「シュバルツ、一点だけ君に謝罪しなければならない」

「……え？　グスタフさんが俺に？」

ふと、静かな声でそう切り出され、スバルは一瞬反応が遅れた。

話の流れをぶった切られたのもそうだが、謝罪と言われたのが驚きだった。事実、スバルにはグスタフに謝られる心当たりがないのだが。

「剣奴（けんど）孤島を出た当初、本職は君に言ったな。年少であることは判断を誤ることの正当な理由にはならないと」

「——。ああ、言われた。実際、その通りだと思う」

まだ物資がカツカツになる前だったが、その予兆のあった状況での言葉だ。

あれを言われ、スバルは自分の気持ちを引き締める必要があるとそう己を戒めた。島の剣奴もグスタフも、スバルが巻き込んで外へ連れ出したのだ。

彼らの無事と、水と食料と、とにかくそれらはスバルに保証する責任があると――。

「だから、こんな不甲斐(ふがい)ない状況で申し訳なくて……」

「――あれは、本職の言葉足らずだった。それが理由で君を不用意に追い込んでしまっていたのだとしたら、それは本職の失態だ」

そう反省するスバルを四本の手で制して、グスタフが深々と頭を下げた。

二メートル半近くあるグスタフがそうして頭を下げると、縮んでいるスバルの前で山が倒れたようにすら見える。だが、インパクトはそのぐらいあった。

グスタフが頭を下げるほど、スバルへの謝意を見せたのだから。

「言葉足らずって……」

「本職の言葉を、君は責任の追及と受け止めたようだが、それは本職の意図とは違ったものだ。あの場で本職が述べたかったのは、あの集団の責任の所在を君だけに引き受けさせることへの抗議だ」

「――。ごめん、よくわかんないんだけど……」

わかりやすく言い直してくれても、まだ難解なグスタフの意見。眉(まゆ)を寄せるスバルの反応に、グスタフは四本の腕を組み、もう少し続ける。

「今回のセグムントの暴挙だが、悪い点が百あるのに対し、見直すべき点も一つある。それは本職も含めた、島の全員で当たるべき問題を用意したことだ」

「――――」

「シュバルツ、君が人死にを極度に嫌がる性格であることはわかっている。略奪を禁じたことと、『鉄血砦』にすら不殺を命じたことからも……いいや」

そこでグスタフは首を横に振った。

「そもそも、島の剣奴たち全員の心を掴むため、幾度も『スパルカ』へ身を投じたことからも明らかだ。その後、本職と遊戯盤での『スパルカ』を行い、看守たちにも無傷の投降を迫った。君は自身の願いに徹底し、それを成功させてきた」

「それは、自分のワガママのために本気になるのは当たり前だろ？」

「肯定する。本職も、本職のやり方で剣奴孤島の規則を是正し続けてきたからだ。そう肯定した上で、あえて言わなくてはならない」

「――――」

「シュバルツ、君と島を出た剣奴たちは皆、君のために戦いたいと考えている。君が自分の考えをワガママと言うなら、それが彼らの――本職たちのワガママだ」

「――ぁ」

力になりたいと、そう真っ向からグスタフに言われ、スバルは絶句した。

グスタフは、ずっと年下のスバルに頭を下げてまで、自分の胸の内を伝えてきた。そしてそれが自分だけの考えでなく、皆の考えそのものであると。

「この集団を率いる立場に立つのは君だ。しかし、それは君が全ての責を負わなくてはならないという意味ではない。本職も他のものも、君の荷を共に背負う覚悟だ。第一……」

そう言って、グスタフは牙のはみ出した恐ろしい顔の、その口の端を歪めた。

それがグスタフの笑みだと、スバルは気付くのが遅れて。

「そうでなくて、どうして誰もが腹を空かせ、喉の渇きに耐えてまで、この集団から離反もせずに君の掟に従っているのだと思うのだね」

「……馬鹿か、俺は。いや、馬鹿だ俺は」

それは、大人が子どもを見るような目線のグスタフの苦笑だった。

実年齢以上に子ども扱いされやすい状態の今のスバルだが、このときばかりは元の外見だったとしてもやはり子ども扱いされたに違いない。

そのぐらい、グスタフの言うことは当然で当たり前で至極道理で。

『――でしたらどうして皆さんを島から連れ出してきたんです？』

「セッシーにも、言われるわけだ……」

『鉄血砦』でセシルスが投げかけてきた問い、その真意がようやくスバルに伝わる。

結局、人づての話で気付かされるというのが、いかにもセシルスの言動の不親切さを表しているが、今回に限ってはスバルの察しが悪すぎた。

悔しいが、セシルスの方が仲間たちのことを正しく評価していた。スバルは彼らを連れ出した責任を背負おうとするあまり、彼らの考えを無視していたのだ。

傷付かないよう、絶対に死なせないよう、危険から遠ざけることで守れると思った。

――狼の群れを、犬のように飼い馴らすことはできない。

しかし、そうではないとセシルスは見抜いていて、グスタフにもはっきり言われた。

「戦いから逃げ隠れして、遠回りするのが最善だと思ってたけど、違うんだな」

そもそも、その作戦が通用するのも帝都に辿り着くまでの話だ。

帝都でどんな戦いが繰り広げられるかわからないが、これまでにない大規模なものになることは間違いない。強力な、『九神将』のような存在も居合わせるだろう。

それらの危険から全員を遠ざけ、守り続けるのは現実的じゃない。

傷付かせたくない。戦わせたくもない。だったら、どうして彼らを連れ歩くのか。

「……シュバルツ、そろそろ時間だ」

目をつむったスバル、そこに上からグスタフの声が降ってくる。

グスタフは下げていた頭を上げた。そして、スバルの表情の変化を見たのだろう。その
グスタフの声音がいつものそれに戻っていて、安堵する。

「グスタフさん」

「――――」

「グスタフさんはこれから、このチームの参謀ね。俺の片腕ポジション」

「……本職の知る限り、君の両腕はタンザとセグムントが配役されていると思ったが」

「それが本当なら、俺、今右手か左手にぶん殴られてることになるじゃん」

珍しいグスタフの冗談に笑い、スバルは目を開けた。

グスタフを見上げ、その視線に彼が頷くと、参謀を伴って皆のところへ向かう。

「「――――」」

――スバルとグスタフの二人が戻ってくると、全員の意識がこちらを向いた。

それまで、ざわざわと何かしら言葉を交わしていた皆が、一斉にその口を閉じる。礼儀のなっている学校の朝礼でも、校長の話の前に静かになるのにもっとかかるはずだ。

全国の校長先生には悪いが、ここのみんなのスバルの動向への注目の方が、朝礼のためになる話よりも興味深いトピックらしい。

ともあれ――、

「まず最初に、みんなに言っておきたいことがあるんだ」

スバルの言葉を聞いているみんな、その先頭にいるのがタンザで、彼女の周りにはヒアインとヴァイツ、イドラの三人。他にもヌル爺やオーソンたち、レックスやミルザックたちがいて、ジョズロもまとまりの中にまじっている。

全員の顔と名前が一致する。その全員の期待をお預けにしてきたのだと、そう視線の熱から感じながら、スバルは口を開いた。

ずらりと並び立った、飼い馴らされることを望まない誇り高い狼の群れを前に。

笑って、言った。

「いつまでも剣奴の集団とか、剣奴孤島からの脱走組とか、そういう風に呼んだり呼ばれたりするのも癪だから、今後はこう名乗ろうぜ。――プレアデス戦団！」

10

──『プレアデス戦団』。

それがスバルを頭目とした、この荒くれ者の集団の名称だ。

戦団なのだから、メンバーは全員が戦士でなければならない。ヴォラキア帝国の理屈で言うなら、全員が狼であり、犬や兎、ましてや豚ではありえないということ。

スバルの掲げた掟、その遵守と実現のために全力を傾ける頼もしい仲間たち。

「シュバルツ、全員が配置についた」

そうイドラに声をかけられ、スバルは頷く。

頭上を見上げれば、ちらほらと星が覗ける夜の空が広がっている。本来、攻撃を仕掛けるなら朝方というのが定石らしいが、それは相手に存在がバレていない場合だ。

今回、セシルスが戦いを仕組んだ以上、『鉄血砦』の兵たちにはスバルたちの攻め込む気持ちが見え見えなので、時間を選んでも仕方ない。それよりも、明るくなる時間を待てる腹具合でないことの方が重大だった。

「このままじゃ、剣闘獣を殺して食う羽目になるからな……」

「クソマズいって聞くぜ。なんか臭い砂を食うみたいな味がするって話だ。ヌル爺さんが昔、食うに困って食ったら余計苦しんだって言ってた」

食料不足を補うために軍馬を食べるなんて話は聞くが、それが剣闘獣＝魔獣を喰らうところまで及ぶと末期的だろう。

そうなる前に戦いを始めて、そうなる前に戦いを終える必要があった。

「ただし、攻撃は防御の三倍、戦力が必要だって言うよな」

前に、どこかに攻め込む策を立てるときにも同じ話をした覚えがある。

そのときの戦力差と比べたらまだマシだろうが、『鉄血砦』の戦力は千人弱。一方でプレアデス戦団の戦力は六百人とプラスアルファだ。プラスアルファの剣闘獣も、栄養不足の状態でどのぐらい頼れるかはわからない。

少なくとも、足りない二千四百人分になってくれる期待は薄いだろう。

「シュバルツ様」

そう、傍らに控えているタンザがスバルの名前を呼ぶ。

もちろん、タンザやグスタフのような、単純に一人分の戦力とは数えられない強者もいるため、こちらの戦力が完全に相手に見劣りするとは限らない。

しかし、文字通り一騎当千のセシルスがいない以上、必ず犠牲は出る。相手にもこちらにも。それを、可能な限り減らすために――。

「――攻めの姿勢で、足掻いてやる」

口の中、奥歯の裏に仕込んだ毒の包みを舌で確かめ、スバルは息を吐く。

剣奴孤島でのスバルは、できるだけ戦いを避けるために『死に戻り』を活用した。

この状況も、どうすればセシルスの裏切りを防げたのか。どうすればこの理不尽な状況を変えられるか。そんな方向性に頭を悩ませていたが、それを変えた。

勝利を、全員で勝ち取りにいくと決めた。――『死に戻り』は、そのために使う。

「勝つ。しかも、圧倒的に」

戦いが始まり、相手がどんな布陣でどんな戦術を使い、誰がどのタイミングで倒れ、どこで命を落とすことになるのか、それを把握し切るのだ。

六百人を味方に付けたときと同じように、六百人の命を救い切る。――否、六百人だけではなく、可能であれば相対する千人も。

――千六百人を、掬い上げてみせろ、ナツキ・スバル。

11

――それが平原を、『鉄血都市』グラシアを、『鉄血砦』を揺るがしたとき、ちょうどセシルスは砦の最上階のさらに上、屋上で夜風を浴びていた。

「ふんふんふーん、ふふふんふんふーん」

夜の屋上の縁に腰掛け、ゾーリを履いた足をぶらつかせながら鼻歌を歌う。

砦を撤退したシュバルツたちは、逃げるだろうか戦うだろうか。

セシルス個人としては当然戦いを選んでほしいが、シュバルツであれば逃げを選ぶ可能性も十分にありえた。それは彼が臆病だからではなく、賢いからだ。

ただし、賢いことは必ずしも尊敬される要因にはなり得ない。

「特にこのヴォラキア帝国ではそうでしょう。ボスのような考え方と在り方を貫こうとすると生きづらくて仕方ない。ですが……」

生き難きを生き抜くからこそ、その存在の歩みは『ドラマティック』になるのだ。

何の変哲もない、穏当で平凡極まりないものに注目してどうする。何も起こらないことに価値を見出す在り方など、心から誰かを狂奔させられない。

だから、シュバルツには戦うことを選んでほしかった。

確かにあったのだ。シュバルツには、誰かを狂奔させるほどの強烈な歪みが。

それが花開かずに終わるだなんて、シュバルツはよくてもセシルスがよくない。それは世界にとっても、退屈極まりなくてとても哀れであると。

故に――、

「おお！　やってくれる気になりましたか！」

平原に展開する剣奴たちの姿に、セシルスの心は素直に躍った。

まず、最初の二択はセシルスの望んだ通りになった。この先の戦いがどうなるか、どうなるのがセシルスの期待通りなのか、それはセシルス自身にもわからない。

生き死に自体は重要ではない。どう生きるか、どう死ぬか、どう魅せるかが全てだ。

「天より観覧の皆々様もご覧あれ。舞台を華やがせる役者魂を」

それが端役であろうとも、舞台に立てば誰かの目に留まる。全霊の一瞬も惰性の一瞬も関係なく、見られた瞬間が役者と観客の関係の全てだ。

だからこそ、常に顔を心を作っておかなければならない。いつ何時の自分を見られ、『レッテル』を貼られて後悔のないように。

「んん？　あれあれ、あれはなんですかね？」

持論に倣って剣奴たちを評そうとしていたセシルスは、不意に形のいい眉を寄せた。

はるか遠くの眼下、平原の剣奴たちの動きに不可解な変化があった。当然、砦の傍に展開する彼らの姿には、襲撃を予告されている『鉄血砦』の面々も対応している。

その砦の兵士たちの目にも、指揮官の『鋼鉄伯楽』の目にも、それは映ったはずだ。

――剣奴たちが円陣を組んでいる。小さな円陣を大きな円陣で囲み、その円陣をさらに大きな円陣で囲む、六百人総参加の円陣を。

そして――、

「――俺たちは、最強っ!!」

「「最強！　最強!!　最強――ッ!!」」

信じられない掛け声と怒号めいた大声が、平原を、都市を、砦の夜空を揺るがした。

12

円陣を組んで、その中心で声を張り上げ、スバルは全身で皆の覇気を味わっていた。

轟(とどろ)く声に込められているのは、引き下がる気概の一切を喪失したプレアデス戦団の仲間たちの負けん気で、ぶちまけられるそれを全身で高めていく。

「――俺たちは、無敵っ!!」

「「無敵！　無敵!!　無敵――ッ!!」」

円陣を大きな円陣が、その円陣をさらに大きな円陣が囲んで、六百人が参加する巨大な円陣が、まるで運動会や決起集会みたいな勢いで熱を吐く。

全員で一丸となるという意味では同じ。――待つのが、命懸けの戦いという以外。

「――運命様ぁぁ!!」

「「上等！　上等!!　上等――ッ!!」」

スバルが思う、最も大きくて、最も理不尽な敵への宣戦布告を叩(たた)き付(つ)ける。

円陣を組もうと、声を張り上げようと、そう提案したのを誰も反対しなかった。すでに敵にこちらの存在も、攻撃の意思もバレているのだ。

ならば、士気だけは絶対に負けない。勝ち気を強く押し出すのが戦団の方針。

「――――」

互いに組んだ腕と肩を解放し、スバルたちは前を向く。

正面、平原の先に見える雄大な『鉄血砦』は、セシルス一人に任せたときよりもはるかに強大で、難攻不落のとんでもない場所に見える。

だが、挑む気概は欠片も萎えなかった。すでに、スバルは心に決めている。

「何度、やり直すことになってもいい」

攻めの姿勢で足掻くと決めた。その上で、自分を費やす覚悟は島の二周目を始めたときと同じか、それ以上の使命感が宿っている。

この戦いを、ナツキ・スバルは仲間たちと共に攻略する。

「いくぞ――!!」

そのために、スバルたちは猛然と走り出した。

土煙を立てて、一気に砦へ迫る。地鳴りと地響き、踏み込む男たちの足が大地を揺るがす錯覚があって、徐々に迫る砦の前に敵の姿が見えた。

待ち受ける、『鉄血砦』を守る役目を与えられた精兵たちだ。決死の表情で身構える彼らとの衝突が、一歩、また一歩と迫ってくる。

衝突が起これば、そこから命の消費が始まる。それを可能な限り目に留めて――そう、思ったスバルは、ふと砦の最上階に人影を見た。

——ひらひらと、砦へ挑むスバルたちを応援するみたいに手を振る影が。

「セシルス・セグムントの、大バカ野郎——!!」

「「大バカ野郎——ッ!!」」

13

——それは、様々な要因が積み重なって生まれた偶然の産物だった。

これが実現するためには、本当に奇跡的な条件の重なり合いがいる。

まず、その場に居合わせた全員の気持ちがブレることなく一致していること。その一致している気持ちが大きく強く、揺るがぬほどに強固であること。

そして、その中心で無意識に『コル・レオニス』を発動するナツキ・スバルが存在していることだ。——最後の条件は、他では絶対に満たせない。

その、他では実現不可能な条件が満たされたとき、奇跡が発動する。

「嘘お……」

と、その起こった奇跡を目の当たりにして、セシルスは思わず呟いた。

大抵の物事には心を動じさせず、どんな出来事も粋や舞台映えで選ぶ癖のあるセシルスは、これで意外と万物を俯瞰的に捉えているのだが、この感想はそれを外れた。

　そうせざるを得ないぐらい、それはセシルスにも予想外の光景だったのだ。

「うわぁ、砦の兵が溶ける溶ける」

　そうセシルスが呟いたのはもちろん比喩表現だが、衝突の結果がそう見えるぐらい圧倒的な展開を迎えたのは事実だ。

　シュバルツ率いる剣奴の集団と、『鉄血砦』の精兵たちとの戦いは一方的だった。

　戦いは拮抗、やや砦側が有利となる。それがセシルスの見立てであり、下馬評の不利をシュバルツやグスタフの存在がどこまで覆してくるか、それが見物だと思っていた。

　しかし、セシルスの見立てはもっと馬鹿馬鹿しく裏切られた。

　――シュバルツたちが、ぶつかる帝国兵を次から次へと正面から吹き飛ばしていく。

　大人と子ども、疾風馬と子犬、セシルスとシュバルツのような力の差――さすがに最後は不適当だが、そのぐらいの力の差が両者の間で生じている。

　そのカラクリがセシルスの目にはわかった。――『流法』だ。

　自らの内を流れるマナを戦いに応用する技術で、いわゆる武芸の達人などが用いている身体操作の極意。それを、何故か急にみんな使えるようになっている。

「いやいやいやさすがに皆さん使えてなかったのは絶対ですよ？　だって使える方がこんなに大勢いたら『スパルカ』だってもっと見応えある派手なものだったはずですもん！」

気持ちが体に及ぼす影響をセシルスも馬鹿にはしないが、これは馬鹿だった。こんな馬鹿げたことは本来、起こるはずがないのだ。

「いやぁ、ボスすごい。すごいっていうかすごい馬鹿だ！」

こうも唖然の気持ちで誰かを称賛する機会は、そうそうセシルスには訪れない。

それを訪れさせたシュバルツは、見事にセシルスの期待に応えてみせた。——否、こんなものは期待以上、想像以上、慮外埒外規格外。

「狼の死を恐れて臆病すぎてはこの先潰れると思いはしましたが何ともまぁ……まさかかえって臆病を極めて過保護を貫く結果になるとは天晴れです!!」

起こった出来事の詳細は不明ながら、それが誰を起因にしたものかだけは確かな眼力で見抜いてみせて、愉快が過ぎるとセシルスはそう爆笑した。

——『鉄血砦』は不運にも、日に二度も立て続けに落ちることになるのだと。

14

終わってみれば拍子抜けの結果に終わった。——なんてスバルは思わない。

自分たちの身に起こった出来事、それが何なのかはちっともわからなかったのだし。

「まさか、セッシーが俺たちに何かしてくれたわけじゃないだろ？」

「あははは！　まさかまさかそれこそまさかですね。言ったでしょう？　僕は手出ししないって。それは邪魔もしなければ味方もしないという頑固な意思表明！」

「だよね。わかってたし期待してなかった」

悪びれもしないセシルスの返事に、スバルは肩をすくめてそう答える。

彼からすれば悪びれる理由もないだろう。むしろ、自分の思い通りの結果になって、またしても自分が世界の花形役者なんて確信を深めただろうか。

「それは違いますよ、ボス。これは思い通りではなく期待以上でした」

「お……」

「さすがの僕でも思いませんとも。まさかこの土壇場でボスと皆さんが覚醒を果たして砦の兵たちをバッサバッサと一網打尽だなんて！」

両手を開いて興奮し、セシルスが飛び跳ねるように立ち上がる。

『鉄血砦』の屋上、すでにスバルたちプレアデス戦団に占拠された砦の上で向かい合う。その振り向くセシルスの向こうに、白い大きな月が見えていた。

「むしろボスの方こそどうなんです？　もしかしてこれも『物見』の範囲で予見できていたことだったりするんですか？」

「そんなとんでもパワーがあったら、もっと俺は楽に生きられるでしょ……」

「おやボスこれは異なことを。十分にボスは楽を満喫しておいでででしょうに」

「……セッシーと比べて動きが遅いから、俺が省エネで楽して見えるよねって発言？」

「違います違います。そう難しい話じゃありませんよ」

とんでもない言いがかりを付けられたのかと顔をしかめたスバルに、セシルスは笑みを含んだ顔つきで首を横に振った。

「ボス、人生で最もエネルギーを消耗するのはどんなことだと思います？」

「横文字を使いこなしてくる……。そうだな、大きな目標を叶えた瞬間とか？」

「僕の持論はこうです。──それは物事が願った通りに進まない場合だと」

静かなセシルスの答えに、スバルは微かに頬を硬くする。そのスバルの反応を見やり、セシルスは笑いかけながら、

「この結果はボスにとっていかがですか？　不本意極まりない？」

「意地悪なこと言うなよ。……最良以上」

──足下、屋上の床を蹴ってスバルは問いかけにそう答える。

プレアデス戦団の初陣は、『鉄血砦』に対する完全勝利を成し遂げた。それは人的被害をゼロにするという、文字通りの完全勝利だ。

それも全ては、平原で突発的に発現した途方もない力のおかげで。

「剣奴孤島でもこの『鉄血砦』でもボスはボスのやりたいことを叶えたい願いを見事に達成した。先ほどの僕の持論に従うなら……」

「俺のエネルギーの消耗はしょぼい」

「しょぼいとは言いませんが願いを叶えて望みの結果を手に入れている以上は報われている。少なくとも徒労を味わったとは言えないでしょうね」

まだ言いがかりの域は出ていないと感じながらも、セシルスの主張を馬鹿にできたものではないとスバルも思う。

剣奴孤島に限らず、スバルはこの異世界での日々の大半の結末で報われてきた。ただそこに、セシルスの知らない無数の『徒労』が見えない形で横たわっているだけで。

「お手軽に省エネで物事を片付けてらくちんを謳歌していると言っているわけじゃありませんよ。ボスの往く道は茨の道すぎて足の裏がズタズタなのはわかっています。わかった上で報われるあなたは楽を満喫している」

「──。セッシーは何が言いたいんだ？」

長い台詞と時間をかけて、セシルスが自分の胸中をようよう説明する。その内容を受けつつ、スバルはこの砦の戦いの真の決着を月下で迫った。

観客は白い月だけ。しかし、セシルスはそれで十分に舞えるだろう。

あとは──スバルがセシルスの上がる舞台に、相応しくあると思われたかどうか。

「お前の望みは叶ったのか？　ここから先、俺たちとはどうする」

スバルの問いかけに、セシルスは押し黙った。

もし仮にセシルスがロスタイムの延長戦を仕掛けてきたら、たとえ摩訶不思議な力を手に入れたプレアデス戦団でも勝ち目があるとは言えないだろう。

だが、グスタフに言われたからではないが、それをしないだろうと確信ができた。

セシルスは気紛れだが、利己的な自儘の化身ではない矛盾した存在だからだ。

「——実は一つ危惧していることがあります」

しばらく黙ったのち、セシルスが指を一本立ててそう言った。

「ボスには只人には見えないものが見えるでしょう。僕はそれをあえて『物見』と言わせてもらっていますが……」

「——っ」

「ああ否定も肯定も不要です。どちらであろうと僕の中でそれについての答えは出ていますから。勝手ですがボス自身の言葉は求めていませんので」

淡々と私見を述べるセシルスに、スバルの心臓が強く跳ねた。

さらっと流してくれたが、スバルにとっては文字通り死活問題。セシルスがスバルの口から回答を求めなかったから事なきを得ただけに過ぎない。

スバルには、理の外側の力があると、そう理解した上でセシルスは続ける。

「ボスには遠くを見る眼がある。それ自体はうるさく言いませんが……見えすぎるのであればいささか面白くなくなる可能性もある」

「見えすぎる……？」

「結末の見えている物語にも良作はあるでしょう。ですが僕は僕の上がっている舞台にそれを求めていません。なのでお約束いただきたいんですよ、ボス」

身勝手に、自分本位に話を進めるセシルス。そんな彼の話に口を挟めないのは、彼が怪物的に強いからではなく、その言葉の先に心が惹かれるから。

「約束って、何を？」

その声をもっと鼓膜が欲しがるのを堪えながら、スバルはそう問い返した。

スバルの返事があると思わなかったのか、セシルスは微かに眉を上げると、それからいつものように片目をつむり、

「ボスの覚悟には大いに感服しました。人死にに対して極端な臆病さもここまで貫き通すのであれば格好良くすらあります。その傲慢なまでの在り方で大勢を巻き込んでいくのがいいでしょう。──ただ、僕だけは例外にしてください」

「──」

「僕の生き死にだけは、ボスの『物見』の視界に入れないでください。僕が生きるも死ぬも魅せるも踊るも華やぐも、それは全部が全部僕の十全であらせてください」

己の胸に手を当てて、そう語るセシルスにスバルは目をつむった。

「……自分が死なないなんて思ってるわけじゃないよな」

「違いますよ。確かに僕はこの世界の主演にして花形役者であるわけですが剣に打たれれば首は落ちます。毒を吞めばちゃんと心の臓も止まるでしょう」

背筋が冷たくなるほど、普段と変わらない姿勢でセシルスはそう嘯く。

それはスバルの覚悟が可愛く見えるほど、セシルスの中で研ぎ澄まされた真の『常在戦場』の生き様が作った価値観。

事実、スバルは彼がその価値観を貫いて、その上で己の死を受け入れる場面を目にした。

彼は死を恐れない。ただ、その生き死にを他者に汚されるのを厭うのだ。

「いいよ、セッシー。約束しようぜ」

やがて、スバルはセシルスの持ちかけた約束、それに対して首を縦に振った。

拒める空気感ではなかったし、そもそも拒める内容でもない。その気になれば誰も追いつけない速さで走るのがセシルスで、自分の望みに適わなければ『呪則』があろうと彼方へ走っていくだろう。

「セッシー、小指出して」

「小指？　どうするんです？」

「俺の地元の約束の儀式だよ。破ったら針千本飲まされるやつ」

「へえ、ヴォラキアみたいな地元ですね」

セシルスの何気ない感想に、だからヴォラキア帝国が嫌いなんだと思いながら、スバルは差し出した小指を、同じようにしたセシルスの小指と絡めた。

そして——、

「さっきの約束についてだけど、俺からも一個だけ言っておく」

「なんです？」

小指を上下に振って、約束の儀式を交わしながらの追記にセシルスが首を傾げた。

そのセシルスの顔を間近から睨んで、悪気のない彼に言ってやる。

セシルスも、ずいぶんとワガママを言ってくれたのだから、こちらもと——、

「――俺は、約束破りの常習犯だ」

　結んだ指が切られ、約束を交わした直後とは思えないスバルの発言にセシルスが大きく目を丸くし、それからすぐに声に出して笑った。

　今一度、スバルとセシルスとの間で結ばれた共闘関係――その成立を、白く丸い月だけが証人として、月下の問答を見届けていた。

15

「だから！　体の奥の奥からグワーッと力が湧き上がってきてよぉ！　これが剣奴孤島で鍛えられた成果ってやつかぁ？」

「鍛えられたと言っても、お前は逃げ回ってばかりだっただろうに……」

「勝負勘が鍛えられたって可能性もあんだろうが！」

「なんで勝負勘が鍛えられて、相手を殴り飛ばせるようになる……考えてモノを喋れ、トカゲ野郎が……！」

　威勢いい声を上げながら、戦果のほどを語っているいつもの三人――否、その話題で盛り上がっているのは彼らだけにとどまらない。

　盛り上がるのはプレアデス戦団の面々、昨日の『鉄血砦』の攻略戦で起こった不可思議な力の発露は、一晩明けても全員に冷めない興奮をもたらしていた。

「皆の興奮もわからなくはない。あの出来事には本職も昂揚感を覚えた」

「グスタフさんが!?　昂揚感を!?」

「本職が感情の昂りを覚えるのがそうも驚愕することだろうか」

周りの興奮状態に紛れ、そう述べたグスタフにスバルは驚愕する。そのスバルの反応を心外そうにしながら、彼は四本の腕の拳をそれぞれ握りしめ、

「多くの場合、武力の有無を重視したことはなかった。だが、実際にああした成果を得ると本職も思うところがある」

「強すぎる力で、グスタフさんも溺れる的な……？」

「強大な力があれば、シュバルツが願うようなことも叶えることができるという点だ」

おずおずと不安がるスバルの問いに、グスタフは首を横に振った。

グスタフの言い分はスバルにも理解できる。出ると思った犠牲、それを潰すために何度でもやり直すつもりだった覚悟、それらは圧倒的な力の前に掻き消えた。

プレアデス戦団の強さが無理を通し、『鉄血砦』の全面的な降伏と、犠牲者のいない物資の補給を成し遂げるという大きな戦果に繋がったのだ。

「でもむしろ、力に溺れないようにしなきゃいけないのは俺の方だな」

「……シュバルツ？」

「んにゃ、グスタフさんの今後の参謀ぶりに期待してるよ。グスタフさんがいてくれなきゃ、俺たちはあっという間に空中分解するから」

「――。努めよう」

ウインクしたスバルの頼みに、グスタフが四本の腕を組んで低く答える。

彼の視線の先、見えるのは砦から回収した物資を運ぶ獣車、それを引いている疾風馬（はやうま）の背に跨（また）がっているセシルスだ。

ざっくりと、セシルスが意見に耳を傾ける相手はスバルとグスタフ、それとたまにタンザぐらいのものなので、真面目にグスタフなしでは戦団は崩壊する。

と、そう思ったところで、

「あれ？　そう言えば、タンザはどこに……」

「――ここです」

きょろきょろとあたりを見回したスバルの背に、探し人の声が投げかけられる。びくっと肩を跳ねさせ、振り向いたスバルの後ろに控えるタンザ。

彼女は普段からの無表情でスバルを見つめていて。

「お、おお、よかった、いてくれて」

「そうですか？　特段、シュバルツ様は私がいなくても困らないでしょう。セグムント様とのお話し合いでも、お邪魔なようでしたから」

「……いやだって、セッシーとの話し合いは絶対拗（こじ）れると思ったから」

昨夜の月下の問答、スバルとセシルスが交わしたその場に居合わせられず、待機を命じられたタンザがそんな皮肉を言ってくる。

タンザからすれば、スバルの無事はヨルナと再会するために必要なファクター。

だから、遠ざけられて不安を覚えた気持ちもわかるのだが。

「砦の方々の処遇に関してもそうです。不殺はまだしも、無条件解放はやりすぎでは？」

「武器は没収したし、俺たちを追わせるのも禁止したじゃん。武器はもらってくって言った時点で、トリドさんなんか真っ白になってたぞ」

「……もう結構です」

ふいと視線を逸らして、タンザがスバルの答えに不服を表明する。その彼女の反応に、スバルはどうすればその機嫌を取り戻せるのかと苦心する。

ようやく剣奴孤島の全員とグスタフ、そしてセシルスをちゃんと攻略し、『プレアデス戦団』が完成したというのに、タンザが欠けては意味がない。

「『合』の皆様、剣奴の皆様、グスタフ総督やセグムント様をお引き入れになるため、シュバルツ様は大変な苦労をされていましたね」

「ああ、見た目よりずっと大変だった。……まさか、タンザも俺に無茶ぶりするとか」

「はい」

「タンザの乱!?」

グスタフとの『スパルカ』と、セシルスの裏切りに続いて、予告されたタンザの乱にスバルは目を見開いた。

パクパクと口を開閉するスバルに、タンザは視線を逸らしたまま、言った。

「……私の力が必要だと、そう言ってください」

「――――」

「私の機嫌を取りたいのでしたら、私の力が必要だと言ってください」

その、もったいぶったタンザの要求に、スバルはさっき以上に目を丸くした。

それから、堪えられずに笑い出し、

「――お前の力が必要だ、タンザ」

「でしたら、ご一緒して差し上げます」

そう答え、スバルの方を向いたタンザがわずかに口元を緩め、笑みを浮かべた。

それを見届けて、『タンザの乱』が可愛らしく終わり、スバルは大きく息を吸った。

そして改めて、同じ方向を向いて突き進んでいく仲間たちに聞こえるよう、告げる。


「――いくぜ、『プレアデス戦団』!!」

「「おお――――ッ!!」」


目指すは帝都ルプガナ、待ち受けるだろうヴォラキア帝国最大の戦い。

その、予期せぬジョーカーとして雪崩れ込むことになる、規格外に破天荒な集団たるプレアデス戦団――これはその、結成に至る秘話である。

《了》

あとがき

祝！　リゼロ関連書籍、50冊突破！

冒頭からとんでもない事実と共にこんにちは、長月達平(ながつきたっぺい)かつ鼠色猫(ねずみいろねこ)です。

今回、本編35巻と短編集9巻が同時発売なわけですが、この両方が揃(そろ)ってついにリゼロの関連書籍が50冊の大台を突破しました！　正気の沙汰じゃないね！

実は自分もつい最近まで知らなかったんですが、文庫の背表紙の上の部分に注目したことありますか？　リゼロだと『な－０７－■■』みたいな車のナンバープレートみたいなものが書かれている部分です。ここがいわゆる出版レーベルの管理番号で、自分の場合は『な』から始まる『七番目』の作家の『■■』冊目みたいな感じだそうです。

この『■■』部分がいよいよ『５１』ととんでもないことになってるわけですね。ちなみに本編35巻の方が『５０』と書かれているはずなので見比べてみてください！　なにい？　短編集は持ってて本編は持ってない？　それはいかん！　世界のバランスが崩れてしまう！　すぐに管理番号を適切に本棚に並べるんじゃ！

ともあれ、50冊という大台を突破できたのも、皆様の応援あってのことです。

短編集やＥｘという形で、本編の外伝に当たる部分もたびたび書かせていただいておりますが、自分は往年のライトノベルファンの一人なので、こうして本編とは別個の形でキャラクターの魅力を深掘りする外伝の存在が大好きだったんですね。

なので毎回、忙しさはもちろんありますが、楽しんで書かせていただいております！

このところは短編集の内容も、本編とかなり密接に絡んだものが増えているので、できれば両方お手に取っていただいた方が作者的にも冥利に尽きます。やっぱり、本編をより楽しむための外伝を目指しているところはありますので！

と、そんな流れで恐縮ですが、本編をより楽しむための短編集という気持ちを踏襲するのであれば、あとがきもその理念に沿うべきではと考えまして、せっかくなので本編側のあとがきで始めたお話のオチを、こちらで語らせていただきたいと思います！

（35巻のあとがきから地続き）――その中の一人がめちゃめちゃ痩せてたんですよ。もはや別人レベルのビフォーアフターなものですから、その日の話題は独り占め。人間、歳を取ると仕事と健康の話ばっかりとはよく聞きますが、この変化はさすがに驚き。

元々食道楽なタイプの人なので、どうやってこの夏を満喫するスタイルを手に入れたのかとみんな興味津々（平均30代後半）なわけですが、その人が語ったのが適度な運動と食事制限。当たり前で一番難しいやつと誰もがガッカリする中、彼は続けました。

「和牛の赤身を食べ続ける食事制限は、とても大変だった」と。

そんなの食事制限じゃねえよ!!　とっぺんぱらりのぷう。

さて、友人の力も借りて二冊の紙幅を埋めまして、恒例の謝辞へ！

担当のＩ様、今回も二冊同時進行大変お疲れ様でした！　短編集は連載をまとめて手直しとは言いつつも、毎回結構な分量を修正するのでお待たせする労苦はあまり変わらず！　今回も満足いくまで直させていただき、ありがとうございました！

イラストの福きつね先生、短編集は毎回キャラ数が多く、今回のカバーイラストも和気藹々のアナスタシア陣営大盛りと贅沢にありがとうございました！　プレアデス戦団のメンバーも含め、先生の大勢でもちゃもちゃしてる絵、大変美味です！

デザインの草野先生、本編と短編集の同時作業、ありがとうございました！　奇しくもカバーイラストが大勢の二冊、先生の業前を今回も堪能させていただきました！

月刊コミックアライブで四章コミカライズ連載中、花鶏先生&相川先生の手で再構成されたリゼロ、反撃のターンへ突入で目を離せない状況です！

そして、ＭＦ文庫Ｊ編集部の皆様、校閲様に各書店の担当様、営業様と大勢の方のお力添えいただき、今巻も発売させていただけました。いつも大変お世話になっております！

そして、外伝である短編集まで読破してくれる読者の皆様に最大級の感謝を！

次はいよいよ短編集まで10巻の大台！　本編も短編集もＥｘも、今後も止まることなく走り続ける『Ｒｅ：ゼロから始める異世界生活』をよろしくお願いします！

ではまた！　次の一冊にてお会いできれば！

２０２３年８月《和牛の赤身は無理なのでエアロバイクを漕ぎながら》

thank you
for
reading!!
福きつね

「なんというか、なかなか不思議な取り合わせと申しますか……」

「そうですね。本編では直接お目にかかることもあまりありませんが、せっかくいただいた機会ですから、役目を果たしつつ、交友も深められれば幸いです」

「まあ、なんて紳士的な……。それにしても、今巻の登場人物ではありませすけれど、わたくしとユリウス様はどういう共通点で……」

「それはおそらく、自慢の弟を持つもの同士の邂逅、ということではないでしょうか」

「自慢の弟を持つもの同士、ですの？」

「ええ。僭越ながら、この一冊で私もフレデリカ女史も、互いに家族の絆というものを再確認したのでは？　それはすなわち、テーマの一致です」

「なるほど……と言っても、わたくしの弟のガーフは自慢できるほどの子では……」

「そうですか？　では、私の弟のヨシュアのことを語るために紙幅を割いても？」

「そ、それはまた話が全然別ですのよ！　その、自慢できることだけではなく、注意しなくてはいけない点も多いというだけで、語れないわけではありませんもの」

「それはよかった。私も、ガーフィールとは友人になれればと思っているのです」

「ガーフとユリウス様の気が合うかはわたくしもわかりませんが……そうした望みを叶える前に、まずは果たすべき役目を果たしませんと」

「そうですね。では、まずは次巻予告となりますが……『Re：ゼロから始める異世界生活』の本編の続刊、36巻は十二月の発売予定とのことです」

「奇しくも、わたくしもユリウス様も関わっている帝国編の続きとなりますわね。この短編集でも、帝国で奮闘するスバル様のお話がございましたけれど」

「その身の丈が縮もうと、彼は彼らしくあると。その彼に助力し、帝国の見舞われた危難をどう打ち払うか。私もフレデリカ女史も真価を試されていると言えるでしょう」

「わたくしとしては、どうせなら今年も開催中である『エミリアの誕生日生活』の方で真価を発揮したいものですわね。メイドですから」

「それはそれは確かに。それにしても、エミリア様の誕生日ですか。盛大にそれが開かれているということは、私にとっても快い」

「ええ。お支え甲斐がありますわ。アナスタシア様の騎士であるユリウス様には、少々危機感を抱かれることかもしれませんけれど」

「いいえ。競う相手は尊敬できる方がいい。アナスタシア様もそう仰られるでしょう」

「……とんでもない方たちが相手とわかりましたわ」

「こちらも同じ意見ですよ。思ったより話し込んでしまいましたので、どうでしょう。お互いの弟自慢は、場所を変えてというのは」

「ふふっ、嬉しいお誘いですわね。——あの男も、こういう気遣いをしてほしいですわ」

MF文庫J

Re:ゼロから始める異世界生活 短編集9

2023年 9月 25日　初版発行

著者　長月達平

発行者　山下直久

発行　株式会社 KADOKAWA
〒102-8177 東京都千代田区富士見2-13-3
0570-002-301（ナビダイヤル）

印刷　株式会社広済堂ネクスト

製本　株式会社広済堂ネクスト

Printed in Japan　ISBN 978-4-04-682862-0 C0193

●お問い合わせ
https://www.kadokawa.co.jp/（「お問い合わせ」へお進みください）
※内容によっては、お答えできない場合があります。
※サポートは日本国内のみとさせていただきます。
※Japanese text only

◇◇◇

【 ファンレター、作品のご感想をお待ちしています 】
〒102-0071 東京都千代田区富士見2-13-12
株式会社KADOKAWA　MF文庫J編集部気付「長月達平先生」係　「大塚真一郎先生」係　「福きつね先生」係